Compromise pour un baiser

LISA

BERNE

LES PENHALLOW

Compromise pour un baiser

Traduit de l'anglais (États-Unis)
par Viviane Ascain

J'AI LU

Si vous souhaitez être informée en avant-première
de nos parutions et tout savoir sur vos auteures
préférées, retrouvez-nous ici :

www.jailu.com

Abonnez-vous à notre newsletter
et rejoignez-nous sur Facebook !

Titre original
YOU MAY KISS THE BRIDE

Éditeur original
Avon Books, an imprint of HarperCollins Publishers

À Cheryl Pientka

1

Comté du Wiltshire, Angleterre, 1811

C'était dangereux. Si elle se mordait la lèvre un peu plus fort, songea Livia Stuart, elle se mettrait probablement à saigner. Un filet de sang coulerait le long de son menton et finirait par faire une tache particulièrement malvenue sur sa robe.

Une robe qui appartenait encore à Cecily deux ans plus tôt, comme celle-ci l'avait fait remarquer en passant.

— Mais vous l'avez retouchée si habilement que je l'ai à peine reconnue ! C'est la teinte qui m'a mise sur la voie, elle n'est plus tout à fait à la mode, avait-elle ajouté avec une amabilité de façade, une lueur mauvaise dansant au fond de ses grands yeux bleus.

À part demander à Cecily de se taire, Livia ne voyait pas grand-chose à répliquer ; l'intervention de lady Glanville, la mère de Cecily, lui épargna la peine de chercher une réponse courtoise.

— En effet, confirma Sa Seigneurie en inspectant Livia, ce rose a été très à la mode. La princesse Charlotte l'aimait beaucoup, il me semble. Je ne suis toutefois pas certaine qu'il vous convienne, ma petite Livia. Il va davantage aux blondes, comme Cecily, et aux teints pâles. Or, je suis au regret de vous le dire, vous avez la peau plutôt foncée.

— Elle passe tellement de temps dehors, soupira tante Bella. Je ne cesse de lui répéter à quel point c'est mauvais pour la santé comme pour l'apparence, mais je n'ai pas l'impression qu'elle m'écoute. Je n'ai pas l'impression que qui que ce soit m'écoute, ajouta-t-elle avec un soupir si profond qu'il fit voleter les rubans de son bonnet. Je n'ai pas l'impression que...

— Sans vouloir vous sermonner, on ne doit pas s'apitoyer sur soi-même, lui rappela lady Glanville. Il faut avant tout penser aux autres. Cecily, par exemple, pourrait donner ses vieilles robes à ses femmes de chambre, comme le font la plupart des jeunes filles, or, elle tient à les offrir à notre chère petite Livia. C'est vraiment touchant.

— Votre oncle Charles ne vous donne pas d'argent de poche pour vous habiller, n'est-ce pas, Livia ? s'enquit Cecily d'un ton suave. Cela dit, puisque vous n'allez jamais nulle part, ce n'est peut-être pas si grave finalement.

— Non, cela n'a pas grande importance, admit Livia.

Ce fut au tour de lady Glanville de soupirer en balayant du regard le vaste salon au mobilier démodé, la tapisserie fanée sur laquelle se détachaient des rectangles plus clairs, là où avaient été accrochés des tableaux de prix vendus depuis longtemps.

— Quelle désolation de voir la famille d'un gentleman tomber si bas. Il y a encore dix ans, nous vivions pratiquement sur un pied d'égalité.

Livia serra les dents. Voilà des années qu'elle devait endurer les visites matinales de Cecily, l'honorable demoiselle Orr, et de sa mère, la très honorable vicomtesse Glanville. Parce qu'elles étaient riches et bien nées, il fallait apparemment supporter leur arrogance et leur goujaterie. Livia serra les poings dans les plis de sa robe.

De la robe de Cecily...

— Enfin, se lamenter sur ce qu'on ne peut pas changer ne sert à rien, poursuivit lady Glanville. La vie est injuste, voilà tout. C'est regrettable, mais qu'y faire ? Allons, cessez de froncer les sourcils, ma petite Livia, car j'ai le plaisir de vous annoncer que nous sommes venues tout spécialement pour vous offrir un petit plaisir.

— Je suis tout ouïe, madame, assura Livia, sarcastique.

— Nous allons donner un bal la semaine prochaine, enchaîna lady Glanville sans se laisser démonter. Les débuts de Cecily, en quelque sorte. En outre...

— M. Gabriel Penhallow et sa grand-mère, Mme Penhallow, nous rendrons visite ! la coupa Cecily. Les Penhallow de Surmont Hall ! Nous avons fait la connaissance de Mme Penhallow il y a quelques mois à Bath. Et elle nous a écrit ! Il va...

— Cecily, mon petit, ne m'interromps pas, veux-tu. C'est très mal élevé, déclara sa mère. Comme vous le savez, Bella, j'ai tenu à ce que lord Glanville prenne les eaux à Bath au début de l'été, car sa goutte le faisait affreusement souffrir. C'est la maladie de l'aristocratie ! J'avais également pensé que Cecily pourrait en profiter pour élargir le cercle de ses connaissances, qui est tellement limité dans notre région, où vivent si peu de familles de notre rang. En tant que vicomtesse et fille de comte, je me rends bien compte du peu qu'offre le voisinage. Toutefois, par les temps qui courent, il ne faut pas craindre de s'abaisser de temps à autre, d'où notre présence ici.

— C'est trop gentil, murmura tante Bella avec une gratitude sincère, quoique un peu confuse, avant de porter à ses lèvres le verre de cristal posé sur le guéridon près d'elle.

Ce dernier, Livia le savait, contenait une bonne dose de laudanum.

Lady Glanville approuva d'un hochement de tête serein.

— Au cours de notre séjour à Bath, nous avons eu la chance de croiser Mme Penhallow à la Pump Room. J'avais certes remarqué qu'elle observait Cecily, pour autant, je n'aurais jamais osé m'imposer à elle. Les Penhallow sont arrivés en Angleterre avec Guillaume le Conquérant, figurez-vous. On raconte même qu'il s'inclinait devant eux ! Vous imaginez donc notre satisfaction lorsqu'elle a demandé au maître de cérémonie de nous présenter à elle.

— J'en avais les genoux qui s'entrechoquaient ! avoua Cecily. J'ai cependant très bien réussi ma révérence, n'est-ce pas, mère ?

— Très honorablement. Je n'ai pas eu à rougir. Je ne peux que me féliciter de t'avoir exercée à la révérence avant notre départ pour Bath. Une heure d'exercice par jour a fait des merveilles. Mais je m'égare... Mme Penhallow et moi avons bavardé pendant un quart d'heure et, sans vouloir me vanter, je dois dire qu'elle s'est montrée très aimable. Nous avons parlé du temps et de l'état lamentable des routes. Quand j'ai fait allusion à la goutte de lord Glanville, elle m'a recommandé un traitement qui...

Sa Seigneurie entreprit de relater en détail sa conversation avec la redoutable Mme Penhallow, un personnage dont Livia ignorait tout et dont elle se moquait éperdument. Elle cessa donc d'écouter et s'absorba dans la contemplation de la ravissante Cecily, qui était suspendue aux lèvres de sa mère.

Une fois de plus, elle constata l'étrange ressemblance entre Cecily et les bergères de porcelaine que tante Bella collectionnait autrefois. Elle arborait la même somptueuse blondeur que les blés mûrs, les mêmes yeux d'un bleu azur, le même teint de lait. Elle portait une exquise robe à manches longues de fine batiste qui mettait en valeur la minceur de sa silhouette. Sous les dentelles de l'ourlet pointaient deux mignons escarpins de daim ornés de cocardes roses. Livia s'abstint de regarder ses propres souliers, qui étaient vieux en plus d'être abîmés.

Elle préféra se tourner vers sa tante, dont le regard embrumé demeurait rivé sur lady Glanville, et qui ponctuait de temps à autre le flot de paroles de leur visiteuse d'un « Effectivement » ou d'un « Quelle chance ! ». À demi allongée sur son canapé, enveloppée dans d'innombrables châles, dont certains traînaient jusqu'au parquet, tante Bella souffrait d'un nombre incalculable de maux qu'elle ne décrivait jamais avec précision et qu'elle soignait avec un cordial qu'elle qualifiait de remède miraculeux. Elle passait le plus clair de son temps à somnoler dans ce salon avec pour seule compagnie des oiseaux en cage.

Pour l'heure, les volatiles étaient blottis les uns contre les autres sur leurs trapèzes. Leur cage était suspendue près de la fenêtre, cependant, tante Bella nourrissant une aversion farouche pour la lumière naturelle et les rayons de soleil, les lourds rideaux de velours vert bouteille étaient tirés si bien que le salon était plongé dans une pénombre qui évoquait le fond d'un bassin. Où on risquait de se noyer. Au moins Livia pourrait-elle s'échapper de cette pièce, une fois cette épouvantable visite terminée, tandis que ces pauvres petits oiseaux étaient pris au piège.

Elle se leva discrètement et s'approcha de la cage. Ils la regardèrent sans bouger, leurs petits yeux noirs tristement ternes. Livia écarta d'un doigt les rideaux et un rayon de soleil illumina la cage.

— ... et après m'avoir gentiment informée que mon teint était un peu trop rubicond, Mme Penhallow a eu la gentillesse de me conseiller un régime de toasts accompagnés de quelques petits oignons au vinaigre pour stimuler les sucs digestifs.

— Comme c'est gentil ! commenta tante Bella. Livia, ferme immédiatement ces rideaux !

La jeune fille obéit à regret avant de retourner s'asseoir.

— Bref, nous avons eu une conversation des plus cordiales et intéressantes, qui s'est conclue par une demi-poignée de main. Vous imaginez donc ma joie lorsque j'ai reçu, voilà quelques jours, une lettre de Mme Penhallow !

Lady Glanville sortit ladite lettre de son réticule.

— Partagez notre joie, ma chère Bella ! Mme Penhallow m'écrit que son petit-fils, Gabriel Penhallow, est rentré à Londres après un séjour de plusieurs années à l'étranger. *Lui et moi sommes tombés d'accord pour décider qu'il était grand temps pour lui de se marier et d'assurer sa succession*, lut-elle à voix haute. Écoutez cela ! *Votre fille Cecily me paraît une candidate tout à fait convenable. Ses manières sont celles d'une femme du monde et elle est pleine de grâce. J'ai également remarqué qu'elle avait de belles dents. Après notre conversation à la Pump Room, j'ai demandé à mon fondé de pouvoir de se renseigner sur votre situation financière et sur votre ascendance. Votre fortune est suffisante et, à part un malheureux épisode dans le commerce sous le règne d'Elizabeth, j'ai trouvé votre lignage tout à fait acceptable.* Inutile de préciser que ces activités commerciales sont à chercher du côté de lord Glanville, ajouta lady Glanville.

— En effet, murmura tante Bella.

— Ils viennent donc ici ! déclara Cecily avec enthousiasme. Afin que M. Penhallow fasse ma connaissance.

— C'est un immense honneur, avoua sa mère. Nous avons entièrement reconsidéré nos projets pour la saison de Cecily. Naturellement,

Mme Penhallow a bien précisé qu'il ne s'agissait en aucun cas d'un engagement, mais elle a été très claire : si M. Penhallow trouve Cecily à son goût, nous devrions recevoir rapidement une demande en mariage.

— On dit qu'il s'agit d'un des plus beaux partis du moment ! commenta Cecily, radieuse. Et il est immensément riche ! Pensez aux bijoux et aux attelages que j'aurai ! Je fréquenterai les cercles les plus huppés de l'aristocratie !

C'était extraordinaire, songea Livia. Cecily ne voyait aucun inconvénient à être inspectée et évaluée telle une jument de concours. Et si le célèbre M. Penhallow la trouvait acceptable, quel beau mariage cela ferait ! Quelle union merveilleusement romantique ! Elle réprima à grand-peine un ricanement.

— Et je ne me croirai pas trop haut placée pour vous oublier, ma chère Livia, déclara Cecily avec un sourire suave. Il faut penser à votre avenir, à vous aussi. Je doute d'être en mesure d'arranger un mariage – ce serait un peu trop exiger –, en revanche, je pourrais peut-être demander à mes nouvelles connaissances si elles ont besoin d'une gouvernante. Cela vous conviendrait parfaitement, je pense. C'est une position intermédiaire... Oh, mon Dieu, j'oubliais ! Ce serait impossible, vous n'avez pas d'instruction... Je pourrais cependant trouver quelque chose pour vous une fois que je serai Mme Penhallow. Peut-être même dans ma propre maison... Ce serait merveilleux, vous ne trouvez pas ?

— Allons, allons, ne mettons pas la charrue avant les bœufs, ma chérie ! s'exclama lady

Glanville. Tu n'es pas encore Mme Penhallow, même si je doute que M. Penhallow rencontre jamais une jeune fille plus jolie, ici ou à l'étranger. Il est temps de prendre congé, conclut-elle en repliant la lettre. Les Penhallow arrivent après-demain, nous avons une foule de choses à faire. Notre bal sera exceptionnel, je l'affirme sans fausse modestie. Toute la noblesse du voisinage y assistera.

— Et vous êtes également invitée, précisa Cecily à l'adresse de Livia. Ainsi que Mme Stuart, bien sûr.

— C'est vraiment trop gentil, déclara Livia, qui se sentit rougir tant l'effort pour demeurer courtoise était grand.

— Je sais que vous ne dansez pas, puisque vous n'avez pas eu de maître de danse, intervint lady Glanville, vous pourrez toutefois vous trouver un petit coin tranquille pour profiter du spectacle. Nous décorerons la salle de bal dans le style égyptien. Nous avons dépensé plusieurs centaines de livres rien que pour les palmiers en pot.

— Comme c'est charmant ! commenta Livia en rougissant davantage.

— Absolument charmant, renchérit tante Bella en s'efforçant de se redresser, mais vous savez que je ne sors plus. C'est Charles qui devra l'emmener.

— Je me doutais que ce serait le cas. Lord Glanville lui a justement envoyé un message. Il a fait monter de la cave un vieux porto et il compte sur Charles pour le partager avec lui.

— Dans ce cas, il ira, assura tante Bella, visiblement soulagée, en retombant sur ses coussins. Quelle aubaine pour toi, Livia.

— N'est-ce pas ? Et nous vous avons apporté d'autres vieilles robes, ajouta Cecily. Ma femme de chambre attend avec elles dans le hall. L'une d'elles vous ira certainement pour le bal, même si vous êtes plus forte que moi.

— Ma petite Cecily a vraiment un cœur d'or, n'est-ce pas, Bella ? Eh bien, Livia, vous devez avoir hâte de voir vos nouvelles robes. Dépêchez-vous donc d'aller les chercher !

On venait de lui donner congé. Livia esquissa la plus brève des révérences devant lady Glanville et se hâta vers la porte. Elle était tellement en colère qu'elle craignait d'exploser.

— Enfin, Livia, tu n'as même pas un mot de remerciement ? Reviens tout de suite, s'il te plaît, gémit tante Bella dans son dos.

Pour toute réponse, elle referma la porte derrière elle avec une douceur exagérée.

Une femme de chambre, des vêtements plein les bras, attendait au pied de l'escalier. Livia les prit en marmonnant un vague merci, rejoignit sa chambre en courant presque et lança les robes contre le mur avec une joie sauvage. Après avoir fait les cent pas pour apaiser sa fureur, elle s'affala sur son lit dont le bois grinça en signe de protestation.

Elle avait tort d'en vouloir à Cecily et à lady Glanville, elle le savait, mais Cecily avait tout, alors qu'elle avait si peu. Elle n'avait pas de parents, pas de frères et sœurs, pas d'argent, pas d'éducation, et aucun avenir.

Il faut penser à votre avenir, à vous aussi.

C'était curieux, en y réfléchissant, qu'elle ait rarement songé à son avenir. Sans doute parce que c'était inutile. Depuis qu'elle vivait ici, elle se faisait l'effet d'un arbre vénérable irrévocablement enraciné.

Elle ne pouvait même pas s'accrocher à l'espoir morbide d'hériter quoi que ce soit d'oncle Charles quand il mourrait. Il avait mangé pratiquement toute la dot de tante Bella voilà des années et tout avait lentement périclité. Il ne restait plus grand-chose. Le domaine rapportait à peine de quoi payer le cordial de tante Bella, les parties de chasse et les beuveries d'oncle Charles. Alors venir parler à Livia de mariage romantique…

Enfin, cela aurait pu être pire. Au moins, elle n'avait pas pour mère cette épouvantable lady Glanville.

C'était certes une piètre consolation.

L'élégante robe blanche de Cecily et les charmants escarpins avec leurs délicates cocardes revinrent à la mémoire de Livia.

Tout était dans les cocardes.

L'envie la transperça tel un canif pénétrant dans sa chair.

Elle se redressa comme un ressort.

Pas question de pleurer !

Pleurer n'avait jamais servi à quoi que ce soit.

Elle se remémora sa première rencontre avec Cecily, une douzaine d'années plus tôt, alors qu'elles avaient environ six ans. Cecily et sa mère leur avaient rendu visite. Livia, qui venait d'arriver des Indes, se sentait désespérément seule et ne demandait qu'à devenir l'amie de cette ravissante petite fille si bien habillée. Elle s'était approchée et lui avait adressé un sourire timide.

— Ah, c'est toi la petite orpheline ! s'était écriée Cecily d'une voix aiguë. Ton papa a été exilé et il est mort, et ton grand-père s'est noyé en fuyant. Ta maman aussi s'est noyée. Pourquoi as-tu la peau si foncée ? C'est de la saleté ?

Et elle avait couru se réfugier dans les jupes de sa mère, qui lui avait expliqué avec ce sourire glacial qui n'atteignait jamais ses yeux :

— La pauvre petite Livia n'est pas une indigène, ma chérie, elle est aussi anglaise que toi et moi, mais le soleil est sans pitié aux Indes, et elle n'a pas eu de maman ou de papa pour s'assurer qu'elle restait bien sous son ombrelle, comprends-tu ?

Livia n'avait jamais oublié la honte dévorante qui l'avait submergée. Et Cecily ne l'y avait pas aidée, elle qui ne s'était jamais privée de raconter cette première rencontre et comment elle avait pensé que Livia ne se lavait pas, comme s'il s'agissait d'une anecdote des plus amusantes.

Livia n'aimait pas se rappeler, même vaguement, les pluies diluviennes de la mousson qui s'étaient abattues sur Kânpur alors qu'elle avait quatre ans. Sa mère, déjà veuve, et son grand-père avaient été emportés par les flots et, avec beaucoup de répugnance, oncle Charles avait envoyé de quoi payer le voyage de retour en Angleterre de sa nièce.

Quand elle était arrivée dans le Wiltshire, Livia ne s'était pas sentie la bienvenue dans la maison – si toutefois ce terme s'appliquait à la demeure croulante connue sous le nom d'Ealdor Abbey – de son oncle Charles et de sa tante Bella. À part pour se plaindre en sa présence de ce que la nourrir allait coûter, oncle Charles ne lui prêtait aucune attention. Quant à tante Bella, qui n'avait jamais eu d'enfants, était toujours souffrante, ne s'intéressait ni au monde ni à ses semblables et n'avait jamais cherché à se rendre utile, elle acceptait sans ciller sa présence mais n'avait jamais eu l'idée de s'occuper d'elle ou de son éducation.

« Ah, c'est toi la petite orpheline ! »

Livia zut un sourire sans joie.

Oui, Cecily avait décidément le don d'aller au cœur des choses.

Gabriel Penhallow chevauchait à côté de la grande berline démodée, quoique confortable, qui abritait sa grand-mère et Mlle Cott, sa dame de compagnie. Une voiture plus modeste suivait à distance respectueuse avec la femme de chambre de sa grand-mère, le valet de chambre de Gabriel, ainsi qu'une prodigieuse quantité de bagages.

Jetant un coup d'œil à l'intérieur de la voiture, il découvrit son aïeule assoupie, le dos droit et les lèvres bien closes. Même dans son sommeil, elle restait impressionnante, songea-t-il, amusé. Assise en face d'elle, Mlle Cott, petite et fluette, ses cheveux gris soigneusement tirés sous un chapeau plus pratique qu'élégant, tenait sur ses genoux l'énorme coffret à bijoux de son employeuse. Paisible, le regard lointain, elle contemplait le paysage.

Gabriel, qui connaissait Mlle Cott depuis toujours, ne l'avait jamais vue se départir de son calme, pas même lorsque sa grand-mère se montrait impatiente ou colérique et la submergeait de demandes incessantes – déplacer un coussin, ajouter de l'eau dans la théière, aller chercher un repose-pieds, sonner un domestique, écrire une douzaine de lettres, arranger autrement les fleurs dans un vase, envoyer chercher le médecin...

Sa grand-mère n'était pas une personne facile, il fallait le reconnaître. Après la mort de ses parents lors de l'épidémie de typhus qui avait ravagé le Somerset en 1791, alors qu'il avait sept ans, elle était devenue sa tutrice et il était allé vivre chez elle. Il se souvenait de sa joie secrète quand il avait été envoyé en pension à Eton et de celle encore plus grande lorsque, jeune homme, après quelques années passées en société comme il était de rigueur, il avait sauté sur l'occasion de voyager à travers l'Europe en tant que membre du corps diplomatique. Entre les injonctions de se marier de sa grand-mère et les audacieuses machinations de mères ambitieuses et de jeunes filles rusées, il en avait assez du soi-disant beau sexe. Son expérience de la bonne société lui avait appris que les femmes étaient des créatures rusées et manipulatrices, futiles, superficielles, ne pensant que robes, réceptions, commérages, intrigues et conquêtes.

En un mot, mortellement ennuyeuses.

Il avait été heureux d'aller chercher son plaisir ailleurs, dans les bras de courtisanes avec qui il n'était pas obligé de feindre de s'intéresser aux derniers potins de lady Jersey détaillant qui portait des robes transparentes ou combien le Régent – qui n'était alors que le prince de Galles – avait payé ses nouvelles bottes, et ainsi de suite.

Quand, finalement, le gouvernement l'avait rappelé en Angleterre et lui avait rendu sa liberté, il avait dû admettre que bonne-maman avait raison, sur un point du moins. Il approchait des trente ans et ne pouvait plus ignorer les obligations de sa position. Il devait se marier et engendrer des héritiers. La nursery de Surmont Hall était vide depuis trop longtemps.

Non pas qu'il eût l'intention de retourner y vivre. Ce n'était rien d'autre qu'un endroit où il avait passé quelques années de son enfance. Qu'y ferait-il, de toute façon ? Pour un homme actif, habitué à utiliser ses facultés intellectuelles jour après jour, vivre à la campagne apparaissait d'un incommensurable ennui. Le régisseur – comment s'appelait-il déjà ? Edward ? Eckers ? Non, Eccles – administrait le domaine avec compétence et efficacité, et cela lui suffisait.

On en revenait toujours au même point : au choix.

Il pouvait à coup sûr décider de son lieu de résidence, en revanche, il ne pouvait pas décider de ne pas se marier.

À une époque, il avait vingt ans à peine et ne connaissait encore rien au monde, il avait failli se laisser prendre à un piège habilement tendu et se retrouver la corde au cou... Grand Dieu, cette infernale lady Washbourne était tellement déterminée que le monde se serait mieux porté si elle avait exercé ses talents à une tâche utile, soigner les malades du choléra, par exemple. Sa fille, une ravissante écervelée, s'était retrouvée à moitié ivre, seule avec lui dans sa voiture, et tout à fait prête à lui abandonner sa vertu. Il avait été effaré de découvrir à cette occasion l'estime que Sa Seigneurie éprouvait à son égard. Elle le croyait donc si vil et en proie à des désirs si bestiaux qu'il ne reculerait pas devant le viol d'une innocente jeune fille – incapable de tenir assise seule de surcroît – et serait ainsi obligé de l'épouser. Il avait eu le plus grand mal à la ramener chez elle et à se sortir de cette situation inextricable. Il savait que le moindre soupçon de scandale mettrait sa grand-mère dans tous ses états. S'il ne craignait pas ses colères, garder une réputation irréprochable était bien le minimum qu'il puisse faire pour elle.

Après cette charmante petite déroute, il avait caressé l'idée de rester célibataire et de laisser Surmont Hall à son cousin Hugo Penhallow, un charmant jeune homme, pauvre comme Job et passionné par la chose militaire. À peine entré en possession de son héritage, Gabriel lui avait accordé une rente et lui avait acheté une charge d'officier. Le jeune homme arpentait à présent ce qu'on appelait les États-Unis d'Amérique, heureux comme un roi.

Rien ne disait cependant que cette tête brûlée de Hugo reviendrait vivant et entier, ce qui ouvrait la voie de la succession à un lointain cousin écossais, Alasdair Penhallow qui, si les bruits qui couraient se révélaient exacts, était un vaurien doublé d'un parfait imbécile.

Il ne tarderait donc pas à accepter sa destinée. Après tout, les Penhallow faisaient des mariages de convenance depuis des décennies – des siècles, même. Il se marierait donc et ferait son devoir, toutefois, en dehors des rapprochements nécessaires pour engendrer un héritier, son épouse et lui mèneraient des existences séparées. Ainsi avaient toujours vécu les Penhallow, et on n'avait jamais entendu qui que ce soit s'en plaindre. Du reste, il ne risquait pas de verser dans une sentimentalité larmoyante et de se plaindre du sort qui était le sien. Il se considérait comme privilégié, était doté d'une intelligence satisfaisante, d'une excellente santé et d'une fortune importante. Il n'avait rien non plus d'un blanc-bec à la recherche du grand amour.

Non, il s'agissait juste d'une affaire à conclure.

Et, fort heureusement, bonne-maman lui avait épargné l'ennui de devoir se mettre en quête d'une fiancée.

Quelques mois plus tôt, elle avait quitté Bath, où elle vivait depuis plusieurs années, pour s'installer dans la maison familiale de Berkeley Square, à Londres, et avait commencé sa chasse à la fiancée idéale. Invitée partout et universellement flattée, elle était allée à tous les déjeuners, dîners, thés, bals et réceptions possibles, ainsi que dans tous les lieux à la mode où elle avait inlassablement cherché, enquêté, discuté avant de lui envoyer des rapports circonstanciés.

Furieuse, elle lui avait écrit que telle fille de comte était déjà fiancée, que telle autre fille de duc venait juste de se marier, et que leurs sœurs étaient soit trop jeunes, soit trop âgées, qu'elles louchaient ou avaient des dents de cheval. La fille d'une excellente famille du Nord aurait fait une bonne candidate si elle n'avait été scandaleusement dépourvue de fortune. Tel autre parti intéressant avait soigneusement caché qu'un oncle travaillait dans le commerce du poisson. La petite-fille d'une vieille amie, qu'elle avait longtemps considérée comme une candidate envisageable, paraissait en mauvaise santé. Une autre jeune personne, qui lui avait d'abord semblé acceptable, venait d'une famille peu féconde. Et, naturellement, il y avait une foule de jeunes filles qu'on devait écarter, malgré leur fortune ou leur physique avantageux, pour cause de lignée médiocre.

Cela avait continué ainsi tout au long de la saison, jusqu'à ce que bonne-maman s'en retourne à Bath, découragée.

C'est alors qu'elle avait fait la connaissance des Orr.

Gabriel venait à peine de rentrer à Londres lorsqu'il avait reçu une lettre enthousiaste lui annonçant qu'elle avait enfin déniché la parfaite épouse. L'honorable Cecily Orr était issue d'une noble famille, elle était riche, extrêmement jolie, élégante, à la pointe de la mode et gracieuse.

Tout était arrangé.

Il devait venir à Bath sur-le-champ, d'où ils partiraient ensemble pour le Wiltshire afin de rencontrer son éventuelle fiancée. Car bonne-maman ne doutait pas qu'il approuverait son choix.

Ce ton péremptoire l'avait un peu agacé mais les affaires étaient les affaires. Autant conclure, et le plus tôt serait le mieux.

Il avait donc rejoint la somptueuse demeure de sa grand-mère dans Upper Camden Place où elle lui avait annoncé entre la poire et le fromage son intention de se mettre en chemin dès l'aube. Il avait cependant fallu plusieurs heures pour charger les voitures selon ses desiderata. Pendant ce temps, deux valets de pied avaient failli être renvoyés. La cuisinière, qui n'avait pas préparé les biscuits adéquats pour le voyage, s'était vue sévèrement réprimandée et avait fondu en larmes. Mlle Cott avait parcouru la maison en tous sens pour apporter une quantité infinie de boîtes, de sacs, de châles et d'écharpes. Et lorsqu'ils s'étaient enfin mis en route, la grosse berline roulait si lentement que Gabriel avait eu l'impression d'accompagner le char à bœufs d'un roi. Pour un peu, il se serait attendu qu'on leur jette des fleurs.

Une fois en chemin, l'humeur de sa grand-mère s'était considérablement améliorée. À chaque étape, elle ne cessait pas de parler du mariage, des invités de marque qu'ils allaient convier, de la beauté de la future mariée et du physique avantageux des fils qu'elle lui donnerait. Il l'avait poliment écoutée tout en pensant à des choses plus intéressantes. Quoi qu'il en soit, il n'était pas mécontent d'être à cheval ; les bonnes manières interdisant à son aïeule de crier par la portière, elle devait ainsi réserver son incessant flot de paroles à la complaisante Mlle Cott.

Livia considéra d'un œil torve le tas d'élégants vêtements gisant sur le parquet. Ainsi donc, Cecily s'imaginait qu'une de ses vieilleries lui conviendrait pour le bal ? Et lady Glanville pensait qu'elle serait heureuse et reconnaissante d'en avoir un aperçu cachée derrière un palmier en pot ?

Eh bien, elles se trompaient !

Elles se trompaient du tout au tout.

Livia s'approcha du tas de robes, s'en saisit et le fourra dans le bas de son armoire.

Elle n'assisterait pas à ce bal. Oncle Charles pourrait y aller si cela lui chantait et boire tant de porto qu'il faudrait le porter jusqu'à la maison. Ce ne serait certainement pas la première fois.

Gabriel se hâta vers les écuries des Orr, pressé de quitter cette maison et d'échapper à tous ses occupants. Une journée (pas même complète) avait suffi à épuiser sa patience – sans parler de la façon dont sa grand-mère avait réussi, à peine arrivée, à mettre toute la maisonnée sens dessus dessous. Les draps de son lit n'avaient pas été suffisamment aérés, les bûches dans la cheminée avaient l'air humides, les sièges n'étaient pas placés correctement, la chambre de Mlle Cott était trop éloignée, elle voulait des chandelles de meilleure qualité, et la cuisinière devait préparer les plats qu'elle désirait en suivant ses indications à la lettre. Enfin, le dîner devait être servi quarante-cinq minutes plus tôt qu'à l'accoutumée.

Lord et lady Glanville s'étaient mis en quatre pour accéder à ces exigences et les domestiques avaient couru d'un bout à l'autre de la demeure. Gabriel n'avait eu qu'une brève occasion de croiser leur fille, l'honorable Cecily Orr, qui était effectivement aussi belle que promis. Elle lui avait souri et avait plongé dans une gracieuse révérence tandis que bonne-maman la couvait du regard. Mlle Orr avait peu parlé au cours du dîner et avait gardé les yeux modestement baissés, comme il sied à une jeune fille de bonne famille. Après un intermède particulièrement ennuyeux avec lord Glanville et son empoté de fils, Tom, autour d'un excellent porto, ils avaient rejoint les dames au salon et il avait constaté sans surprise que Mlle Orr ressemblait à toutes les jeunes personnes qu'il avait rencontrées dans la bonne société. Elle parlait de l'état des routes et du temps qu'il faisait, se plaignait des domestiques et annonçait sans avoir l'air d'y toucher la captivante nouvelle que la robe qu'elle allait porter au bal avait coûté trente-huit livres.

— Et vous, monsieur Penhallow ? Vous étiez en ville récemment, je crois. Dites-moi, s'enquit-elle en se penchant vers lui, les yeux brillants, avez-vous rencontré M. Brummell ? Est-il aussi spirituel qu'on le dit ? Est-il vrai qu'il porte des redingotes de satin rose ?

Bonne-maman s'arrêta net au beau milieu d'un exposé sur la meilleure façon d'astiquer l'argenterie – elle ne s'était pas gênée pour faire remarquer que les couverts étaient un peu ternes.

— Brummell ? s'écria-t-elle. Un parvenu, le petit-fils d'un valet, un épouvantable égocentrique, dont le prétendu charme me paraît absolument surestimé. Où diable avez-vous entendu parler de ses redingotes roses ?

— Je l'ai lu dans un des magazines de maman, répondit Mlle Orr en tressaillant.

— Des magazines ! répéta bonne-maman en reniflant pour indiquer sa désapprobation.

— Il n'est certes pas dans les habitudes de notre petite Cecily de lire des magazines, intervint lady Glanville. Elle est bien trop occupée par ses visites aux pauvres. Voilà seulement quelques jours, elle a donné quantité de vieilles robes à une orpheline méritante.

— Voilà qui est digne de louanges, concéda bonne-maman en acceptant une tasse de thé des mains de Mlle Orr.

La conversation revint sur le temps, et lady Glanville exprima le souhait qu'il ferait beau le jour du bal. Tom regardait dans le vague tandis que lord Glanville ronflotait doucement sur un canapé. Mlle Orr exécuta très correctement quelques mélodies au pianoforte. Bonne-maman piqua du nez mais ne ronfla pas. Lady Glanville vint s'asseoir à côté de Gabriel pour lui donner sur le ton de la confidence quelques détails de la plus haute importance sur le nouveau tapis du salon. Mlle Orr se joignit à eux et énuméra avec animation les gens d'importance à qui on l'avait présentée à Bath.

— Mme Penhallow est la plus distinguée de toutes, bien entendu, conclut-elle avec un joli sourire.

— Sans aucun doute, confirma sa mère. Mais Cecily a remporté un grand succès, monsieur Penhallow, croyez-moi. C'est bien simple, nous avions renoncé à compter les cartes de visite que nous recevions.

— Je le crois sans peine, madame, dit Gabriel.

Il s'ennuyait tellement qu'il aurait volontiers fait un somme.

Mlle Orr avait rougi et ce fut ce moment-là que bonne-maman choisit pour se réveiller en sursaut.

— Vous jouez à ravir, mon petit ! C'était charmant.

Lorsqu'il accompagna sa grand-mère à ses appartements, un peu plus tard, celle-ci décréta que la soirée avait été un succès indiscutable, mis à part la médiocrité des mets et les courants d'air du salon.

— Et j'ai vu à quel point Mlle Orr te plaisait ! Veux-tu que nous annoncions les fiançailles au cours du bal ?

Un sourire cynique incurva les lèvres de Gabriel. Même s'il s'était appliqué à n'en rien laisser paraître, il était loin d'être séduit par la belle Cecily Orr. Non que cela eût la moindre importance. Elle faisait par ailleurs un parti tout à fait convenable. Et on lui avait fait comprendre sans détour à quel point elle serait heureuse d'accueillir favorablement sa demande en mariage. Elle avait beau le considérer certainement comme un monstre bestial – comme toutes les jeunes personnes considéraient tous les représentants du sexe fort –, il était un Penhallow doté de ses quatre membres et de tous ses cheveux, et cela lui suffisait visiblement. Elle avait passé une bonne vingtaine de minutes à l'interroger en détail sur l'hôtel particulier des Penhallow dans l'élégant quartier de Berkeley Square, sous l'œil approbateur de sa mère.

— Peut-être, suggéra-t-il d'un ton ironique, serait-il préférable de lui demander d'abord sa main.

— Si tu veux, concéda son aïeule avec un geste désinvolte de sa main couverte de bagues.

Il avait bel et bien prévu de demander sa main à Mlle Orr le lendemain, toutefois, pendant le petit déjeuner, il se vit couvé d'un tel regard tant par lady Glanville que par sa fille, qu'il eut l'impression d'être un appétissant morceau de viande à l'étalage du boucher. Et lorsque Sa Seigneurie l'incita, plus ou moins adroitement, à se promener dans le jardin avec Mlle Orr, une intense irritation balaya ses bonnes résolutions. Il avait horreur qu'on le manipule.

— Si vous voulez bien m'excuser, mesdames, mon cheval a besoin d'un peu d'exercice.

— Mais j'ai l'impression qu'il va pleuvoir ! protesta Mlle Orr.

— Dans ce cas, une promenade dans le jardin ne me semble pas indiquée. Votre robe risquerait d'être abîmée. Bonne journée.

Aux écuries, il fit seller son cheval Primus, et prit la direction des bois au trot. Il s'en voulait déjà d'avoir succombé à son irritation. Il aurait dû faire cette promenade avec la jeune fille et en finir. Il s'attellerait à cette corvée dès son retour, décida-t-il. Quelques phrases bien tournées, un rapide baiser peut-être, et tout serait réglé à la satisfaction générale.

Ragaillardi par ces bonnes résolutions, Gabriel éperonna sa monture.

2

— Ne pas aller au bal ? répéta pour la vingtième fois tante Bella. Enfin, Livia, pourquoi ? Ce sera une fête pour toi, j'en suis sûre, et ton oncle Charles a la gentillesse de t'accompagner. Et laisse ces rideaux tranquilles ! Il va pleuvoir, je le sens dans tous mes os, et je ne veux pas voir la pluie. Et que diable portes-tu ? Tu as l'air d'une mendiante. On voit tes chevilles ! Ce n'est tout de même pas une des robes que Cecily t'a si généreusement données ?

— Non.

Livia en avait assez de porter les vieux vêtements de Cecily, ils lui donnaient la nausée. Elle avait donc enfilé une vieille robe de sa tante qu'elle ne s'était même pas donné la peine de retoucher. Elle était trop courte et d'un gris horrible, mais elle s'en moquait. Comme Cecily l'avait fait remarquer avec cette fausse gentillesse qui la caractérisait, elle n'allait jamais nulle part.

Après cet éclat, tante Bella ne tarda pas à retomber dans son apathie habituelle.

— Ma migraine me reprend, gémit-elle. Il me faut encore un peu de cordial. Sonne pour qu'on m'en apporte un autre flacon et laisse-moi. Tu me donnes le tournis, à t'agiter ainsi !

— Oui, ma tante.

Après avoir vigoureusement tiré sur le cordon, elle regagna sa chambre en hâte, troqua ses escarpins pour une paire de vieilles bottines et jeta sur ses épaules un horrible châle de laine grise – encore un reste de tante Bella. Elle dévala l'escalier et sortit par une porte latérale peu utilisée. Elle ne supporterait pas une minute de plus l'atmosphère étouffante de cette maison.

De l'air.

Elle avait besoin d'air.

Elle s'engagea d'un pas vif dans le sentier qui conduisait aux bois et à leur calme bienfaisant. Elle huma avec délices les senteurs d'humus et de feuillage. Elle avait l'impression de respirer le ciel. Quelle beauté ! Elle s'était si souvent promenée ici qu'il lui semblait connaître chaque arbre, chaque fourré, chaque caillou. Il se mit à pleuvoir et un vent frais joua autour de ses chevilles et dérangea quelques mèches échappées de sa tresse.

Elle avait oublié de mettre un chapeau, mais il n'y avait personne pour s'en offusquer, et du reste, elle n'était pas de ces mijaurées que deux gouttes de pluie effraient. Elle ne craignait pas non plus de tomber malade et c'était une excellente chose, se dit-elle, sardonique, car qui viendrait la soigner ? Pas tante Bella, qui arrivait à peine à se lever le matin, ni aucun des domestiques épuisés qui vaquaient à leurs occupations en traînant des pieds.

Livia sentait ses chaussures s'enfoncer délicieusement dans la terre boueuse et envoyait voleter des amas de feuilles mortes. Si elle pouvait ne jamais rentrer à la maison...

Non qu'elle ait jamais considéré Ealdor Abbey comme sa maison.

Luttant contre ce rappel plein d'amertume de sa solitude, elle suivit le sentier qui serpentait jusqu'à la vieille cabane de bûcherons. Il s'agissait d'une hutte de rondins mal équarris, depuis longtemps abandonnée et presque entièrement recouverte de lierre. Seul subsistait un espace étroit là où il y avait jadis une porte. Au gré de son imagination, cette masure avait été la demeure des elfes, puis un temple secret où les fées célébraient leurs mariages. Un léger mouvement à l'intérieur la fit se figer. Dans la cahute, à vingt pas d'elle à peine, une biche la fixait de ses grands yeux sombres.

Et soudain, une silhouette fauve s'immobilisa entre les arbres à sa gauche. Du sabot, elle gratta le sol, et Livia découvrit un grand cerf, la tête fièrement dressée. Le compagnon de la biche ?

Elle osait à peine respirer, comme si le temps s'était arrêté, comme si les deux animaux annonçaient l'arrivée de quelque mystérieux pontife – moitié bête, moitié humain, peut-être – venu célébrer d'antiques rites de mariage.

Au lieu de quoi, le claquement reconnaissable entre mille des sabots d'un cheval rompit l'enchantement. La biche fila dans une direction, le cerf dans une autre, traversant d'un bond le sentier d'où venait le cavalier, surprenant le grand pur-sang noir qui se cabra. Avec une fascination teintée de frayeur, Livia regarda le cavalier maîtriser sa monture avec force et habileté. Elle aurait voulu fuir – le cheval était vraiment impressionnant –, mais elle craignait qu'il ne se lance à sa poursuite. Si elle se mettait à courir, elle risquait de se prendre les pieds dans une racine et d'être piétinée. Pour autant qu'elle sache, le cheval et son cavalier continueraient leur chemin comme si de rien n'était et la laisseraient mourir dans la boue comme un chien. Ce genre de choses arrivait fréquemment. Sa vie était certes loin d'être parfaite, pour autant, elle n'était pas prête à rencontrer son Créateur. Elle s'efforça donc de respirer calmement et ne bougea pas d'un pouce.

— Nom de Dieu, avait marmonné Gabriel cinq minutes plus tôt.

Il était temps d'admettre la vérité. Il était perdu, complètement perdu, dans cette maudite forêt. Il avait essayé différentes directions, sans succès. Il avait fini par tirer sur les rênes de Primus pour regarder autour de lui. Aucun chemin en vue. Rien ni personne.

Sauf…

Si, il y avait quelqu'un. Il pressait son cheval lorsqu'un cerf bondit juste devant eux. Pour un peu, il aurait pu toucher son impressionnante ramure. Primus se cabra et si Gabriel n'avait pas réagi avec autant de célérité, il l'aurait jeté à terre.

Une fois son cheval maîtrisé, il avança.

Le quelqu'un était une fille misérablement vêtue. La domestique d'un manoir des environs probablement, qui pourrait lui indiquer le chemin à suivre. Il remarqua une tache de boue sur sa joue, sur son châle informe et sur le bas de sa jupe trop courte. Même sa chevelure en désordre était maculée de boue.

C'est alors qu'il remarqua le vert de ses yeux – pas le vert brillant des émeraudes, non, le vert profond des pins ou des feuilles de laurier. Un vert magnifique...

S'il avait eu un tempérament imaginatif, elle lui aurait évoqué une nymphe, quelque esprit sylvestre, ou un elfe de la légende arthurienne.

Il plongea le regard dans ces grands yeux verts.

Ce fut une erreur. Un seul mot lui vint à l'esprit.

Envoûtante.

L'espace d'un instant de folie, Gabriel songea qu'il se noierait volontiers dans ces profondeurs vertes.

Non, plus que cela.

Bien plus.

Un désir violent, primitif, animal, s'empara de lui. Comme en proie à un soudain accès de fièvre, il se dit qu'il aurait été trop heureux de descendre de cheval, de l'attirer dans ses bras et de la posséder contre l'arbre le plus proche, ici, sous cette petite pluie froide, de se perdre dans la chaleur de cette nymphe et de rester perdu avec elle dans cette forêt impénétrable.

Il s'ébroua mentalement. À quoi diable pensait-il ? Dans quelques heures, il serait fiancé à l'exquise, la convenable Mlle Cecily Orr, l'épouse idéale pour un Penhallow. Le moment était mal choisi pour reluquer avec concupiscence cette fille comme s'il s'agissait de la dernière femme sur terre.

Du reste, il n'était pas de ces hommes qui considéraient les domestiques comme des proies à leur disposition.

— Ne sois pas ridicule, grommela-t-il pour lui-même.

L'eau ruisselait de son chapeau et, tout à coup, il n'eut plus qu'une envie : regagner la grande demeure patricienne meublée avec ostentation où l'attendait un avenir tout tracé. Mais pour cela, il avait besoin de l'aide de cette fille. Il la récompenserait généreusement, bien sûr.

— Bonjour, lança-t-il en sortant une pièce de sa poche. Peux-tu me dire comment retourner chez les Glanville ?

Elle se contenta de le regarder, interdite.

Allons bon, c'était bien sa chance. Une jolie fille un peu simplette. Comme c'était parti, il allait prendre le mauvais chemin et se retrouver en Écosse, où il buterait sur un autre idiot, son cousin Alasdair, et *cela* n'aurait rien de drôle. Si elle voulait bien lui indiquer la direction, cela lui suffirait. Il y avait peut-être un moyen de l'inciter à parler, ou au moins à faire un geste.

Il chercha une autre pièce de monnaie. Elle les attrapa prestement quand il les lui lança.

— Dis-moi comment aller chez lord et lady Glanville, articula-t-il à haute et intelligible voix.

Livia le dévisageait sans vergogne. Dieu qu'il était beau ! Il avait maîtrisé son cheval avec maestria et sa silhouette athlétique laissait deviner sa force. C'était un bonheur de contempler un aussi bel homme ! Elle aimait beaucoup son épaisse chevelure brune, ni trop foncée ni trop claire. Ses yeux perçants étaient bruns, eux aussi, surmontés de sourcils presque noirs. De longs favoris encadraient son visage aristocratique au nez droit et aux pommettes saillantes. Quant à sa bouche...

La lèvre supérieure était plus fine que l'autre, pourtant elle trouvait cette dissymétrie seyante. Elles allaient si bien ensemble ! C'en était même étonnant.

— Peux-tu m'aider ? insista-t-il. Je dois retourner chez les Glanville, je suis leur invité.

Les sentiments de Livia changèrent du tout au tout. Son intonation lui paraissait maintenant désagréablement condescendante. C'était un invité des Orr ? Se pouvait-il qu'il s'agisse du fameux M. Penhallow, le bientôt-fiancé de Cecily ?

Mais bien sûr, ce ne pouvait être que lui ! Il suait l'arrogance par tous les pores. Et pourquoi la dévisageait-il ainsi ?

Elle comprit alors la signification des pièces qu'il lui avait lancées et qu'elle avait eu la sottise d'attraper. Il la prenait pour une petite gourde campagnarde à qui on offrait une récompense en échange d'un peu d'aide.

Elle se sentit blessée, humiliée. Puis la colère prit le dessus.

Une colère noire.

Elle aurait voulu effacer d'une gifle cette expression suffisante. Ce vœu étant irréalisable, elle plongea dans une révérence volontairement maladroite et consentit enfin à parler.

Exactement comme l'aurait fait une petite gourde campagnarde.

— Vrai, m'sieur, vous êtes chez les Orr ? C'est les gens les plus chics du pays ! À ce qui paraît, y mangent dans des assiettes en or !

— Non, non, ce n'est...

— Et mam'zelle Cecily ! Paraît que c'est la plus jolie dame du pays ! Et que son grand-père, c'est un vrai comte ! Oh, m'sieur, vous avez eu la chance de la voir ? Moi, j'en tremblerais pareil qu'une feuille !

— Allons, petite..., reprit-il, de plus en plus hautain, ce dont Livia se contrefichait.

— À ce qu'on dit, le bal qu'y font la semaine prochaine y sera fait tout comme les Ygyptiens ! M'man dit que c'est des sauvages, mais je donnerais cher pour voir ça ! Je me ferai toute petite dans un coin et je serai heureuse comme un coq en pâte !

— Cela m'étonnerait que tu sois invitée, répliqua-t-il froidement.

Il crut reconnaître le ton dédaigneux de sa grand-mère dans ses pires moments, mais il n'avait pu s'empêcher de l'employer, apparemment.

« Ne regarde pas ses yeux, imbécile ! » s'ordonna-t-il.

— Tu connais le chemin, oui ou non ? Tu as eu ton argent, alors...

— Oh, pour sûr, m'sieur ! Ça va nous faire manger presque tout le mois ! Et ma pauvre vieille grand-mère qu'est malade, on va pouvoir lui acheter une couverture. Vous êtes un m'sieur ben comme y faut, m'sieur, pour sûr, avec votre permission ! Et...

— Est-ce que tu connais le chemin ?

Malgré la distance, Livia vit ses doigts se crisper sur sa cravache.

Il était à une vingtaine de minutes à peine de chez les Glanville et elle connaissait parfaitement le chemin, elle lui donna pourtant des explications si embrouillées qu'il lui faudrait deux bonnes heures pour arriver à bon port. Quand elle eut terminé, il la toisa, les sourcils froncés, avant d'éperonner son cheval.

Livia le regarda s'éloigner. Quel homme épouvantable ! Avec un cheval épouvantable ! Elle jeta les deux pièces et les enfonça rageusement dans la boue d'un coup de talon. Quoique stupide, vu qu'elle était littéralement sans le sou, cela lui procura néanmoins une profonde satisfaction.

« Cela m'étonnerait que tu sois invitée », se répéta-t-elle en rebroussant chemin.

Qu'en savait-il ? Que savaient-ils d'elle, tous autant qu'ils étaient ? Elle n'était que cette pauvre petite Livia...

« Votre oncle Charles ne vous donne pas d'argent de poche pour vous habiller, n'est-ce pas, Livia ? Cela dit, puisque vous n'allez jamais nulle part, ce n'est peut-être pas si grave. »

« Allons, cessez de bouder, ma petite Livia, car j'ai le plaisir de vous annoncer que nous sommes venues tout spécialement pour vous offrir un petit plaisir. »

« Ah, c'est toi la petite orpheline ! »

Sa rancœur augmentait à chaque pas et lorsqu'elle arriva à la maison, elle n'avait plus qu'une idée en tête.

Se venger.

Elle gravit au pas de course l'escalier qui menait à sa chambre, marcha droit sur son armoire, d'où elle sortit toutes les robes que Cecily lui avait données. Elle les étala sur le lit : mousseline, soie, satin, crêpe, gaze, velours...

Son cerveau bouillonnait. Mentalement, elle coupait, rectifiait, arrangeait. Elle alla chercher son nécessaire de couture, et son aiguille ne tarda pas à voltiger dans un satin mordoré, tel un petit poignard qu'elle aimerait plonger dans la poitrine de certains.

Gabriel était fort mécontent lorsqu'il arriva enfin chez les Glanville. Soit cette fille était vraiment simplette, soit elle s'était moquée de lui. Il était trempé jusqu'aux os et à moitié gelé, mais il aurait fallu bien plus pour l'abattre. Il prit un bain, se changea et partit à la recherche de Mlle Orr.

Il ne trouva au salon que lady Glanville et sa grand-mère.

— Ah, cher monsieur Penhallow, nous parlions justement de vous ! s'écria Sa Seigneurie d'un ton qui se voulait amusé.

— Vous me flattez, madame.

— Vous nous avez manqué au déjeuner. Vous avez fait une longue promenade. J'espère que vous n'avez pas eu de souci en chemin ?

— Pas le moindre. J'ai fait une promenade très agréable. J'espère que mon absence ne vous a pas trop dérangée.

— Non, pas du tout. Vous n'étiez pas le seul absent, du reste. Notre chère Cecily a – vous me pardonnerez ma franchise, mais nous sommes si bons amis ! –, notre chère Cecily a un bouton sur le visage. Elle doit malheureusement rester confinée jusqu'à ce que le traitement l'ait éliminé. D'autant que le bal a lieu après-demain ! Mais ne craignez rien. Votre grand-mère a eu la bonté de nous indiquer un remède infaillible à base de jaune d'œuf de canard avec un soupçon de lard. Ma femme de chambre est en train de le préparer et je suis certaine qu'il se révélera efficace. Je vous assure, cher monsieur, poursuivit lady Glanville sur le ton d'une confidence de la plus haute importance, que Cecily est rarement sujette aux éruptions de boutons. N'allez surtout pas croire qu'elle est de ces jeunes filles qui sont constamment défigurées. Et vous serez heureux d'apprendre qu'elle se nettoie les dents chaque jour. J'y veille personnellement.

C'était le genre d'informations que Gabriel aurait préféré ignorer. Il ne lui restait plus qu'à se résigner à attendre que le visage de Mlle Orr ait retrouvé sa perfection initiale.

Le jaune d'œuf et le lard gras n'étaient apparemment pas aussi efficaces que le proclamait sa grand-mère, à moins que les différents remèdes utilisés – il préférait ne pas connaître les autres – ne se soient annulés mutuellement, quoi qu'il en soit, il ne revit Mlle Orr, débarrassée de son disgracieux bouton, que deux jours plus tard, au dîner précédant le bal, et il n'eut pas l'occasion de lui parler en privé.

Il avait encore une chance de s'éclipser.

La vieille voiture bringuebalait au clair de lune tandis qu'entre chaque cahot oncle Charles, affalé en face de Livia, portait à ses lèvres le flacon de cognac qui ne le quittait jamais. Aucun des deux ne parlait. La jeune fille était trop habituée à ce silence pesant pour s'en offusquer. Elle était en outre beaucoup moins à l'aise qu'elle ne le prétendait et toute conversation se serait révélée laborieuse. Que lui réservait cette soirée ?

Elle n'en avait pas la moindre idée.

La colère qui l'avait submergée après sa rencontre dans les bois avec cet horrible cavalier avait nourri son énergie, et son aiguille avait travaillé sans relâche depuis. À présent cependant, elle se sentait...

Un peu mal à l'aise ?

Très mal à l'aise, en fait.

Lady Glanville lui avait suggéré de trouver un petit coin tranquille pour profiter du spectacle et elle était presque tentée de le faire. Elle espérait en outre ne pas croiser cet arrogant donneur de pourboires. Elle ne voulait le revoir pour rien au monde !

Ils quittèrent la route et la voiture rejoignit la file qui se dirigeait vers l'élégant portique de la demeure des Glanville. Toutes les fenêtres de la vaste façade étaient illuminées et Livia crut entendre l'orchestre. Ses mains tremblaient un peu. « Ce n'est qu'un bal, un bal de rien du tout », se répéta-t-elle comme une litanie.

Une vingtaine de minutes plus tard, alors que son oncle et elle prenaient place dans la file des invités, son assurance l'avait abandonnée. Elle avait laissé son châle au vestiaire et se sentait soudain vulnérable. Pourquoi diable avait-elle fait une robe aussi décolletée ? Les longs panneaux de crêpe blanc soigneusement cousus au dos de la robe de soie ivoire suffiraient-ils à lui donner des formes ? Quant au jupon de satin mordoré, qui lui avait paru sur le moment une excellente idée, c'était peut-être une lourde erreur. Et que penser du ruban doré qu'elle avait entrelacé dans ses cheveux relevés en chignon ? N'était-il pas trop voyant ? Tout le monde la regardait en chuchotant, elle en était certaine.

Elle arriva enfin devant lady Glanville, qui la parcourut du regard et se raidit.

— Eh bien, Livia, vous voilà ! lâcha-t-elle d'un ton glacial. Et quelle tenue !

Son expression était tellement hostile, son attitude tellement réprobatrice que Livia fut saisie d'une prodigieuse envie de rire. Son courage lui revint d'un coup.

— Oui, milady, me voilà, rétorqua-t-elle, le menton levé, en plantant son regard dans celui de lady Glanville.

Les beaux yeux bleus de Cecily s'arrondirent de façon comique.

— Où avez-vous déniché cette robe ? siffla-t-elle, un sourire de commande aux lèvres.

— C'est une des vôtres, répliqua Livia en la gratifiant du même sourire artificiel.

Tom, l'héritier des Glanville, la lorgna ouvertement, et retint sa main un peu plus longtemps que nécessaire. Livia lui sourit de toutes ses dents et récupéra sa main.

Ils en avaient terminé avec les salutations.

Et maintenant ?

Oncle Charles avait disparu. Il était certainement parti à la recherche du vieux porto qu'on lui avait promis. Pour se donner une contenance, Livia lissa un faux pli imaginaire. Elle se sentait terriblement exposée. Et à part les Orr et son oncle, elle ne connaissait personne.

« Avance. Un pied après l'autre, s'ordonna-t-elle. Et quand tu verras un de ces palmiers en pot hors de prix, tu n'auras qu'à le renverser d'un coup de pied ! »

Serrant les dents, elle pénétra dans la salle de bal.

Une fois bonne-maman installée dans un fauteuil doré (orné de hiéroglyphes fantaisie) et entourée d'un aréopage de dames qui buvaient littéralement la moindre de ses paroles, Gabriel s'échappa. Comment sa grand-mère supporterait-elle ces commères ? Il était en colère après elle. Juste avant le dîner, elle l'avait convoqué dans ses appartements pour lui montrer triomphalement le monceau de lettres qu'elle avait écrites – enfin, que Mlle Cott avait écrites – pour annoncer ses fiançailles. Elle avait hâte qu'il les annonce au souper, avait-elle précisé.

— Vous ne croyez pas que c'est un peu prématuré ?

— Ce qui est fait n'est plus à faire ! Et puis, nous avons suffisamment traîné ici. J'en ai assez de cette prétendue nourriture, des courants d'air et des cheminées qui fument. Je suis sûre que mon matelas est bourré de plumes de poulet. Il a une odeur particulière. J'ai déjà demandé à ma femme de chambre de faire les bagages.

L'heure était venue d'accomplir son devoir. Il devait ouvrir le bal avec Mlle Orr. Il se demanda fugitivement comment ce serait de lui faire l'amour. Ce devait être le genre de femmes à se plaindre que cela dérangeait sa coiffure. Enfin, il lui fallait assurer sa descendance. Sa descendance… Il se répéta plusieurs fois le mot, comme pour marquer la cadence, en se frayant un chemin dans la foule. Les musiciens accordaient leurs instruments. « Sa descendance », se répétait-il lorsqu'il heurta presque l'une des invitées.

— Je vous demande pardon, commença-t-il avant que son sourire courtois s'efface.

L'invitée n'était autre que la petite campagnarde mal fagotée qu'il avait croisée dans les bois quelques jours plus tôt. Sauf que, ce soir… ce soir, elle portait une éblouissante robe blanche sur un jupon mordoré qui révélait une silhouette extrêmement féminine. Son abondante chevelure auburn était très simplement relevée et attachée par un ruban doré, quelques petites mèches encadrant un visage…

Inoubliable.

Ces grands yeux lumineux ombrés de longs cils se fixèrent sur lui et, l'espace d'un instant, le même désir irrationnel de se perdre dans ces profondeurs vert forêt s'empara de lui. Son teint était sans défaut, un peu doré par le grand air… Et aucune tache de boue ne maculait son beau visage.

Elle s'était moquée de lui.

— Que diable faites-vous ici ? questionna-t-il sèchement.

— Oh, m'sieur, je peux pas y croire ! Y sont tellement gentils, ces Orr ! Vous voyez, y font la charité à une pauvre orpheline comme moi ! C'est un vrai rêve, parole !

— Orpheline ? Vous m'avez parlé de votre mère l'autre jour, répliqua-t-il, comme s'il voulait marquer un point, avant de réaliser à quel point c'était ridicule. Espèce de petite...

Il n'avait pas la moindre idée de ce qu'il allait faire lorsqu'une main possessive se referma sur son bras. La fille en blanc lui jeta un regard moqueur avant de se fondre dans la foule.

— Je crois que c'est notre danse, monsieur Penhallow.

Vivante incarnation de la parfaite lady, Mlle Orr, dans une robe de gaze crème brodée de minuscules fleurs argentées qui mettait en valeur sa silhouette mince, lui souriait aimablement.

— En effet, répondit Gabriel machinalement.

Tout en l'escortant jusqu'à la piste de danse, il songea à la petite péronnelle qui s'était moquée de lui avec tant d'audace.

Ils ouvrirent le quadrille, et Mlle Orr exécuta les figures compliquées avec grâce et assurance. Ils bavardèrent, tournèrent, virevoltèrent, pourtant, Gabriel ne put s'empêcher de remarquer la fille en blanc et or assise seule dans un coin. Il remarqua également que beaucoup de jeunes gens l'observaient mais que leurs mères les en éloignaient ostensiblement. Elle affichait une expression sereine, comme si elle ne se rendait pas compte qu'on la fuyait. Admirant son courage, il demanda :

— Qui est la jeune fille qui n'a pas de cavalier, là-bas ?

— Oh, c'est cette pauvre petite Livia Stuart ! Une orpheline sans le sou.

— Elle porte pourtant une robe très élégante.

— C'est moi qui la lui ai donnée.

— Vraiment ? Vos... silhouettes sont pourtant... différentes.

— Livia est très habile à l'aiguille. C'est tout ce que la pauvre petite sait faire.

— Elle a l'air de beaucoup intéresser votre frère. Il la regarde depuis un moment.

— Ce n'est pas étonnant, rétorqua Mlle Orr de sa voix douce, elle a une tenue si scandaleuse. Si elle espérait retenir l'attention d'un beau parti, je crains qu'elle ne fasse erreur. Sans argent, sans relations, elle est destinée à rester vieille fille. C'est affreusement triste, n'est-ce pas ? Mais ne vous inquiétez pas pour Tom, mère a d'autres projets pour lui. Vous voyez cette jeune fille à côté de la copie de la barque de Cléopâtre ? Son père est baronnet et elle a une dot de vingt mille livres.

— Tom sait-il qu'il doit l'épouser ?

— Je l'ignore, en revanche, je suis certaine qu'il fera ce qu'on attend de lui.

— Le devoir avant tout, bien sûr, murmura Gabriel.

En parlant de devoir, il se demanda combien de fois il lui faudrait accomplir le devoir conjugal avec Mlle Orr. Ce n'était pas une perspective particulièrement attrayante, mais il lui fallait des héritiers. Malgré lui, il coula un regard vers la jeune esseulée, cette déesse descendue sur terre, chaleureuse et pleine de vitalité.

— Bien sûr, confirma Mlle Orr, apparemment ravie qu'ils se comprennent si bien.

Elle commenta ensuite le nombre de couples qui dansaient, la chance qu'ils avaient que le temps se soit montré clément, et ce que coûtait l'orchestre.

Gabriel lui répondit courtoisement aux moments idoines. Il devait être un peu distrait car lorsque la danse s'acheva, juste au moment où il allait lui proposer de faire quelques pas avec lui, un autre homme la lui enleva. Il passa donc à une autre partenaire.

Il dansa avec une série de jeunes filles du voisinage, comme le lui commandait l'étiquette en tant qu'invité d'honneur des Orr, mais curieusement, à ses yeux elles se confondaient toutes. Seules quelques images demeuraient gravées dans son esprit. Sa grand-mère qui ne le quittait pratiquement pas des yeux... Mlle Orr virevoltant au bras d'autres messieurs et discutant sans doute du temps qu'il faisait et du coût des musiciens... Tom Orr, jetant des regards furtifs autour de lui, se rapprochant insensiblement de la jeune fille en blanc et or et, à l'autre bout de la salle, lady Glanville dissimulant à grand-peine son inquiétude.

Ce bal se révélait une mauvaise expérience. Non seulement Livia n'avait pas renversé de palmier en pot, mais personne ne l'avait invitée à danser. Elle aurait été obligée de refuser, bien sûr, puisqu'elle ne savait pas danser, il n'empêche, elle aurait bien aimé qu'on l'invite. Et qui diable avait édicté la règle selon laquelle c'était l'homme qui invitait ? C'était une règle complètement absurde. Et elle en avait assez de regarder Cecily Orr danser – à la perfection, elle devait en convenir – avec lui.

M. Penhallow.

Être aussi beau frisait l'immoralité.

Livia regrettait de s'être débarrassée des deux pièces de monnaie. Elle aurait pu les lui jeter à la figure.

Lady Glanville avait raison, la vie était injuste.

Enfin, ce bal ne durerait pas éternellement. Il finirait bien par s'achever et la vie reprendrait son cours.

— Mademoiselle Stuart, dit soudain une voix rauque.

Livia sursauta et leva les yeux. Devant elle se tenait Tom Orr, un jeune homme replet à la fade chevelure paille, aux yeux bleus protubérants et aux mains massives.

— Monsieur Orr.

Il suait à grosses gouttes en se dandinant d'un pied sur l'autre.

— Puis-je avoir l'honneur de la prochaine danse ? s'enquit-il avant de jeter un regard inquiet par-dessus son épaule.

Livia aperçut lady Glanville, visiblement très contrariée, qui tentait de se frayer un chemin jusqu'à eux. Sa progression était ralentie par la foule, ainsi que par les nombreuses tentatives de l'attirer dans une conversation. Livia sentit les coins de sa bouche se relever tandis qu'une idée lui venait.

— Je ne sais pas danser, monsieur Orr...

— Tant mieux ! J'ai horreur de tous ces dandinements.

— Mais je suis au bord de la syncope, reprit-elle sur le ton de la confidence. Il fait si chaud.

— Eh bien, nous sommes deux ! C'est une vraie fournaise, ici.

Au bref silence qui s'ensuivit, Livia comprit qu'un sous-entendu ne suffirait pas.

— Pensez-vous que nous pourrions trouver un endroit plus frais ? Le jardin, peut-être ?

— Oui, il ferait certainement plus frais. Mais comment l'atteindre ?

— En passant par les portes-fenêtres là-bas, peut-être.

— Ça, c'est une idée ! Et vous croyez qu'on peut ? Je ne sais jamais ce qui est convenable et ce qui ne l'est pas. Ma mère a beau être sans cesse sur mon dos, je n'arrive jamais à me rappeler toutes ces fichues règles. Voilà, j'ai encore dit « fichues » ! Nom de nom !

Réprimant une envie de rire – d'un grand rire libérateur –, Livia se leva et lui prit le bras d'un geste aussi assuré que Cecily avec M. Penhallow avant de l'entraîner vers les portes-fenêtres. Quand Tom vit qu'elles étaient ouvertes, il pressa le pas si bien qu'elle faillit trébucher.

Au milieu de la salle de bal, Gabriel les suivit du regard. À quoi diable pensait cette petite donzelle, de laisser Tom Orr l'emmener ainsi ? Elle ne se rendait donc pas compte que sa conduite était scandaleuse ? Tom était un nigaud et il faisait le double de sa taille. Il pouvait faire d'elle ce qu'il voulait. Et il aurait fallu être aveugle pour ne pas se rendre compte qu'il avait été ébloui. Cette écervelée s'était mise de son plein gré dans une situation impossible.

Il se rappela la fille de lady Washbourne, cette pauvre gamine sans cervelle. Et cette jeune fille-*là* était orpheline, lui avait appris Mlle Orr. Qui s'occupait d'elle ?

Les dernières figures du quadrille lui parurent durer une éternité. Quand enfin la danse se termina, il remercia sa cavalière, dont il avait déjà oublié le nom, et, sa taille et son imposante carrure aidant, se fraya un chemin pour aller tirer la fille en blanc de l'étreinte poisseuse de Tom Orr. Quand ce serait chose faite, il la secouerait si fort qu'elle en verrait trente-six chandelles.

Comme il aurait dû s'en douter, sa sortie ne passa pas inaperçue. S'il n'avait pas été tellement obnubilé par la jeune fille, il s'en serait rendu compte.

3

Livia étouffa un bâillement. Tom n'avait pas eu besoin de beaucoup d'encouragements pour aborder son sujet favori : le tabac à priser. Il était intarissable sur la gamme Petersham, le mélange princier ou le mélange Brummell. Il aurait aussi bien pu lui parler chinois.

Il n'empêche, fuir la foule et la chaleur était bien agréable. Ici, personne ne la dévisageait comme une bête curieuse et le jardin était magnifique. Ils avaient fort opportunément trouvé un banc de pierre entouré de massifs méticuleusement taillés. Et puis, quel plaisir d'imaginer la mine horrifiée de lady Glanville quand elle comprendrait que son fils chéri s'était évaporé et qu'il se trouvait en grand danger d'être contaminé par la présence de « cette pauvre petite Livia ».

— ... le fin du fin, c'est le Vigo premier choix ! La première fois que je l'ai essayé, j'ai éternué si fort qu'on n'a jamais réussi à nettoyer complètement mon gilet !

— Mon Dieu ! Et ensuite ?

— Ensuite, tout ce qui reste à faire, c'est de s'y prendre correctement et de toujours avoir une provision de mouchoirs à portée de la main. J'ai dû en user des centaines avant de savoir m'y prendre. Il faut tenir le poignet comme ceci, et inhaler de façon à ne pas éternuer. Ma parole, dit-il en s'emparant abruptement de sa main, vous au moins, vous savez écouter ! Comment se fait-il que nous ne nous soyons pas rencontrés plus tôt ?

— Oh, sans doute...

Un pas rapide sur les gravillons de l'allée fut suivi par l'apparition de M. Penhallow en personne, plus grand et imposant que jamais, et affichant l'expression d'un ange exterminateur. Vu de près, il fallait reconnaître qu'il était absolument magnifique dans son habit de soirée noir et ses culottes de satin blanc. Mais que faisait-il là ? Aurait-il égaré Cecily, Mlle Parfaite ?

Tom Orr lui lâcha précipitamment la main, et bondit sur ses pieds.

— Ah, monsieur... Comment allez-vous ? bredouilla-t-il. Je... J'expliquais juste à Mlle Stuart tout... tout sur...

— Le tabac à priser, compléta obligeamment Livia.

— Le tabac à priser ?

M. Penhallow paraissait prêt à les étrangler tous les deux.

— Oui, le tabac à priser. J'adore priser, et comme j'expliquais à Mlle Stuart, cela demande... de la pratique. Alors, vous comprenez...

Tom Orr semblait se flétrir sous l'œil furibond de son aîné.

— Eh bien... au revoir, balbutia-t-il avec un regard pitoyable à l'adresse de Livia.

Les yeux baissés, il contourna largement M. Penhallow pour rejoindre la salle de bal.

— Espèce de petite idiote !

Il était visiblement hors de lui, mais il allait trouver à qui parler.

— Oh, m'sieur, qu'est-ce qui y a ? Moi, assise à côté d'un Orr ! Pour un peu, j'en serais tombée dans les pommes, c'est moi qui vous le dis ! Et tout ce qu'y a à savoir sur le tabac à priser, c'est pas croyable, mon bon monsieur ! M. Tom y m'a dit que la première fois il avait éternué comme un soufflet ! Mais pas vous, pas un monsieur raffiné comme vous, pour sûr.

— Pas raffiné à ce point, rétorqua-t-il.

Il la rejoignit en trois enjambées, l'obligea à se lever sans ménagement. Après quoi, elle se retrouva plaquée contre un torse d'airain et embrassée à pleine bouche.

Comment osait-il ?

Quel horrible mufle !

Furieuse, Livia le repoussa de toutes ses forces – ce qui n'eut pas l'air de le troubler le moins du monde –, puis tout à coup ses mains se desserrèrent tandis qu'un flot de sensations inconnues la submergeait.

Le choc d'une proximité aussi étroite...

Se sentir étreinte par des bras vigoureux...

Son parfum, sa chaleur et – grand Dieu ! – son goût...

Une saveur mystérieuse et enivrante, mélange de vin, de chocolat peut-être et de... virilité brute. Cela pouvait-il constituer une saveur ? Si tel était le cas, l'horrible M. Penhallow la possédait. Son emprise sur la bouche de Livia se fit plus impérieuse.

Oui, il s'agissait d'une saveur typiquement masculine.

Une saveur absolument délicieuse.

Livia savait ce qu'elle aurait dû faire – crier au minimum, comme une jeune fille convenable – lorsqu'elle comprit avec stupéfaction qu'elle aimait ce qu'elle ressentait. Elle aimait la fermeté de ce corps contre le sien, plus souple, elle aimait le contact de sa langue dans sa bouche, ce contact tiède et d'une sensualité affolante. Ses idées se brouillaient, tout son corps s'embrasait, et elle ne demandait qu'à se consumer.

À continuer.

Elle désirait absolument continuer…

Avec un petit gémissement, elle noua les mains sur la nuque de M. Penhallow, et laissa ses doigts glisser doucement sur sa peau. Jamais elle n'aurait imaginé qu'un homme fût aussi excitant, ni combien c'était merveilleux d'être serrée étroitement dans ses bras, de sentir ses mains puissantes sur son corps et leur chaleur à travers le fin tissu de sa robe.

Encouragé par la réaction de Livia, Gabriel plongea les doigts dans sa chevelure soyeuse tandis que son baiser se faisait plus pressant. Il avait tort, il le savait. Ce n'était qu'une fille impertinente dont il ne savait rien sinon qu'elle avait le don de le mettre en colère et de le faire vibrer.

Quelques minutes plus tôt, il était furieux contre elle. Pour quelle raison, il n'en avait aucun souvenir. Tout ce qu'il savait, tout ce qu'il voulait, c'était que ce baiser ne finisse jamais. Il voulait garder dans ses bras cette nymphe ensorcelante pour l'éternité.

— Je me doutais qu'il fallait vous avertir d'une situation aussi choquante. Cette pauvre petite Livia n'aurait jamais dû sortir seule avec Tom. Lui aussi est à blâmer, bien sûr, mais il m'a semblé préférable que vous constatiez la situation de vos propres yeux.

C'était la voix de Mlle Orr, encore plus suave et empressée que d'ordinaire. Elle paraissait plutôt contente d'elle, en fait.

— En effet, en effet, grommela une voix de baryton.

Gabriel eut juste le temps de lâcher Livia Stuart avant que Mlle Orr, suivie d'un homme au teint rubicond, surgisse de derrière un massif.

— Enfin, Livia, qu'est-ce que cela signifie ? tonna le baryton.

— Monsieur Penhallow ! Que faites-vous là ? glapit Mlle Orr, stupéfaite.

Gabriel se retint de rajuster son gilet et de lisser les revers de son habit. Que diable lui avait-il pris ? Il s'était conduit comme un rufian de la pire espèce, il était inexcusable. Et cette fille ne lui plaisait même pas !

Il se tourna vers Livia Stuart et constata – Seigneur, non ! – que sa somptueuse chevelure était en désordre et qu'une des manches de sa robe avait glissé, révélant une épaule nue. Il fut saisi d'une envie folle de poser les lèvres sur sa peau lisse et se força à détourner les yeux.

— Comme vous le voyez, je suis avec Mlle Stuart, répliqua-t-il froidement.

Il y eut un froissement de tissu et lady Glanville surgit dans un tourbillon de satin cramoisi.

— Où est mon fils ? Que lui avez-vous fait ?

— Ce que je voudrais savoir, c'est ce qu'*il* a fait à ma nièce ! rétorqua l'homme au teint rubicond d'un ton agressif.

Tous les regards convergèrent vers Mlle Stuart. Son expression était impénétrable et Gabriel n'aurait su dire ce qu'elle pensait. Elle ouvrait la bouche pour répondre lorsqu'un nouveau bruissement de jupes l'arrêta.

Quoi encore ? La situation pouvait-elle encore empirer ?

Eh bien, oui, le pire était toujours possible.

En la personne de sa grand-mère, raide comme la justice, son beau visage si farouche que Gabriel ne put s'empêcher d'y voir une ressemblance avec Méduse changeant ses malheureuses victimes en pierre.

— Quelqu'un peut-il m'expliquer ce que signifie cette situation choquante ? lança-t-elle d'une voix vibrante de colère.

Personne n'osa rompre le silence.

Gabriel réfléchit à une explication à la fois rationnelle et apaisante susceptible de désamorcer cette poudrière et de permettre à chacun de se séparer avec courtoisie et dignité. C'était possible, il en était convaincu. Ce n'était pas la première fois qu'il devait se sortir d'un mauvais pas.

C'est alors...

C'est alors que Mlle Stuart pouffa de rire.

Et ce fut l'enfer.

Livia n'avait jamais visité de musée de cire, mais cela devait sûrement ressembler à la scène qu'elle avait sous les yeux, quelques figures humaines figées dans toute une gamme d'attitudes allant de l'arrogance imperturbable (M. Penhallow) à l'horreur absolue (Cecily), en passant par l'hostilité outragée (oncle Charles et lady Glanville), tout cela à cause de la simple apparition de cette dame autoritaire magnifiquement vêtue.

Et elle, quelle expression arborait-elle ? Elle devait avoir l'air d'une petite campagnarde qui s'était retrouvée au mauvais endroit au mauvais moment. Dieu merci, elle était au moins capable de dissimuler ses sentiments. C'était la colère qui dominait. Non, en fait, elle était furieuse de s'être laissé embrasser par cet épouvantable M. Penhallow, et surtout de s'être abandonnée à son étreinte. Comment avait-elle pu y prendre plaisir, ne serait-ce qu'un instant ?

Elle avait visiblement mal agi. L'irruption de tous ces gens était vexante, mais les voir aussi figés que des statues était si comique qu'elle ne parvint pas à étouffer complètement l'envie de rire qui s'était emparée d'elle.

Son rire eut au moins le mérite de briser ce curieux sortilège.

— Cet individu – comment s'appelle-t-il déjà ? Pinbarrow ? – a compromis ma nièce, voilà ce que cela signifie ! tonna oncle Charles, tandis que lady Glanville demandait à nouveau où était passé son fils et que Cecily s'écriait d'une voix presque stridente : « Monsieur Penhallow ! »

— Taisez-vous, tous autant que vous êtes, ordonna la dame aux cheveux argentés. Qui êtes-vous, je vous prie ? lança-t-elle à oncle Charles avec dédain, comme si elle se voyait obligée d'adresser la parole à un animal repoussant.

— Je suis l'oncle de cette jeune fille et son tuteur ! Charles Stuart ! Et vous, qui êtes-vous, j'aimerais bien le savoir ?

— Je suis Mme Penhallow, la grand-mère de cet individu, comme vous dites avec tant d'élégance. Peut-être pourriez-vous m'expliquer pourquoi votre nièce a l'air d'avoir été traînée par les cheveux dans les buissons.

— Comme si ce n'était pas évident ! Votre petit-fils a badiné avec elle. Il l'a compromise, nous en sommes tous témoins, et il va devoir en payer le prix.

— Si vous envisagez une compensation financière...

— Badiné ? s'écria Cecily. Oh, monsieur Penhallow !

— De l'argent, madame ? s'insurgea oncle Charles, dont le visage vira au violet. Il va se conduire honorablement et l'épouser ! Je ne laisserai pas ternir la réputation de ma famille !

— *L'épouser ?* Oh, non, non ! gémit Cecily en s'accrochant au bras d'oncle Charles telle une naufragée.

— Cecily, cesse de tout répéter ainsi, intervint lady Glanville. Et lâche le bras de M. Stuart, s'il te plaît ! N'oublie pas que tu es la petite-fille d'un comte ! La situation est certes quelque peu compliquée, chère madame, poursuivit-elle gracieusement à l'adresse de Mme Penhallow, mais je suis certaine que nous allons régler cela au mieux entre nous...

— Eh bien, Gabriel ? jappa Mme Penhallow, l'ignorant superbement. Ce que dit ce M. Stuart est-il vrai ?

En plus de n'avoir jamais été dans un musée de cire, Livia n'était pas davantage allée au théâtre. Elle avait pourtant l'impression d'assister à une comédie, son regard passant de l'un à l'autre des protagonistes. Qu'allait-il se passer ensuite ? Une bagarre, des évanouissements, quelqu'un prenant la fuite poursuivi par un ours ?

Lady Glanville avait beau arborer son habituel sourire de façade, Livia discernait sur son visage un soupçon de transpiration. Cecily ouvrait des yeux comme des soucoupes. Quant à oncle Charles, elle avait l'impression qu'il gonflait comme une espèce de gros crapaud. Qu'il puisse envisager qu'elle épouse cet horrible M. Penhallow était du dernier comique. Ce genre de choses n'arrivait que dans ces romans pleins de nobles héros, de méchants séducteurs et de tuteurs outragés, où tout était d'autant plus amusant que tellement exagéré.

— Quoi qu'il arrive, je ferai mon devoir, déclara Gabriel Penhallow avec un calme olympien.

— Ce n'est pas une réponse, rétorqua sa grand-mère d'un ton cinglant.

Mais déjà Cecily glapissait :

— Livia, espèce de vipère, vous ne me le volerez pas ! Je ne vous laisserai pas faire ! Oh, j'ai toujours su que vous étiez méprisable !

Livia oublia aussitôt qu'à peine quelques minutes plus tôt, elle se faisait pratiquement les mêmes reproches. Elle avait toujours cette curieuse impression de vivre un rêve éveillé où tout était absurde. Pour une fois qu'elle avait l'occasion de prendre le dessus sur Cecily, elle ne put résister à la tentation et ajouta un peu d'huile sur le feu.

— Oh, ce n'était qu'un baiser ! Un baiser ne suffit pas pour voler quelqu'un.

— Espèce de petite écervelée, chuchota M. Penhallow à côté de Livia, tandis que les jambes de Cecily se dérobaient sous elle et que sa mère l'attrapait promptement par la taille.

Livia haussa les épaules et sentit une mèche de cheveux tomber dans son dos. Pour la première fois, le doute la gagna. Avec précaution, elle vérifia sa coiffure et réalisa qu'il ne s'agissait pas d'une mèche, mais d'une partie de sa chevelure. Pire, elle s'aperçut que sa manche avait glissé et mettait son épaule à nu de la façon la plus indécente. Mon Dieu !

Elle se hâta de remonter sa manche, inquiète à présent. Cette épouvantable Mme Penhallow avait-elle raison ? Ses vêtements étaient-ils à ce point en désordre ? Avait-elle commis une bévue en mentionnant ce baiser ? Elle rougit jusqu'à la racine des cheveux et coula un regard anxieux à la vieille dame qui la fixait d'un regard malveillant.

— Vous croyez donc qu'il s'agit d'un jeu, ma petite demoiselle ? Ma foi, vous allez découvrir très vite qu'on ne joue pas impunément avec les Penhallow ! Règle immédiatement cette affaire, intima-t-elle à son petit-fils. J'imagine que cette jeune personne essaie de nous faire chanter.

M. Penhallow garda le silence.

Il regarda Livia, qui s'efforça de déchiffrer son expression. Il était très calme, mais elle avait la nette impression qu'il aurait eu beaucoup à dire. Des paroles peu aimables, à coup sûr. Le genre de paroles capables de faire voler en éclats ceux à qui elles seraient adressées. Qui était-il, le méchant ou le héros de la pièce ? Un autre rire lui monta à la gorge, cette fois cependant elle parvint à le maîtriser. Elle attendait qu'il mette fin à cette bouffonnerie ridicule. En ce qui la concernait, elle n'avait que trop duré.

— Non, bonne-maman, elle n'essaie rien de tel. J'assume l'entière responsabilité de mes actes, déclara-t-il enfin avec froideur.

— Parfait ! s'exclama triomphalement oncle Charles. La question est réglée. Vous épouserez ma nièce, et tout sera pour le mieux dans le meilleur des mondes !

— Absolument, acquiesça M. Penhallow.

— Non ! s'insurgea Cecily.

— *Quoi ?* s'écria Livia en même temps.

Visiblement ébranlée, la vieille Mme Penhallow objecta :

— Nous avions un accord.

— En effet, bonne-maman, mais les circonstances en ont décidé autrement.

— Il est à moi ! protesta Cecily, toujours fermement retenue par les bras protecteurs de sa mère. Mère, Livia me l'a pris !

En quelques minutes, Livia était passée d'un musée de cire à une pièce de théâtre, et d'une pièce de théâtre à… à elle ne savait pas quoi, mais cela n'avait plus rien d'amusant. Se marier pour une raison aussi futile ? C'était ridicule !

— Reprenez-le ! lança-t-elle à Cecily. Je n'en veux pas !

— Vous n'en voulez pas ? s'étrangla Mme Penhallow en tremblant d'indignation. Vous ne voulez pas entrer dans la famille *Penhallow* ? Je n'ai jamais rien entendu de plus scandaleux !

— Tais-toi, Livia ! intima oncle Charles. Cet individu t'a fait du tort et il va le réparer, un point c'est tout ! Et n'attendez pas de dot, ajouta-t-il avec hargne, parce qu'elle n'en a pas. Cela fait des années qu'elle vit de ma charité.

Le regard de Mme Penhallow aurait réduit en cendres une statue de marbre. Livia avait l'impression que son « Je n'en veux pas » l'avait davantage scandalisée que de surprendre son petit-fils dans une situation compromettante.

— Il va réparer, cela va de soi, monsieur, assura-t-elle, glaciale. Les Penhallow ne se dérobent jamais à leur devoir. Il discutera avec vous des conditions, et le plus tôt sera le mieux. Vous feriez mieux d'emmener votre fille, ajouta-t-elle à l'intention de lady Glanville. Naturellement, je compte sur votre discrétion concernant cette déplaisante affaire.

Voir Sa Seigneurie congédiée de façon aussi péremptoire amusa grandement Livia. Lady Glanville hocha la tête et entraîna Cecily.

— Viens, nous allons prendre l'escalier de service pour rejoindre ta chambre. Il ne faut pas qu'on te voie dans cet état.

— Je vous déteste ! cracha Cecily à l'adresse de Livia.

— Eh bien, voilà une affaire rondement menée, déclara oncle Charles, qui avait perdu de sa superbe et semblait avoir grand besoin d'un verre. Si vous voulez bien m'excuser, marmonna-t-il avant de battre en retraite en direction de la maison.

— Je vous en prie, répliqua froidement Mme Penhallow. Je servirai de chaperon à ce malheureux couple.

D'ordinaire, Livia évitait de se trouver dans la même pièce qu'oncle Charles, ce soir cependant, elle regrettait de le voir partir. Elle n'avait aucune envie de se retrouver seule avec les Penhallow. Ils étaient à deux contre une et chacun prenait une place folle. L'air plus hautain que jamais, Mme Penhallow marcha jusqu'au banc de pierre et s'y assit telle une reine – une reine très irritée – s'installant sur son trône. M. Penhallow, quant à lui, paraissait aussi calme que s'il venait de s'acheter une nouvelle cravate. Ou un attelage. Ou n'importe quoi d'autre...

Il était décidément extrêmement séduisant, avec ces beaux yeux noirs, ce nez fier, cette bouche sensuelle, et cette mèche qui retombait sur son front d'une façon charmante, cette carrure athlétique et...

Livia se pinça le bras, comme pour chasser ces pensées ridicules, et déclara :

— Il s'agit d'un malentendu ridicule. Ne pourrions-nous pas oublier ce qui s'est passé ?

— Vous ignorez visiblement qui sont les Penhallow, répliqua la vieille dame avec un rire amer. Depuis des siècles, le blason de notre famille arbore la devise *Et honorem, et gloriam*. Vous ne savez pas ce que cela signifie, je suppose ?

— Non.

— Cela ne me surprend pas ! Cela signifie *Honneur et Gloire*, et nous n'allons pas y déroger à cause de vous. Si mon petit-fils dit qu'il doit vous épouser, il vous épousera !

— J'ai déjà fait connaître mes intentions, assura M. Penhallow en réponse au regard plein d'espoir de Livia.

Grand Dieu, il était sérieux. Absolument sérieux.

— Voyons, c'est ridicule ! Vous n'avez aucune envie de m'épouser, quant à moi, je ne veux pas de vous !

Sa véhémence n'impressionna pas l'intéressé, qui se contenta de hausser les épaules. Livia le trouvait de plus en plus détestable.

— Je ne vous épouserai pas, voilà ! Quand bien même vous seriez le dernier homme d'Angleterre !

Comme elle tournait les talons, il la retint par le bras sans la moindre douceur et la força à pivoter vers sa grand-mère et lui.

— Pas si vite, mademoiselle Stuart. Une fois que j'ai donné ma parole, elle fait force de loi. Du reste, vous ne pensez pas que votre oncle est en train d'annoncer nos fiançailles à tous ceux qui veulent bien l'écouter ? Il est trop tard pour reculer. Et je n'ai aucune envie d'être la risée de tous.

Livia sentit son cœur chavirer. S'il ne fallait pas être grand clerc pour deviner que Cecily et lady Glanville ne souffleraient mot de l'aventure, il n'en allait pas de même d'oncle Charles. Dès qu'il aurait avalé quelques verres, il ne se priverait pas de raconter toute l'histoire à ses commensaux, aux domestiques et même aux meubles.

À son regard, Gabriel comprit qu'elle avait reconnu le bien-fondé de sa remarque. Il la lâcha. Bon sang, quel gâchis ! Tout allait si bien, jusqu'à ce qu'il se prenne pour un preux chevalier et se mette en tête de tirer cette péronnelle des griffes de Tom Orr.

Tom Orr, le plus inoffensif des hommes.

Quelle ironie !

Et maintenant, il se retrouvait fiancé à Mlle Livia Stuart.

Fait comme un rat.

En fait d'ironie, cette brave lady Washbourne rirait bien si elle voyait cela.

— Regardez-moi cela ! marmonna sa grand-mère d'un air sombre. Une petite rien-du-tout de province ! Et ces cheveux rouges ! On n'a jamais vu une couleur aussi voyante dans notre famille depuis que sir Everard Penhallow a épousé une York il y a trois siècles ! Des gens peu recommandables, ces York. Je l'aurais mis en garde, moi. Allons, ma petite, montrez-moi vos dents.

— Je vous demande pardon ?

— Vos dents ! Les Penhallow sont connus pour leur denture irréprochable. Nous ne perdons jamais nos dents ! Si les vôtres ne sont pas droites, il faudra les faire redresser.

— Je ne suis pas un cheval, objecta Mlle Stuart, les lèvres pincées.

— Vous êtes aussi têtue qu'une mule en tout cas. Vous n'êtes pas apparentée à la dynastie écossaise des Stuarts, je suppose ?

— Pas à ma connaissance.

— Quelle éducation avez-vous reçue ? Que vous a appris votre gouvernante ?

— Je n'ai jamais eu de gouvernante. Je suis certaine que mon oncle aurait considéré cela comme une dépense inutile.

— Ni éducation ni instruction, donc. Vous ne parlez ni français ni italien, vous n'avez aucune notion de géographie. Avez-vous un talent quelconque, ou serait-ce trop demander ? Le chant ? La danse ? Le dessin ? Vous jouez peut-être d'un instrument de musique ?

— Je sais un peu coudre.

— Cette robe indécente est votre œuvre, je suppose ?

— Oui.

— Jetez-la au feu dès que vous rentrerez chez vous ! Je te félicite, Gabriel, voilà une soirée des plus réussies ! Tous mes espoirs sont anéantis, et nous allons devoir accueillir dans notre famille cette petite ignorante de rien du tout. Demain matin, tu rendras visite à ce vulgaire individu qui lui sert d'oncle pour discuter des détails. On ne dira pas que les Penhallow se sont dérobés à leur devoir, aussi déplaisant soit-il. Et je vais être obligée de dormir une nuit de plus sur des plumes de poulet et de respirer l'odeur fétide de ce matelas. Nous ne pouvons décemment pas partir demain matin comme prévu. Ma femme de chambre va devoir défaire les bagages et donner des instructions à la cuisine pour une tisane spéciale. Je ne peux plus avaler cet infâme breuvage qu'ils font passer pour du thé. J'avalerai peut-être un œuf à la coque… Mlle Cott devra donner ma recette à la cuisinière. Ramène Mlle Stuart auprès de son oncle, s'il te plaît, je l'ai assez vue.

Gabriel s'inclina devant sa grand-mère avant d'offrir le bras à Livia Stuart avec une courtoisie glaciale.

— Je suis parfaitement capable de trouver mon chemin toute seule, merci !

— Voilà qui est malvenu, ma chère, ironisa-t-il. À partir de maintenant, vous accompagner constitue une de mes prérogatives, et un plaisir.

Mlle Stuart s'arrêta net. Ses yeux verts lançaient des éclairs et il dut faire un effort pour se rappeler que des yeux bleus auraient été préférables et qu'à cause d'un baiser inconsidéré il devait renoncer à un avenir stable et parfaitement prévisible. Si elle n'avait pas été si séduisante, tout serait arrangé à l'heure qu'il était.

— Si vous vous imaginez que je vais vous épouser, vous vous trompez ! Je préférerais finir fille de cuisine à l'auberge la plus proche !

Sur ce, elle fit volte-face et courut vers la maison, la traîne de sa robe, qu'il s'obstinait à trouver jolie quoi qu'en dise sa grand-mère, flottant derrière elle.

Une jeune fille bien née ne courait pas, pour autant, il ne put s'empêcher d'admirer ce geste de défi face à l'inévitable.

Toujours vêtue de sa robe blanche, Livia arpentait sa chambre. La jeter au feu ? Mais pour qui se prenait cette vieille despote ? Quant à son petit-fils, il était encore plus arrogant et odieux qu'elle. Il la traitait comme un objet ! Et cette façon de l'appeler « ma chère » était insupportable.

Après l'avoir laissé dans le jardin, elle était retournée dans la maison où, comme prévu, elle avait trouvé oncle Charles dans la salle de jeu, un verre à la main, recevant de tonitruantes félicitations pour les brillantes fiançailles de sa nièce.

Elle fit de nouveau le tour de sa chambre. Minuit était passé depuis longtemps, pourtant elle n'était pas fatiguée. Elle n'arrivait pas à effacer de sa mémoire l'athlétique Gabriel Penhallow la regardant de son air hautain. Il était vraiment convaincu qu'elle allait jouer son rôle dans cette farce !

Ma foi, elle allait lui montrer de quoi elle était capable.

Elle avait un plan.

C'était un plan audacieux, fou même, et elle donnerait cher pour voir la tête qu'il ferait le lendemain – non, un peu plus tard dans la matinée – quand il viendrait voir oncle Charles.

Elle ne serait plus là.

Et il serait furieux.

Délicieusement, merveilleusement, magnifiquement furieux.

4

Après une longue nuit passée à chercher le sommeil en se demandant si les soupçons de sa grand-mère sur la literie n'étaient pas justifiés, Gabriel se mit en route pour la demeure des Stuart, où l'accueillit un majordome à la livrée fatiguée qui le conduisit à une allure d'enterrement jusqu'à une sombre caverne, le bureau de M. Charles Stuart, lequel M. Charles Stuart dégageait déjà une forte odeur d'alcool malgré l'heure matinale.

Vingt minutes plus tard, Gabriel se levait, mettant ainsi fin à un entretien aussi agaçant que fastidieux concernant le mariage de la nièce de M. Stuart, Livia. Elle ne recevrait ni argent, ni trousseau, ni robe de mariée, ni bijoux, ni rien.

— La santé de ma femme ne lui permet pas de recevoir ni d'organiser quoi que ce soit, avait averti M. Stuart avec sa brutalité habituelle, ni cérémonie ni banquet, et je n'ai de toute façon aucune intention de dépenser un sou de plus pour cette gamine. C'est une vraie plaie ! Je n'aurais jamais dû la recueillir. J'aurais dû la laisser là où elle était et économiser mon argent.

Gabriel étouffa un bref élan de compassion pour Livia. Quelles raisons avait-il de la plaindre, après tout ? Elle venait de gâcher sa vie. C'était lui qui l'avait embrassée, certes, mais elle l'avait provoqué. Pourquoi l'obsédait-elle ainsi ? Qu'est-ce qui ne tournait pas rond chez lui ? Et qu'est-ce qui lui avait pris, à elle, de le repousser de cette façon ? Pour qui se prenait-elle ?

— Merci de m'avoir accordé de votre temps, conclut-il avec froideur, repoussant toutes ces considérations oiseuses. Bonne journée.

— Quoi ? Vous ne voulez pas la voir ? Régler certains détails avec elle ?

— Tout est déjà réglé.

Au cours de ses méditations nocturnes, il avait décidé de partir dès la fin de son entretien avec M. Stuart. Cela donnerait à Mlle Stuart un avant-goût des manières des Penhallow.

C'était mesquin, il le savait, mais cela lui donnait l'impression de reprendre un peu le contrôle d'une situation qui lui avait complètement échappé.

— Informez Mlle Stuart que nous viendrons la chercher demain matin. Nous nous rendrons à Bath, où elle résidera avec ma grand-mère et où elle apprendra tout ce qu'elle doit savoir pour faire son entrée dans le monde en tant que future Mme Penhallow. Et ne vous inquiétez pas, monsieur, ajouta-t-il avec un sourire ironique, les convenances seront respectées. Je séjournerai naturellement ailleurs.

Sur ce, avec un ignoble sentiment de triomphe en imaginant l'humiliation de Mlle Stuart, qui avait certainement revêtu sa plus belle robe et s'était soigneusement coiffée, il retourna chez les Glanville, où on aurait difficilement pu imaginer atmosphère plus lugubre.

Lady Glanville et Mlle Orr demeuraient cloîtrées dans leurs appartements. Lord Glanville s'éclipsait dès que Gabriel apparaissait dans une pièce. Les domestiques couraient en tous sens pour satisfaire aux exigences de sa grand-mère qui orchestrait la tâche herculéenne de préparer leur départ pour le lendemain.

Seul Tom Orr paraissait insensible à la tension qui régnait au manoir. Il suivait Gabriel partout tel un gros chien pataud, lui proposant une prise – une prise, grand Dieu ! – et lui demandant sans cesse s'il avait ses chances avec cette merveilleuse Mlle Stuart, avec qui il avait eu une conversation passionnante la veille, et si M. Penhallow ne la trouvait pas délicieuse.

Personne ne s'étant apparemment donné la peine d'informer Tom que Mlle Stuart était fiancée, Gabriel décida que ce n'était pas à lui de s'en charger. Il supporta la présence de Tom aussi longtemps que possible, toutefois, au énième panégyrique sur Mlle Stuart, certain qu'il se trouvait en grand danger d'étrangler l'héritier des Glanville, il se réfugia dans la bibliothèque avec l'idée – qui se révéla exacte – que le jeune Tom ne serait pas à l'aise en compagnie des livres.

Il constata en parcourant les étagères que leur contenu datait essentiellement du siècle dernier, ce qui corroborait l'idée qu'il s'était faite du niveau culturel de lord Glanville.

Quelques heures plus tard, alors qu'il était plongé dans un exemplaire du *Novum Organicum* de Francis Bacon, une servante frappa timidement à la porte. Après une révérence, elle lui remit un billet.

La missive venait de Charles Stuart. Ce dernier l'informait que sa nièce était introuvable et que personne chez lui ne l'avait vue de la journée. Il avait ordonné aux domestiques de fouiller le moindre recoin, ce qui allait retarder son dîner. Elle était sous la responsabilité de Gabriel désormais, et il ne fallait pas qu'il s'imagine pouvoir changer d'avis, puisqu'il avait donné sa parole de gentleman.

— Est-ce qu'il y a une réponse, monsieur ? s'enquit la domestique.

— Où se trouve l'auberge la plus proche ?

— Pardon ?

— L'auberge la plus proche. Où se trouve-t-elle ?

— Eh ben... c'est le *Lièvre tacheté*, mais c'est au diable vauvert, monsieur ! J'y suis été à pied une fois, chercher un paquet pour le maître, et y m'a fallu la journée. Le maître était fâché, et j'ai eu peur qu'y me mette dehors, mais la cuisinière, elle m'a dit : « T'en fais pas, Jenny, c'est avec la maîtresse qui faut passer au large, et avec la demoiselle Cecily, qui s'étoufferait si elle disait quelque chose d'aimable ! » C'est vrai, monsieur, à la Saint-Michel, cette pauvre Mavis elle a renversé le seau de cendres dans la chambre de Mlle Cecily – elle l'avait pas fait exprès, elle l'a juré sur la tombe de sa mère – et quand...

— Cela suffit, je vous remercie.

Le débit et la grammaire approximative de la bonne ne rappelaient que trop à Gabriel l'impertinence avec laquelle Mlle Stuart s'était moquée de lui en imitant à la perfection le parler d'une servante campagnarde. Il demanderait le chemin au majordome et l'avertirait qu'il ne serait pas là pour le dîner.

Une demi-heure plus tard, il galopait sur une route boueuse en se remémorant la déclaration de Mlle Stuart la veille : « Si vous vous imaginez que je vais vous épouser, vous vous trompez ! Je préférerais finir fille de cuisine à l'auberge la plus proche ! »

S'il avait déjà été en colère contre elle, ce n'était rien comparé à la rage glaciale qu'il éprouvait à présent. Quelle petite idiote ! Elle croyait vraiment pouvoir le duper ainsi ? Ses doigts se crispèrent involontairement sur les rênes et Primus fit un écart. Il le calma d'un mot apaisant et poursuivit son chemin.

Livia repoussa une mèche de cheveux humide et plongea une nouvelle casserole sale dans l'énorme marmite d'eau bouillante. Ses mains étaient rouges et à vif, et elle avait l'impression que chaque fois qu'elle lavait un plat trois autres, encore plus sales, apparaissaient.

Il ne lui avait fallu que quelques minutes, une fois prise la décision de mettre à exécution son idée de devenir fille de cuisine, pour remplir une petite sacoche et se glisser hors de la maison. Pendant un certain temps, le plaisir de jouer un bon tour à Gabriel Penhallow l'avait soutenue. Dieu qu'elle aurait aimé voir le désarroi se peindre sur son beau visage arrogant lorsqu'il réaliserait qu'elle lui avait échappé ! Et elle n'avait pas eu grand mal à persuader le propriétaire du *Lièvre roux* de l'engager, car il venait justement de perdre son aide de cuisine qui, par un hasard étrange, l'avait quitté pour se marier.

Néanmoins, la journée avait été longue. Elle était fatiguée, n'ayant pratiquement pas dormi la nuit précédente, elle avait mal au dos, aux pieds et aux mains, et elle était affamée. Son euphorie du début s'était évanouie depuis longtemps et cette vaisselle sans fin lui laissait tout le temps de réfléchir. Tout le temps de s'apercevoir, non sans un certain malaise, qu'elle ne se serait jamais crue capable d'agir aussi impulsivement. C'était autre chose que de piétiner deux pièces de monnaie… Si elle croyait se connaître suffisamment bien, cette fois, elle se surprenait elle-même. De quelle nouvelle audace serait-elle capable ?

Son cerveau travaillait avec autant d'ardeur qu'elle mettait à frotter les casseroles et ce sentiment de malaise diffus demandait des investigations.

Elle avait un peu l'impression d'avoir modifié le délicat équilibre de l'univers.

Étrangement, il fallait remonter à ce moment où son chemin avait croisé celui des Orr.

Si Tom Orr ne l'avait pas invitée à danser…

Si elle n'avait pas voulu embêter lady Glanville en disparaissant dans le jardin avec lui…

Si Cecily n'avait pas été aussi méchante avec elle durant toutes ces années, elle n'aurait probablement jamais lancé cette remarque fatale : « Oh, ce n'était qu'un baiser ! »

Accuser maintenant Cecily de tous les maux était certes facile.

Mais aussi pourquoi était-elle toujours si blessante et déplaisante, alors qu'elle avait déjà tout dans la vie ?

Et elle avait bien failli avoir Gabriel Penhallow.

Livia se remémora les joyeuses remarques de Cecily dans le salon de tante Bella. « On dit qu'il s'agit d'un des plus beaux partis du moment ! Et il est immensément riche ! Pensez aux bijoux et aux attelages que j'aurai ! Je fréquenterai les cercles les plus huppés de l'aristocratie ! »

L'image des jolis escarpins de Cecily, avec leurs mignonnes cocardes roses qui lui avaient tellement fait envie, lui revint en mémoire. Les belles robes de Cecily, toujours à la dernière mode, ses souliers et ses gants ravissants, ses chapeaux élégants…

Cecily évoluant dans les cercles les plus huppés en tant qu'épouse riche et choyée…

Un fracas soudain fit sursauter Livia.

La cuisinière venait de faire tomber un plat fraîchement nettoyé. Elle lâcha une série de mots hautement intéressants, que Livia n'avait jamais entendus. Si elle avait eu le souci des convenances, elle se serait bouché les oreilles, en l'occurrence, elle se moquait des convenances comme d'une guigne.

— Je vais ramasser, proposa-t-elle en s'essuyant les mains sur son tablier douteux.

— Ça, c'est gentil, ma p'tite. J'ai encore ces puddings à m'occuper ! marmonna la cuisinière avant de retourner à ses fourneaux.

Livia s'accroupit, commença à rassembler les morceaux de faïence, puis s'arrêta soudain. Une idée follement audacieuse lui venait à l'esprit. Oserait-elle ?

La porte de la cuisine s'ouvrit à la volée sur Timothy, le serveur, qui se glissa derrière la cuisinière et lui pinça les fesses. Elle poussa un cri et débita des invectives en brandissant sa cuillère de bois. Timothy l'évita d'un bond avant de se diriger vers Livia.

— Essaie de me toucher et je te poignarde avec un morceau de faïence, le prévint-elle sans se donner la peine de le regarder.

Dix longues heures en sa compagnie lui avaient permis de se faire une idée de son caractère et de ses manières.

— Ah, t'es une drôle, toi !

— Encore plus drôle que tu ne le penses !

— Sors d'ici, Timothy, et fissa ! brailla la cuisinière. J'ai trois assiettes qui attendent d'être servies, et elles vont pas se réchauffer toutes seules.

— Mais elle est tellement mignonne à regarder, notre vieille cuisinière ! protesta Timothy en s'adossant au mur comme s'il n'avait rien d'autre à faire.

Même l'arrivée de M. Bagshawe, l'aubergiste, ne suffit pas à le faire décamper.

— J'ai entendu du bruit... Où sont ces puddings ? Y a un client dans la cour et personne pour s'occuper de son cheval ! Timothy, je te paie pas pour tenir les murs ! Occupe-toi de lui pendant que j'apporte les puddings. Qu'est-ce que t'as fait de mon plus beau plat, la petite ? Tu vas le payer ! Timothy, dehors ! Cook, les puddings !

Son plus beau plat ? Eh bien… Livia rassembla les petits morceaux sur un grand. Elle avait les mains toutes rouges. Et l'estomac qui criait famine. Non, décidément, ce n'était pas ainsi qu'elle avait envisagé sa glorieuse envolée vers la liberté. Si Cecily la voyait, elle rirait bien.

C'est en imaginant le rire cristallin de Cecily qu'elle prit sa décision. Elle allait le faire. Elle allait terminer sa journée ici et…

La porte de la cuisine s'ouvrit de nouveau.

Livia ramassait un autre débris lorsque apparut dans son champ de vision une paire de bottes rutilantes parfaitement déplacées sur le carrelage douteux.

— Les clients sont pas admis dans la cuisine ! aboya M. Bagshawe.

— Je comprends pourquoi. Ils ne toucheraient plus à la nourriture.

Eh bien, cette intervention tombait à pic.

Après avoir pris une profonde inspiration, Livia se risqua à lever les yeux sur Gabriel Penhallow. Son regard remonta des bottes noires aux cuisses athlétiques moulées de daim fauve, à l'élégant gilet ivoire et à la cravate immaculée visibles entre les pans du lourd manteau.

Il lui parut immense, et toujours d'une froideur impénétrable. Il n'avait pas tardé à la retrouver, elle ne l'aurait pas cru aussi malin… Il lui agrippa le bras et l'obligea à se relever. Elle croisa son beau regard sombre.

— Bonsoir, monsieur Penhallow, le salua-t-elle d'une voix qui tremblait à peine.

— Ce n'est pas une bonne soirée, mademoiselle Stuart. Quittons cette cuisine, je n'ai aucune envie de marcher sur des crottes de souris.

— Dites donc, m'sieur ! intervint Bagshawe. On a jamais…

— Je maintiens, des crottes de souris ! Je suppose que cette auberge a un salon privé ?

— Oui, mais il est occupé !

— Libérez-le, ordonna M. Penhallow en jetant une pièce sur la table.

— Oui, m'sieur, tout de suite ! acquiesça Bagshawe en empochant la pièce avant de quitter la cuisine.

M. Penhallow balaya Livia d'un regard qu'elle soutint sans ciller. Elle remarqua qu'il avait une petite fossette au menton – cela devait être charmant quand il souriait. L'avait-elle jamais vu sourire ? Ah, oui, la nuit dernière au bal, quand il avait surgi et failli la heurter (était-ce seulement la veille ? Elle avait l'impression que des années s'étaient écoulées). Il s'agissait toutefois d'un sourire de commande qui n'atteignait pas ses yeux. Elle se demandait à quoi il ressemblait quand il souriait vraiment. Il devait être encore plus séduisant, à coup sûr.

— Si vous voulez bien m'accompagner, mademoiselle Stuart ?

Comme il était guindé tout à coup, d'une pompeuse politesse.

— Mais j'ai pas fini mon travail, m'sieur ! ne put-elle s'empêcher de répliquer.

— Venez, siffla-t-il avant de l'entraîner dans son sillage.

Dans le couloir chichement éclairé, une demi-douzaine de clients se hâtaient vers la buvette.

Ils gagnèrent un salon à moitié vide dans lequel Bagshawe passait en hâte un chiffon sur les deux sièges encadrant la cheminée.

— Vous êtes chez vous, m'sieur ! annonça-t-il cérémonieusement. Je vous apporte de la bière ? La meilleure du *Lièvre roux* !

— Non. Vous avez une voiture ?

— Non, monsieur. Une carriole, mais elle est rangée et le cheval est à l'écurie.

— Je la veux dans une demi-heure, décréta Gabriel en lui jetant une seconde pièce de monnaie. Trouvez-moi un bon cocher et faites aussi préparer mon cheval. À présent laissez-nous. Et veillez à ce qu'on ne nous dérange pas.

— Bien, m'sieur.

Bagshawe empocha la pièce et referma la porte derrière lui avec un soin exagéré, même Livia eut l'impression que le cliquetis du pêne résonnait dans la pièce silencieuse. M. Penhallow se tourna lentement vers elle.

« Je me domine, je suis maître de la situation. Je suis un Penhallow. Elle ne m'est rien, rien qu'un devoir que je dois accomplir », se dit Gabriel.

Avec une insolence délibérée, il la parcourut de la tête aux pieds. Elle était dans un état épouvantable. Ses souliers au cuir craquelé étaient trempés, son tablier était sale et le bas de sa vieille robe déchiré et maculé de boue. Quant à ses cheveux, mieux valait ne pas en parler.

Cependant…

Les souliers et les robes n'étaient que de simples accessoires.

Rien n'empêchait de coiffer une chevelure en désordre.

Elle avait quelque chose.

Et ce mot, synonyme de danger, lui vint de nouveau à l'esprit.

Envoûtante.

Il contempla sa poitrine pleine, sa taille qui paraissait d'autant plus fine que ses hanches étaient généreuses – un corps sublimement féminin capable de rendre un homme fou de désir. À la lueur du feu, il constata que ses cheveux n'étaient pas uniformément auburn, il décela des nuances de roux, de brun, de châtain et même de doré. Il n'avait jamais vu des cheveux aussi épais, aussi brillants. Seraient-ils d'une douceur de soie contre torse nu ?

« Ça suffit ! » s'ordonna-t-il en chassant de son esprit l'image de leurs corps enlacés.

Je me domine.

Je suis maître de la situation.

Je suis un Penhallow.

Il dut toutefois mobiliser toute sa volonté pour se rappeler la rage qui l'avait animé durant le trajet pour venir ici. La colère faisait une compagne bien plus sûre.

— Vous avez des taches sur le visage, remarqua-t-il.

Elle recula comme s'il l'avait giflée, puis se ressaisit.

— Cela ne m'étonne pas. Cela signifie-t-il que nos fiançailles sont annulées ?

— Bien sûr que non. Ce qui est fait est fait.

— Bien

Il la dévisagea.

— Vous avez changé d'avis ? Vous avez finalement décidé que la vie de fille de cuisine était pire qu'être mariée avec moi ?

— Fille de cuisine est un métier honnête, au moins. Vous ne m'épousez que pour protéger votre réputation. Votre honneur, riposta-t-elle d'un air hautain que n'aurait pas renié la grand-mère de Gabriel.

— Vous ne savez pas comment va le monde.

— Je suis en train de l'apprendre. Vous vous êtes fiancé à une inconnue – moi – parce que vous m'aviez sauté dessus dans le jardin et que vous vous êtes fait prendre. Mes sentiments n'ont aucune importance à vos yeux. *Je* n'ai aucune importance. Enfin, si c'est ainsi que va le monde, j'accepte votre offre. Vous non plus n'aurez pas la moindre importance à mes yeux.

— Seigneur, je vous croyais différente.

— Différente de Cecily Orr, vous voulez dire ? Justement, non, je compte devenir exactement comme elle, et je vais m'y employer avec ardeur. Vous devriez être content. N'est-ce pas Cecily que vous vouliez au départ ?

Elle lui sourit, mais il n'y avait pas la moindre trace de chaleur au fond de ses beaux yeux verts. Juste une détermination farouche. Elle se servait de lui. Elle était comme toutes les autres femmes. La déception qui l'envahit à cette pensée le prit de court.

Je suis maître de la situation.

Je me domine.

Je suis un Penhallow.

— Merci de m'avoir éclairé, mademoiselle Stuart. Vous serez certainement heureuse d'apprendre que nous partons demain pour Bath – vous, ma grand-mère, Mlle Cott, sa dame de compagnie, et moi. Vous recevrez une éducation digne de ce nom sous l'égide de ma grand-mère. Nous allons transformer la chenille en papillon.

Il la vit accuser le coup, pourtant elle répliqua :

— Très bien. Je crains toutefois d'être un papillon coûteux. Vous avez déjà remarqué que je n'ai rien à me mettre.

— Et vous avez déjà compris que pour les Penhallow l'argent ne compte pas.

Il était trop en colère, trop désorienté, pour analyser la folle idée qui lui vint à l'esprit. Quoi qu'il en soit, c'était un bon moyen de reprendre la situation en main, et cela lui suffisait.

— Il y a encore une chose que vous devez savoir.

Il s'approcha, et elle recula d'un pas, puis d'un autre, comme dans un étrange ballet, qui prit brutalement fin lorsqu'elle heurta le mur. Il s'arrêta à quelques centimètres d'elle.

Ce n'était pas une distance convenable entre un homme et une femme, cela, elle le savait. S'il affichait une expression froide et distante, une énergie presque ensorcelante émanait de son corps. Livia ressentait la même délicieuse chaleur que la veille, une chaleur étrange et excitante, qui la laissait sans force et lui donnait le vertige. Il ne la touchait même pas et pourtant elle avait l'impression qu'il l'étreignait, l'envahissait, l'attirait inexorablement vers lui. Livia sentit ses lèvres s'entrouvrir et se pencha légèrement vers lui, désirant ardemment ce qui allait suivre – quoi que ce soit. Un nouveau baiser peut-être, comme celui de la veille, mais plus long, beaucoup plus long…

— Notre mariage ne sera qu'une union de façade, déclara-t-il d'une voix dénuée d'émotion. Nous ne partagerons pas le même lit.

Son souffle était tiède sur son visage tant sa bouche était proche, pourtant ses paroles lui firent l'effet d'un seau d'eau glacée en pleine figure. Elle recula si brusquement qu'elle se cogna la tête contre le mur. La douleur la tira abruptement de sa rêverie.

Il la congédiait. La rejetait. Comme tout le monde. Était-elle donc condamnée à revivre sa vie durant la même exclusion ? Levant fièrement le menton, elle répondit d'une voix dont la fermeté la surprit :

— Et une fois que vous avez donné votre parole, elle fait force de loi, n'est-ce pas ?

— En effet.

— J'en suis ravie. Vous irez de votre côté et moi du mien.

— Oui, mademoiselle Stuart, c'est ainsi que vivent les Penhallow. Vous apprenez vite. Je laisserai les domaines à mon cousin Hugo s'il le faut, ou à cet imbécile qui vit en Écosse. Ce sont mes conditions et j'attends de vous une conduite digne et élégante en toutes circonstances. Est-ce clair ?

Livia déglutit. Une porte venait de se fermer dans son dos, une porte qui ne se rouvrirait plus jamais. Pourtant, elle carra les épaules. C'était sa chance, après tout, et elle serait bien sotte de ne pas la saisir.

— Comme de l'eau de roche.

— Parfait. Je vais vous ramener chez vous maintenant, mademoiselle Stuart. J'espère que vous épargnerez à ma grand-mère le récit de votre plaisante équipée au *Lièvre roux*. Cela augurerait mal de vos relations futures.

— Je veillerai à ce qu'elle ne voie pas mes mains rougies par le travail, riposta Livia sur le même ton sarcastique. Elle risquerait d'avoir besoin de sels.

Il esquissa un mince sourire.

— Sachez, mademoiselle Stuart, que si vous n'êtes pas prête demain matin à 11 heures ou si vous changez d'avis et prenez de nouveau la fuite, je vous rechercherai et je vous retrouverai. Et les conséquences pourraient se révéler déplaisantes.

— Inutile de me menacer. Je serai là.

Il recula enfin, et elle fut agacée d'en être désolée.

— Cela reste à voir, dit-il. Nous y allons ?

— Un instant !

Livia ouvrit brusquement la porte et faillit éclater de rire devant l'expression piteuse de M. Bagshawe. Il ne savait visiblement pas s'il devait s'incliner respectueusement ou la renvoyer en cuisine. Elle dénoua le tablier souillé et le lui tendit.

— Un plat a été cassé.

— Oui, un de mes plus beaux.

— Vous vous rembourserez sur mes gages. Cela devrait être suffisant.

— Euh, je sais pas. C'était un de mes plus beaux plats. Un souvenir de famille...

Livia sentit M. Penhallow s'approcher dans son dos. M. Bagshawe s'inclina très bas. Pour un peu, son nez aurait touché le sol.

— Oui, mademoiselle. Merci, mademoiselle.

Livia hocha la tête avec la même hauteur que cette épouvantable vieille Penhallow. Oui, sa nouvelle vie venait de commencer.

5

Une vieille valise de cuir à la main, Livia attendait au pied des marches menant à – ou, dans son cas, sortant de – Ealdor Abbey. La dorure d'un ancien monogramme – JS, les initiales de son père – avait pratiquement disparu. C'était tout ce qu'elle avait emporté lors de ce triste et interminable voyage qui l'avait amenée des Indes voilà si longtemps. Quand elle avait fait son maigre bagage tard dans la nuit, elle avait failli fondre en larmes.

Elle n'en avait rien fait, bien sûr. Pleurer n'avait jamais servi à rien.

Et puis, elle n'avait aucune raison de pleurer.

Tout allait pour le mieux.

Mieux que mieux. Tout allait être merveilleux.

Son bagage ne contenait rien qui ait appartenu à Cecily Orr et ce matin elle portait une robe de mousseline bleu passé – trop courte, oui, elle le savait –, un manteau bleu marine et un chapeau à la française passé de mode depuis longtemps, et dont le ruban d'un autre bleu n'allait avec rien. Elle n'avait pas pu faire mieux, mais qu'importait ? Elle n'allait pas se mettre martel en tête pour des vétilles.

Elle n'allait certainement pas se mettre martel en tête sous prétexte qu'elle était blanche comme un linge, à part les cernes sombres sous ses yeux que le miroir de sa chambre lui avait révélés. Elle s'était contentée de nouer fermement le ruban de son chapeau et d'aller faire ses adieux.

Tante Bella était toujours au lit et pas assez réveillée pour comprendre ce qui se passait.

— Cesse de t'agiter, Livia, je t'en prie, et demande qu'on m'apporte mon cordial en t'en allant, avait-elle gémi.

— Alors, tu es sur le départ ? s'était écrié oncle Charles, déjà attablé pour le petit déjeuner. Surveille bien tes manières et n'attends plus aucune aide de ma part. Tu es à la charge de cette vieille cousue d'or désormais. Tu as de la chance, tu ne trouves pas ?

— Oh, si, mon oncle !

— Une chance de pendu ! Et ne t'avise pas de revenir, je te mettrais dehors. Tu es indépendante maintenant.

« Adieu et bon débarras ! Plutôt mourir que passer un jour de plus chez vous ! » avait-elle failli lui rétorquer.

Elle commençait à avoir froid lorsqu'elle entendit un bruit de roues. Une voiture, la plus grande, la plus belle, la plus luxueuse qu'elle ait jamais vue, approchait – non, glissait – dans l'allée. À ses côtés chevauchait Gabriel Penhallow, frais et dispos, sur le pur-sang noir qu'elle avait déjà vu. Il avait l'air plus impérial que jamais.

— Bonjour, mademoiselle Stuart, la salua-t-il. Vous êtes très ponctuelle, et c'est une qualité appréciable.

Elle se contenta de lui adresser un regard hostile. Un valet de pied, bien mieux habillé qu'elle, sauta à terre pour la débarrasser de son bagage, dérouler le marchepied et lui ouvrir la portière. Livia découvrit un luxueux capitonnage de soie cramoisie, la silhouette menaçante de la vieille Mme Penhallow et un autre visage, celui d'une petite femme menue aux cheveux gris qu'elle n'avait encore jamais vue.

Prenant son courage à deux mains, elle posait le pied sur le marchepied lorsque quelque chose l'arrêta.

— Dépêchez-vous donc, mademoiselle Stuart, jappa Mme Penhallow. Je n'aime pas attendre.

— Vous avez peur ? ironisa Gabriel Penhallow. Ma grand-mère ne va pas vous mordre. N'est-ce pas, bonne-maman ?

— Pas d'impertinence, je te prie ! Que tu puisses voir quoi que ce soit de drôle dans cette situation dépasse l'entendement !

— Vous vous trompez, bonne-maman. Je suis sérieux comme un pape.

— Je n'en mettrais pas ma main au feu ! Si vous ne montez pas immédiatement, mademoiselle Stuart, je demanderai à mon valet de vous pousser à l'intérieur.

— Un instant ! lança Livia, qui venait de comprendre pourquoi elle hésitait.

Ignorant le soupir exaspéré de la vieille dame, elle fit demi-tour, regagna la maison en courant et grimpa l'escalier jusqu'au salon de tante Bella.

Les doubles rideaux de velours sombre étaient bien sûr tirés, et la cage à oiseaux recouverte d'un tissu qu'aucune femme de chambre ne s'était donné la peine d'enlever.

Doucement, Livia tira sur l'étoffe. La demi-douzaine d'oiseaux étaient craintivement pelotonnés sur les perchoirs, leurs petits yeux noirs éteints. Le cœur gonflé de pitié et d'émotion, elle décrocha la cage et, sans se soucier des regards stupéfaits des domestiques qu'elle croisa dans le hall, elle sortit sur le perron, posa délicatement la cage sur le sol, souleva le loquet et ouvrit la petite porte avant de s'écarter.

La voix irritée de Mme Penhallow lui parvint :

— Mais enfin, que fait cette écervelée ?

Sa compagne murmura quelques mots qui eurent pour seul effet d'arracher un soupir excédé à la vieille dame.

Gabriel Penhallow ne disait rien, son visage était impénétrable, et Livia se félicita que sa monture observe une immobilité de marbre.

— Allez, allez, encouragea-t-elle les petits oiseaux qui semblaient pétrifiés.

L'un d'eux inclina la tête, sautilla en direction de la porte, parut observer Livia et prit son envol, ses petites ailes bleues brillant au soleil, avant de disparaître dans les bois. Il ne fallut que quelques secondes pour qu'un autre le suive, puis un autre encore. Le dernier à quitter la cage émit une joyeuse série de trilles en s'élançant vers l'azur.

Livia se redressa, ravie, puis gagna enfin la voiture. Elle s'installa sur une moelleuse banquette en face de Mme Penhallow.

— Ma parole, je n'ai jamais vu cela ! se récria celle-ci. Allons, en route ! intima-t-elle au cocher.

Assise près de Livia, la petite dame aux cheveux gris serrait sur ses genoux un gros coffret de cuir fermé par un cadenas.

— Nous n'avons pas encore eu l'occasion d'être présentées, mademoiselle Stuart, dit-elle avec un sourire. Je suis Mlle Cott, la dame de compagnie de Mme Penhallow. Je suis heureuse de faire votre connaissance.

Au moins, elle ne semblait pas mourir d'envie de la pousser dans un fossé ou de se moquer d'elle. C'était réconfortant.

— Moi aussi, je suis très heureuse de vous connaître, mademoiselle, répondit Livia.

— J'espère que la brique pour vos pieds est encore chaude ?

— Elle l'est, je vous remercie.

Se réchauffer les pieds était un luxe nouveau pour Livia, qui s'installa confortablement. Le silence retomba dans la voiture. Livia, qui n'avait aucune envie de converser avec Mme Penhallow, qui la toisait sous ses épais sourcils neigeux, s'absorba dans la contemplation du paysage. Épuisée par sa trop courte nuit, elle ne tarda pas à sentir ses paupières s'alourdir et sa tête dodeliner, avant de ne plus rien sentir du tout.

— Quelle impolitesse, grommela Mme Penhallow, qui ne tarda pas à s'endormir à son tour.

Livia regarda la poignée de porte de la chambre richement meublée qu'elle occupait à *L'Auberge de la lance dorée*. Elle avait dû dormir trois ou quatre heures dans la voiture si bien qu'elle n'avait plus sommeil alors qu'il était minuit passé.

Timidement, elle posa la main sur la poignée. Elle s'attendait à demi à être enfermée, or la porte s'ouvrit sans difficulté. Peut-être seraient-ils tous ravis qu'elle profite de sa liberté et disparaisse à jamais.

Elle jeta un coup d'œil dans le couloir sombre. Il était désert. Sans prendre la peine de boutonner son vieux manteau, elle gagna le rez-de-chaussée à pas de loup, évita la salle commune encore pleine de monde et sortit dans la cour faiblement éclairée, qui était déserte elle aussi.

Du moins le croyait-elle.

Alors qu'elle faisait quelques pas, aspirant à pleins poumons l'air frais de la nuit, une main de fer se referma sur son bras.

Elle tenta de se libérer, sans succès.

— Vous avez un rendez-vous, mademoiselle Stuart ?

La poigne d'airain la fit pivoter et elle se retrouva face au beau visage sévère de M. Penhallow.

— Que faites-vous là ? s'exclama-t-elle, le souffle un peu court.

— Je pourrais vous poser la même question.

— Après avoir passé la journée entière enfermée dans une voiture et dîné dans ma chambre comme une prisonnière, j'avais besoin d'air ! répondit-elle à contrecœur.

— Votre... tenue n'était pas tout à fait appropriée à un dîner en société à en croire ma grand-mère.

— Je vous remercie de votre tact. Elle m'a dit que j'avais l'air d'une mendiante.

— Vraiment ? Je me souviens qu'une fois, quand j'avais dix-sept ans, elle a déclaré qu'avec mon nouveau gilet, je trouverais facilement un emploi dans un cirque. Moi qui en étais tellement fier – du gilet.

— C'est terrible !

— C'est ce que j'ai pensé à l'époque, je l'avoue.

— Votre grand-mère a l'air d'avoir des opinions très tranchées !

— On peut dire les choses ainsi. Vous ne portez pas le châle qu'elle vous a donné ?

— Elle ne me l'a pas donné, elle m'a obligée à le porter. Et, non, je l'ai laissé dans ma chambre.

— Donc, vous êtes juste sortie prendre l'air, reprit-il, de nouveau sceptique. Pas pour faire une petite promenade dans cette charmante cité de Bradford-on-Avon ?

— Au milieu de la nuit ? Dans une ville inconnue ? Vous me croyez bête à ce point ?

— Vous vous êtes bien enfuie hier pour faire la fille de cuisine dans une auberge, vous me pardonnerez donc d'être un peu dubitatif.

Elle étrécit les yeux.

— Et c'est pour cela que vous êtes dehors ? Vous m'attendiez ?

Il se serait fait couper en morceaux plutôt que d'avouer que cela faisait des heures qu'il la guettait.

— J'apprécie l'air frais, moi aussi.

— Vous me trouvez impulsive, j'imagine.

— Ce n'est pas le cas ?

— Je pense que c'est vous qui l'êtes. Vous êtes censé vous marier pour – que disait votre grand-mère dans sa lettre à lady Glanville ? – ah, oui, pour assurer votre succession ! Comment comptez-vous y parvenir à présent ?

S'il prit son temps pour répondre, c'était qu'il réfléchissait au ton qu'elle avait employé. Il n'avait pas souvent l'occasion d'entendre ces intonations. C'était de l'insolence. De l'insolence pure.

— C'est mon affaire, mademoiselle Stuart, pas la vôtre.

— Vous n'avez pas peur que je révèle votre affreux petit secret à votre grand-mère ?

— Je vous en prie. Que ferait-elle à votre avis ?

— Elle mettrait fin à nos fiançailles, d'une façon ou d'une autre, lâcha la jeune fille après réflexion.

— Et vous vous retrouveriez à votre point de départ. Pensionnaire de ce délicieux vieux manoir.

— Je n'y retournerai jamais ! Jamais !

Sa véhémence le décontenança, mais il n'en laissa rien paraître.

— Vous auriez peut-être intérêt à rester discrète, dans ce cas.

— Vous ne vous souciez pas de votre succession ? De vos domaines ? Surmont Hall – c'est cela ?

— Oui, Surmont Hall. Et, non, je ne me soucie pas vraiment de mes domaines. Ce ne sont qu'un château et des terres.

— Votre grand-mère ne serait pas ravie de vous entendre parler ainsi.

— Que voulez-vous que cela lui fasse ? Elle n'y est pas allée depuis des années. Elle n'en parle jamais. Du reste, je ne suis pas sa propriété, même si elle a parfois tendance à le penser.

— Dieu que vous êtes orgueilleux, tous les deux. Il faut que tout se fasse selon votre volonté, comme s'il s'agissait d'un droit.

— Ce n'en est pas un ? plaisanta-t-il.

— Apparemment, si. Après tout, Guillaume le Conquérant s'inclinait devant les Penhallow, n'est-ce pas ?

— C'est ce qu'on raconte.

— Si vous vous moquez d'avoir ou non un héritier, qu'est-ce qui compte à vos yeux ?

— Mon indépendance. Je refuse d'être un pion sur l'échiquier de qui que ce soit.

— Je comprends. Ne suis-je pas un pion sur *votre* échiquier ?

— Si. Mais si vous jouez bien votre partie, vous serez reine un jour. Ce n'est pas ce que vous voulez ?

— Si ! C'est tout ce qui m'importe. Si vous voulez bien m'excuser, à présent, je vais regagner ma chambre.

— Permettez-moi de vous accompagner.

— Quelle sollicitude ! railla-t-elle.

Il lui ouvrit la porte et elle passa devant lui la tête haute, sans lui accorder un regard. Ses effets se virent cependant gâchés lorsqu'elle se cogna dans un client venant de la salle commune. Elle vacilla et heurta Gabriel avant de s'excuser en hâte. Rassemblant ce qui lui restait de dignité, elle se dirigea vers l'escalier.

Arrivée à la porte de sa chambre, elle chuchota avec véhémence :

— Allez-y, dites-le !

— Dire quoi ?

— Que je ne suis qu'une petite gourde de campagne !

— Il ne me viendrait jamais à l'idée de contredire une dame, mon éducation me l'interdit, répliqua-t-il en esquissant un sourire. J'espère que vous passerez une bonne nuit, mademoiselle Stuart.

Après l'avoir fusillé du regard, elle se glissa dans sa chambre et referma la porte sans bruit. Il aurait mis sa main à couper qu'elle la lui aurait volontiers claquée au nez.

La berline s'arrêta devant une imposante maison de ville dans une rue très élégante – Upper Camden Place, avait dit la vieille dame. Ils étaient à Bath. Livia ouvrit de grands yeux, mais n'eut pas le temps de voir grand-chose dans l'agitation de l'arrivée. On déplia le marchepied, un valet les aida à descendre, Mme Penhallow, Mlle Cott et elle, des domestiques sortirent de la maison, l'autre voiture chargée d'un incroyable monceau de bagages s'arrêta à son tour, les chevaux hennirent tandis que Mme Penhallow distribuait ses ordres à tous, y compris aux chevaux. Un petit vent coupant soufflait et Livia agrippa son chapeau, quand bien même elle n'aurait pas regretté qu'il s'envole…

Gabriel Penhallow avait mis pied à terre et semblait indifférent à tout ce chaos. Livia le regarda tendre les rênes de sa monture à un palefrenier, aller dire quelques mots à sa grand-mère, qui agita la main avec impatience. Il s'inclina devant elle avant de rejoindre Livia.

— Au revoir.

— Au revoir ? répéta-t-elle, étrangement contrariée. Vous ne restez pas ?

— Ce ne serait pas convenable.

— Ah, oui, bien sûr ! Où allez-vous, dans ce cas ?

— Au *York House Hotel.*

— Où est-ce ?

— Ici, à Bath.

— Et quand allez-vous...

— Mademoiselle Stuart ! appela la vieille dame du haut du perron. Cessez de traînasser, voulez-vous. Venez ici tout de suite !

— Eh bien, au revoir, lança Livia à Gabriel Penhallow.

Avec l'impression inexplicable qu'il venait de la laisser lâchement à la merci de sa grand-mère, Livia rejoignit la vieille dame qui leva les yeux au ciel, l'air d'implorer l'aide du Seigneur pour affronter la tâche monumentale, et peut-être sans espoir, qui l'attendait.

Livia s'éveilla au bruit d'une porte s'ouvrant tout doucement.

Où suis-je ?

Elle considéra avec étonnement le ciel de lit en soie bordeaux au-dessus de sa tête. Elle était allongée dans un grand lit à baldaquin. Que diable faisait-elle là ? La mémoire lui revint lorsqu'elle distingua dans la pénombre la silhouette d'une femme de chambre allumant le feu dans la cheminée.

Elle était à Bath.

Cela faisait onze, non, douze jours qu'elle était arrivée.

Elle avait besoin de repères pour se convaincre que tout cela était bien réel.

Qu'*elle* était bien réelle.

En moins de temps qu'il n'en faut pour le dire, sa vie s'était trouvée bouleversée. Plus d'Ealdor Abbey, plus de tante Bella, plus d'oncle Charles. Et plus de visites des Orr, ce qui était un soulagement. Parfois, elle devait se rappeler que ce n'était pas un rêve.

Au début, elle avait eu du mal à trouver le sommeil. Pour quelqu'un qui avait passé la plus grande partie de sa vie à la campagne, Bath paraissait incroyablement, intolérablement bruyant.

Dans la journée, c'était le cliquetis, le tintement, le grondement et le clopinement des voitures et des chevaux. Par les fenêtres, on voyait le flux incessant de promeneurs, les gens âgés et les infirmes se déplaçant dans des chaises à porteurs, certaines décorées comme de véritables petits palais portatifs. Même les nuits étaient ponctuées d'appels sonores, de conversations et d'éclats de rire.

Tout cela, elle ne pouvait l'observer que depuis les fenêtres de l'immense résidence de Mme Penhallow, celle-ci ayant déclaré qu'elle n'était pas prête à être montrée en public.

Elle était donc confinée dans la maison, dont elle ne pouvait s'échapper que pour de rares promenades dans le petit jardin de derrière ceinturé de hauts murs. Au moins pouvait-elle marcher le long des charmantes allées fleuries et profiter du soleil. Quand il pleuvait, ce qui était souvent le cas, elle se réfugiait dans la grande chambre magnifiquement meublée qu'on lui avait attribuée et qui offrait un tel contraste avec la petite pièce défraîchie d'Ealdor Abbey qu'elle se contentait parfois de s'asseoir sur son lit pour contempler le joli papier peint blanc et ivoire, la grande coiffeuse de chêne, le plateau d'argent et l'assortiment de peignes et de brosses tellement beaux qu'elle osait à peine s'en servir, sans parler du splendide tapis dont les motifs floraux s'accordaient à merveille avec les rideaux du lit.

Elle avait toutefois peu de loisirs, car Mme Penhallow lui avait concocté un emploi du temps qui l'occupait dès les premières heures du matin jusque tard dans la soirée.

Telle une magicienne agitant sa baguette, son hôtesse avait le pouvoir de convoquer des hordes de couturières, modistes, corsetières et chausseurs qui convergeaient dans une spacieuse pièce qu'on leur avait réservée à l'étage.

Ils y conféraient avec Mme Penhallow, qui trônait dans un immense fauteuil tandis que Livia était examinée sous toutes les coutures, scrutée, analysée, évaluée, mesurée, complimentée et – dans le cas de Mme Penhallow – abondamment critiquée. On la faisait asseoir, se lever, marcher, tourner et faire la révérence. On posait devant elle quantité de satin, de mousseline, de soie, de batiste, de crêpe, de dentelle, de lainage, dans les plus ravissantes teintes de vert, de bleu, de mauve, de jaune, de lavande, de crème, d'abricot, d'argent ou d'or. Et de blanc, beaucoup de blanc, couleur convenant à une jeune fille et dont la simplicité convenait au teint de Livia, teint sur lequel même Mme Lévêque, la plus recherchée et la plus hautaine des couturières de Bath, s'extasiait.

Ces tissus magnifiques fascinaient Livia, mais dès qu'elle osait poser un doigt hésitant sur un satin chatoyant ou une dentelle délicate, la vieille dame s'empressait d'intervenir.

— Inutile de rêver d'extravagances ! Il n'est pas question de renouveler le genre de monstruosité que vous aviez faite !

Ou bien, après qu'elle avait passé des heures (lui semblait-il) sans bouger tandis qu'on ajustait un ourlet ou retouchait une manche ou une ceinture – il était bien entendu hors de question qu'elle émette quelque opinion que ce soit –, Mme Penhallow déclarait, agacée : « Cessez de vous agiter, voyons ! Tenez-vous correctement ! »

On commanda donc des robes de jour, de promenade, de voyage, ainsi que des robes du soir et des robes de bal, accompagnées de réticules, d'éventails, de bas, de châles, de gants et de douzaine de mouchoirs brodés. Sans oublier les manchons, les étoles, les capes, les manteaux et les vestes, les escarpins et les bottines, les ombrelles aussi, si fragiles et tellement jolies, les chapeaux et les bonnets de toutes sortes de formes et de styles, de couleurs et de tissus ornés de paillettes, de plumes, de rubans, de pampilles, de ruchés et de volants.

Chaque vêtement, chaque paire de souliers, chaque accessoire, était bien entendu soumis à l'approbation de Mme Penhallow, qui avait un goût très sûr et rejetait impitoyablement la moindre touche d'extravagance. Même Livia, qui ignorait tout de la mode, avait compris qu'elle avait affaire à une experte. Mme Lévêque elle-même se pliait avec humilité à ses jugements.

Un matin, après qu'on eut livré de nouveaux vêtements et accessoires dont, à l'immense satisfaction de Livia, une paire d'escarpins de daim ornés de cocardes roses, elle s'était écriée impulsivement :

— Tout cela pour moi, madame ? Je vous remercie !

— Il ne s'agit pas de vous, jeune fille, avait rétorqué la vieille dame en la toisant. Ne le pensez pas un instant. Vous allez représenter les Penhallow et il faut vous en montrer digne.

Temporairement décontenancée par cette rebuffade, Livia se soumit aux applications successives de lotion des Dames du Danemark, de lait d'amande et de jus de pomme verte censés éclaircir son teint jugé scandaleusement hâlé, ainsi que d'huile de rose et de cire blanche pour les lèvres, déclarées abominablement sèches et gercées.

Elle ne regimba que devant le coiffeur qui marcha sur elle, une lueur belliqueuse dans l'œil, armé de ciseaux et de fers à friser. Elle autorisa en revanche sa nouvelle femme de chambre – une femme taciturne et efficace entre deux âges, qu'elle ne devait appeler que par son nom de famille, Flye – à utiliser un peu de pommade avant d'échafauder une superbe couronne tressée que même Mme Penhallow trouva à la fois seyante et à la pointe de la mode.

Un maître à danser venait trois fois par semaine. Dans le grand salon éclairé par de hautes fenêtres, M. Voclaine, avec son assistant au pianoforte, lui enseigna les danses campagnardes, le cotillon et le quadrille sous la pointilleuse supervision de Mme Penhallow et celle, autrement plus bienveillante, de l'inévitable Mlle Cott.

Au début, Livia trouva les pas affreusement compliqués. Bien entendu, les commentaires de Mme Penhallow ne l'aidaient en rien.

— Tout le monde s'accordait à dire que j'étais la meilleure danseuse de Londres ! Même Richard en a convenu, la première fois que nous nous sommes rencontrés.

Mlle Cott se contenta d'acquiescer en souriant, ce qui n'empêcha pas la vieille dame de retrouver sa mine rébarbative.

— Si c'est ainsi que vous faites les pas glissés, mademoiselle Stuart, vous ne serez jamais prête à faire votre entrée dans le monde !

Livia serra les dents et fit une nouvelle tentative. Puis une autre. M. Voclaine et elle étaient en nage lorsque Mme Penhallow consentit enfin à trouver passable ce fameux pas glissé.

— Vous transpirez, mademoiselle Stuart ! Allez vous changer, que nous puissions reprendre.

— Oui, madame, marmonna Livia pendant que M. Voclaine se détournait pour s'éponger discrètement le front.

— Et ne le faites pas seule ! ajouta la voix impérieuse comme elle se dirigeait vers la porte. C'est le travail de votre femme de chambre. Vous ne l'appelez pas toujours et cela doit cesser ! Votre conduite dénote un regrettable manque de raffinement.

— Oui, madame, répéta Livia avant de s'éclipser.

Il y avait aussi la question de son éducation. Tous les après-midi, pendant que Mme Penhallow faisait la sieste, Livia retrouvait Mlle Cott dans la bibliothèque qui, comme toutes les pièces de l'immense demeure, était meublée et décorée avec goût.

La première fois que Livia y avait pénétré, elle avait regardé autour d'elle, émerveillée. C'était tellement différent de la sombre bibliothèque en désordre et empestant le tabac d'oncle Charles, où on aurait été bien en peine de trouver autre chose que de vieux traités sur l'élevage des chevaux.

— Comme c'est beau ! s'était-elle écriée spontanément.

— N'est-ce pas ? avait acquiescé Mlle Cott. C'est une des pièces préférées de Mme Penhallow, qui était une grande lectrice.

— Était ?

— Sa vue de près n'est plus ce qu'elle était. Nous nous asseyons ?

Il ne fallut pas longtemps à Livia pour comprendre qu'en plus d'être gentille Mlle Cott était fort intelligente et très cultivée. Sous sa tutelle, Livia étudia la littérature, la géographie, les mathématiques, l'histoire, la musique et acquit même quelques notions de français et d'italien. Mlle Cott lui donnait des journaux à lire et des cartes à étudier. Elle les dévorait, avide qu'elle était d'apprendre et douloureusement consciente de son ignorance. Mme Penhallow l'interrogeait, la faisait lire à haute voix et corrigeait sans pitié ses nombreuses fautes et erreurs.

Elle eut également droit à des leçons de maintien et on lui inculqua les bonnes manières, les convenances et l'art de la conversation. Elle découvrit les sujets de conversation acceptables et les subtilités des nobles lignages, apprit qui saluer et qui ignorer. Elle apprit à dresser une table avec précision, ainsi que les différentes façons de draper un châle, de se servir d'un éventail et d'arranger ses jupes en s'asseyant. Elle assimila les moments les mieux indiqués pour boire les eaux, l'importance cruciale de protéger sa réputation en tout temps et en tous lieux (elle en avait déjà fait l'expérience à ses dépens, à vrai dire), et à ne jamais accepter quoi que ce soit de plus fort qu'une limonade à un bal.

Ces leçons-là intéressaient moins Livia, qui les trouvait souvent ridicules et inutiles, ce qui ne l'empêchait pas d'y travailler. C'était, se répétait-elle, sa seule chance d'échapper à son destin. Elle avait hâte de s'exhiber devant Gabriel Penhallow et de lui jeter au visage sa métamorphose. Ce serait beaucoup plus efficace que de jeter des pièces de monnaie dans la boue.

Mais elle allait devoir attendre encore, semblait-il. Deux, puis trois semaines passèrent sans qu'il se montre. Mme Penhallow se plaignait de son attitude désinvolte pour ajouter aussitôt que son absence était préférable, car elle lui interdirait de toute façon de franchir le seuil de la demeure jusqu'à ce que Mlle Stuart ait perdu son allure d'épouvantail à taches de rousseur et n'ait plus rien de la demi-sauvage illettrée, maladroite et incapable de s'exprimer convenablement qu'elle était.

— Je n'ai pas de taches de rousseur, madame, fut tout ce que Livia trouva à répondre.

— Libre à vous de vous bercer de faux espoirs, mademoiselle Stuart. Les Penhallow n'ont jamais eu de taches de rousseur. Demandez à Flye de vous faire deux applications de lait d'amande. Immédiatement ! Et supposons que vous veniez d'être présentée... disons au duc d'Egremont. Comment le salueriez-vous ?

Confortablement installé dans sa suite du *York House Hotel*, un bon feu dans la cheminée et un verre de bourgogne à portée de main, Gabriel déplia une lettre.

Cher cousin,

Je t'adresse mes meilleures pensées depuis les berges sauvages du Saint-Laurent. On pourrait faire de magnifiques parties de pêche si toutes ces escarmouches nous en laissaient le temps. Nous avons bien ri quand mon chapeau a été emporté par une balle et que je suis tombé en arrière dans un buisson de ronces ! J'avais l'air de m'être fait lacérer par un tigre et tout le monde se moque de moi depuis. Je suis tellement maladroit !

Je sais que tu détestes les remerciements, tu me l'as dit un nombre incalculable de fois, mais je ne pourrai jamais t'exprimer toute ma reconnaissance de m'avoir aussi merveilleusement établi. Je suis à l'armée comme un poisson dans l'eau.

On ne s'y ennuie pas une minute, même si j'ai souvent une pensée pour les êtres chers laissés à Whitehaven. Dans sa dernière lettre, ma mère me dit que tu lui as fait parvenir une somme très généreuse dont je te remercie également. T'a-t-elle raconté le dernier exploit du jeune Bertram ? Il a apparemment fait sauter un des greniers, au nom de la science, prétend ma mère. Il promet de devenir un grand homme, s'il arrive jusqu'à l'âge adulte. C'est un abominable chenapan, tu le sais, mais je l'aime tendrement.

Que fais-tu de ta personne maintenant que le corps diplomatique t'a laissé partir ? Tu brises les cœurs, j'imagine. Je suis sûr qu'un jour tu trouveras une femme dont tu ne te lasseras pas. C'est incroyable comme elles te tombent toutes dans les bras ! Je me demande comment tu fais pour ne pas avoir une tête tellement grosse qu'elle t'empêche de passer les portes.

Bien à toi,

Hugo

Gabriel replia la lettre en souriant. Hugo était un brave garçon, et courageux de surcroît. Si la carrière militaire ne l'attirait pas, en cet instant, Gabriel enviait la vie mouvementée de son cousin. Même la perspective d'avoir la tête emportée par un tireur d'élite français lui paraissait séduisante…

Pour l'heure, il se morfondait dans la ville la plus ennuyeuse du monde. Tout ce qu'elle avait à offrir, c'étaient des boutiques de mode, la Pump Room, les bains de vapeur russes et la société d'harmonie avec sa chorale ! Et où qu'on se tourne, les célèbres commères de Bath, dont le principal centre d'intérêt dans la vie était apparemment d'épier leurs voisins, et surtout leurs voisines, pour mieux clabauder ensuite sur leur compte. Comment sa grand-mère supportait-elle cet endroit ?

Il avait songé à quitter Bath après y avoir accompagné les dames, mais la simple évocation de cette possibilité avait suscité un tel flot de récriminations de la part de sa grand-mère qu'il avait craint qu'elle ne fasse une crise d'apoplexie.

Qu'il se sente coupable était un moyen très efficace de le retenir ici. Il était toutefois bien décidé à ne pas rendre visite à sa grand-mère. Qu'elle – elles – fasse le premier pas. Il était prêt à attendre jusqu'à la fin des temps s'il le fallait.

Même s'il s'ennuyait à mourir.

Enfin, il y avait pire que l'ennui.

Il étendit les jambes, reprit une gorgée de cet excellent bourgogne et se plongea dans *L'Histoire romaine*, de Niebuhr.

Livia considérait sombrement son assiette. S'y trouvait une part de pâté de navets, trois champignons ramollis nappés d'une sauce grisâtre et la moitié d'un fond d'artichaut. Non seulement Mme Penhallow suivait un régime très particulier, mais Mlle Cott et elle devaient endurer le même. Tout cela par la faute du Dr Wendeburgen, l'un des médecins les plus réputés de Bath, dont Mme Penhallow s'était entichée.

« Pas de viande, pas de poisson, pas de volaille, pas de lait, pas de crème, pas de beurre, pas d'œufs, et pas de pain ! » avait-il décrété. Et pour couronner le tout, pas de desserts ! Qu'inventer de pire pour le système digestif ? Le praticien et ses médicaments – des liquides saumâtres dans des fioles marron, des petites boîtes rouges remplies de pilules recouvertes de cire, de longues bandes de lin macérées dans le vinaigre, dont on était censé s'envelopper les pieds pendant une heure exactement – étaient très en vogue chez les douairières de Bath, qu'il menait à la baguette et qui lui exprimaient avec effusion leur admiration et leur reconnaissance, qu'il acceptait comme un dû.

En face d'elle, Mlle Cott toussota discrètement avant de prendre la fourchette la plus à gauche de son assiette. Livia se hâta de l'imiter, quoique pas suffisamment vite pour empêcher Mme Penhallow de froncer les sourcils.

— Après le déjeuner, vous reverrez avec Mlle Stuart la façon de se tenir à table, Évangéline. Il y a encore beaucoup à faire, il me semble.

— Certainement, acquiesça Mlle Cott avec son amabilité habituelle.

Livia ne dit mot, prit une bouchée d'artichaut presque cru et commença à mâcher.

— J'ai appris par Mme Lévêque qu'hier, vous avez profité de mon absence pour refuser qu'on vous fasse une tenue d'amazone. C'est inadmissible ! Tous les Penhallow ont toujours été des cavaliers émérites. Je n'avais pas trois ans quand j'ai monté mon premier poney, cela dit, j'étais très en avance pour mon âge. À quatre ans, je sautais des haies. Quand Mme Lévêque reviendra, je vous saurai gré d'oublier cette obstination ridicule.

Elle dévisageait Livia, attendant visiblement une réponse, mais celle-ci n'était pas encore venue à bout de sa bouchée d'artichaut. Elle devait avoir l'air d'une vache ruminant une herbe particulièrement coriace, quoi qu'il en soit, il lui fallut une minute entière pour avaler sans risquer de s'étrangler. La vieille dame pouvait lui donner des ordres sur pratiquement tous les autres aspects de sa vie, mais là, Livia allait lui tenir tête. À peine ouvrait-elle la bouche pour répondre enfin que Mme Penhallow, perdant patience, reprit ses considérations sur les chevaux et l'équitation, qui la menèrent jusqu'à la fin du prétendu repas et encore une bonne vingtaine de minutes après.

Cela faisait un moment que Livia avait cessé d'écouter, ce qui ne l'empêchait pas d'admirer la forte personnalité de la vieille dame. Quel dommage, se disait-elle, que les femmes ne soient pas éligibles au Parlement. Mme Penhallow aurait pris de haut ces messieurs et les aurait retournés en un après-midi. Elle aurait probablement fait aussi voter une loi exemptant les Penhallow de l'obligation d'épouser des moins-que-rien pour les siècles des siècles.

— Demain, mademoiselle Stuart, vous allez… Je vous demande pardon, je vous ennuie ?

— Certainement pas, madame ! Vous disiez que demain…

— Oui, demain, vous allez faire vos débuts. Il me semble plus sage de commencer modestement. Nous allons donc nous contenter d'aller à la Pump Room. J'ai envoyé un mot à Gabriel pour requérir sa présence. Vous restreindrez vos remarques au temps qu'il fait et vos questions à la santé de vos interlocuteurs. Pour le reste, vous me laisserez faire. Bien entendu, rien ne permettra de deviner que je ne suis pas absolument enchantée par votre entrée imminente dans notre famille !

— C'est très aimable à vous, madame, commenta Livia avec tant d'affabilité que la vieille dame l'examina d'un œil soupçonneux.

Ce qu'elle aurait pu répondre resta une énigme car Crenshaw, le majordome, vint annoncer que le Dr Wendeburgen demandait à être reçu immédiatement.

— Quand il s'agit de santé, on n'est jamais trop diligent. Faites-le entrer, Crenshaw.

Le médecin ne plaisait pas à Livia. Il ressemblait à ces enseignes de taverne avec ses cheveux filasse, sa moustache relevée en crocs et son petit bouc d'un autre jaune que ses cheveux, ses yeux bleus globuleux, ses joues rouges pleines et son estomac proéminent. Comment faisait-il pour être gros s'il se soumettait à son propre régime ?

— *Guten Morgen*, mesdames, *guten Morgen*[1] *!*

— Bonjour, *Herr Doktor* !

Dire que Mme Penhallow souriait chaleureusement aurait sans doute été exagéré, mais elle était bien plus aimable quand le Dr Wendeburgen était là. En guise de salut, Livia le gratifia d'un petit signe de tête hautain, de ceux qu'on adressait à un freluquet prétentieux dont on voulait rabattre le caquet.

Après une longue tirade sur les déséquilibres du foie, la décoloration de la peau, les mucosités et les dangers d'une langue enflée, le Dr Wendeburgen

---

1. Le déjeuner avait lieu en milieu de matinée. *(N.d.T.)*

convainquit Mme Penhallow de se faire saigner sans attendre et enrôla Mlle Cott pour tenir le récipient.

Pour une fois qu'elle était seule, Livia hésita, puis prit le chemin des cuisines. N'y étant jamais allée, elle se trompa et se retrouva dans une pièce vide, puis devant l'escalier de la cave. En revenant sur ses pas, elle aperçut une servante et se dépêcha de lui emboîter le pas. L'oncle Charles avait au moins une qualité – la seule peut-être –, il veillait à la qualité de sa table.

L'estomac dans les talons, elle trouva enfin la cuisine. C'était une grande pièce haute de plafond, d'une propreté immaculée. Où régnait une atmosphère mélancolique. Les domestiques assis à la longue table regardaient leurs assiettes d'un air morose, quand ils ne mâchaient pas consciencieusement – telles des vaches en train de ruminer.

Tous se levèrent précipitamment à son entrée, l'air plein d'espoir. Prise de court, Livia essuya ses mains soudain moites sur sa robe, avant de se reprendre. Flye, sa femme de chambre, vint opportunément à son secours.

— Qu'y a-t-il pour votre service, mademoiselle ?

— Ma foi, je... je me demandais ce que vous mangiez, répondit Livia timidement.

Un silence stupéfait accueillit ses paroles.

— Du pâté de navets, mademoiselle, répondit finalement une femme en tablier blanc, sur le ton dont elle aurait annoncé la mort de toute sa famille dans un incendie.

— Avec des fonds d'artichaut ? risqua Livia, dont l'espoir pâlissait.

— Oui, mademoiselle. Avec des champignons et une sauce que j'aurais honte de servir à un chien ! C'est la faute de cet horrible docteur étranger et de ses lubies ! Cela fait plus d'un an que la maîtresse nous fait manger ces horreurs. Je suis désolée, mademoiselle, poursuivit-elle en s'essuyant les yeux avec son tablier. Un jour que cette pauvre Sally avait la fièvre, j'ai apporté un morceau de porc pour lui faire un bon bouillon revigorant, mais quand la maîtresse l'a vu dans les comptes, j'ai cru qu'elle allait m'arracher les yeux !

— C'est vous la cuisinière ? s'enquit Livia.

— Oui, mademoiselle.

Elle avait un visage avenant et, dans des circonstances normales, devait certainement être une personne enjouée. Il était cependant impossible de ne pas remarquer son teint pâle et ses joues creuses. Livia sentit la moutarde lui monter au nez à la pensée de la silhouette rebondie du Dr Wendeburgen.

— Je pense que vous avez été très courageuse de ne pas cacher l'achat de ce morceau de porc, déclara-t-elle impulsivement.

— Il n'y a que des gens bien ici, mademoiselle, on peut le dire. Vous ne trouverez pas mieux ailleurs. C'est juste que… Vous savez ce qu'on fait pendant notre après-midi de congé ? On va manger, mademoiselle, manger à s'en faire éclater la panse !

« J'irais bien avec vous », faillit avouer Livia.

— Mais si vous dépensez tous vos gages en nourriture, comment faites-vous pour mettre un peu d'argent de côté ? demanda-t-elle, pensant tout haut.

— On ne peut pas, mademoiselle, c'est aussi simple que ça.

Livia considéra tous ces visages tristes – et amaigris. Il n'y avait qu'une chose à dire.

— Je verrai ce que je peux faire.

Malheureusement, Mme Penhallow se montra si irritable et si désagréable tout le reste de la journée et le lendemain matin que Livia sentit son courage l'abandonner. Que faire ? Il lui fallait absolument trouver une solution.

Interdite, Livia regarda Mme Penhallow. Avait-elle bien entendu ?

— Cette chère Mlle Stuart est tellement délicieuse, et quel plaisir nous aurons à voir la nursery de Surmont Hall reprendre vie !

Oui, elle avait bien entendu.

La vie était décidément bien étrange !

Les « C'est merveilleux ! », « Elle est charmante ! », « Le plus tôt sera le mieux ! » fusèrent et Livia se sentit rougir, à son grand mécontentement. À leur arrivée, quand une véritable cascade de félicitations pour les fiançailles de son petit-fils l'avait accueillie, Mme Penhallow lui avait paru un peu raide. Elle s'était cependant peu à peu détendue en écoutant ses propres paroles.

« Oui, c'était tout à fait soudain, mais quand deux jeunes gens s'éprennent aussi vivement l'un de l'autre, on ne peut que s'en réjouir », et « Mlle Stuart vient d'une vieille famille du

Wiltshire », ou encore « Je pense que je serai une grand-mère gâteau ! ».

Livia en était restée bouche bée. Mme Penhallow paraissait vraiment croire à son joli petit conte de fées.

— C'est tellement romantique ! Je pense, mademoiselle Stuart, que vous êtes la jeune fille la plus heureuse d'Angleterre ! avait minaudé en gloussant lady Enchwood, une petite femme replète drapée dans un châle de soie assez grand pour servir de ciel de lit.

On pouvait pourtant difficilement trouver quoi que ce soit de romantique dans ses fiançailles avec Gabriel Penhallow, qui tenaient plutôt de la farce, aurait volontiers corrigé Livia, si elle n'avait pas été volontairement partie prenante de cette comédie.

— En effet, madame, se contenta-t-elle de répondre, suivant ainsi les recommandations de Mme Penhallow et toute prête à parfaire ses leçons de maintien.

— C'est la première fois que vous venez à Bath, mademoiselle Stuart ? voulut savoir lady Enchwood. Quelle est votre impression ?

— Je trouve que c'est un endroit extrêmement... sain, milady.

— Certes ! Vous devez absolument essayer les cataplasmes de farine de moutarde ! Ils sont extrêmement revigorants. Le Dr Wendeburgen m'a assuré que dans six mois mes palpitations veineuses ne seraient plus qu'un mauvais souvenir.

Sa Seigneurie lui décrivit avec un tel luxe de détails les avantages sans nombre de ce traitement très populaire chez les dames de la bonne société de Bath que Livia fut au bord de la nausée.

— … quant aux rejets bilieux, auxquels j'ai le regret d'être sujette en quatre – ou cinq ? – parties intimes de mon anatomie… Oh, mais voici votre fiancé ! C'est vraiment l'homme le plus distingué de toute l'assistance !

6

Livia suivit le regard plein d'admiration de lady Enchwood. L'espace d'un instant, la foule qui peuplait la Pump Room s'effaça, et elle ne vit plus que Gabriel Penhallow. Dieu qu'il était grand ! Et distingué, cela ne faisait aucun doute. Il portait avec une élégance irréprochable un pantalon chamois et une redingote bleu marine parfaitement ajustée. Son épaisse chevelure brune frôlait à peine son col immaculé.

Elle avait l'impression de ne pas l'avoir vu depuis des années. Il était incroyablement séduisant – comment avait-elle pu l'oublier ? – et se mouvait avec une assurance empreinte d'arrogance qui lui laissait les jambes flageolantes.

Ces dernières semaines, il était devenu une espèce de notion abstraite, mais à le voir en chair et en os, solide et tellement viril, il redevenait soudain bien réel. Elle éprouvait même une étourdissante fierté à la pensée qu'il lui appartenait, ce qui ne manqua pas de la choquer.

Il lui fallut faire un effort pour se rappeler qu'il ne s'agissait que d'un jeu.

Un jeu dont elle sortirait gagnante.

Et soudain, sans prévenir, la vision d'une vaste nursery jaillit dans son esprit. Ayant vécu à la campagne la plus grande partie de sa vie, elle savait fort bien comment on remplissait les nurseries. Une rougeur incongrue lui monta au visage. Elle se serait volontiers giflée de sa naïveté. La nursery des Penhallow resterait vide.

— Bonjour, bonne-maman, salua M. Penhallow.

Il s'inclina devant les autres dames avant de se tourner vers Livia.

— Ma chère mademoiselle Stuart.

— Monsieur, murmura-t-elle en esquissant une révérence, agacée par le frémissement soudain qui agitait les vieilles dames.

— Comment allez-vous ?

— Très bien, monsieur, je vous remercie.

— Vous plaisez-vous à Bath ?

— C'est une ville charmante.

— C'est vrai. Malheureusement, j'ai l'impression que le temps va nous jouer des tours, aujourd'hui.

— En effet, le ciel est un peu couvert. Je ne serais pas étonnée qu'il pleuve.

Était-ce une lueur railleuse qui dansait au fond de ses beaux yeux bruns ? S'il lui faisait passer un examen, elle ne demandait qu'à jouer les parfaites jeunes filles de bonne famille.

— C'est fréquent ici.

— C'est ce qu'on m'a dit. Mais peut-être fera-t-il beau demain.

— Peut-être. À moins que le mauvais temps ne perdure.

Seigneur, elle commençait à être à court de platitudes !

— Heureusement, nous avons des parapluies, lança-t-elle, au désespoir.

— Oui, c'est heureux. Bonne-maman, mesdames, si vous voulez bien nous excuser. Mlle Stuart semble avoir un peu chaud. Prendre les eaux lui fera certainement du bien.

Cette suggestion fut approuvée par toutes ces dames. Lorsque M. Penhallow lui prit le bras, Livia eut l'impression d'être soulevée par une vague de bienveillance sentimentale.

— Il est absolument fou d'elle ! entendit-elle dans son dos, ce qui lui donna instantanément une folle envie de libérer son bras.

Elle n'avait jamais bu l'eau des flaques autour d'Ealdor Abbey mais elle était certaine qu'elle aurait été moins mauvaise que l'infâme liquide que M. Penhallow lui avait remis cérémonieusement.

— Merci, cela suffira, annonça-t-elle en ravalant un haut-le-cœur.

— Vous êtes sûre ? Vous n'en voulez pas un peu plus ?

— Pourquoi ?

— Parce que si vous êtes délicieusement vêtue et coiffée, mademoiselle Stuart – je vous félicite également de vos nouvelles manières –, je ne peux m'empêcher de remarquer que vous avez minci. La vie de citadine ne vous convient pas ?

Son ton était neutre, son visage, indéchiffrable, et sa question lui parut tellement dénuée d'un réel intérêt que, en dépit de sa détermination à rester aussi calme que lui, elle lâcha :

— Ma foi, si j'ai maigri, c'est que votre grand-mère m'affame !

— Que diable racontez-vous ? se récria-t-il, son calme imperturbable enfin ébranlé.

— Elle ne fait servir que de la bouillie d'orge, des raisins secs marinés dans le vinaigre, des flocons d'avoine, des pommes de terre au jus de citron, du gâteau de carottes et des pâtés de navets !

Surpris par cet éclat, M. Penhallow répliqua, sur la défensive :

— Les gâteaux de carottes ne me semblent pas si mauvais.

— Servis avec des algues et des racines de pourpier ?

Mme Penhallow choisit ce moment-là pour passer devant eux, suivie par ses satellites.

— Mademoiselle Stuart, cessez de vous donner en spectacle dans la Pump Room ! chuchota-t-elle. Un peu de dignité, je vous prie !

Docilement, Livia afficha un sourire, pour enchaîner dès que les vieilles dames eurent tourné le dos :

— Le pire, c'est que les domestiques sont soumis au même régime ! Ces pauvres gens meurent littéralement de faim.

— Comment savez-vous ce que mangent les domestiques ?

— Je suis descendue aux cuisines et ils me l'ont dit.

— Vous êtes allée aux cuisines ? répéta-t-il, incrédule.

— Oui, et la cuisinière en pleurait. Je leur ai dit…

— Vous êtes vraiment entrée dans les cuisines ?

— Je viens de vous le dire ! Vous ne m'écoutez donc pas ?

— Ma chère enfant, je suis certain qu'ils sont parfaitement capables de se débrouiller seuls. Qu'est-ce qui vous a incitée à frayer avec le personnel de cuisine ?

— Je ne suis pas votre chère enfant, siffla Livia, que l'envie démangeait de provoquer la scène que redoutait Mme Penhallow. Et si je suis descendue aux cuisines, c'est que j'avais *faim*, espèce d'abominable brute !

Il la contempla un long moment, avant de reprendre son bras et de l'entraîner dans son sillage. Il ne dit pas un mot, sauf pour demander au portier d'informer Mme Penhallow que son petit-fils et sa fiancée s'absentaient un moment.

Assis à une table chez Phelps, le salon de thé, Gabriel regarda Mlle Stuart avaler, avec élégance et méthode, huit petits sandwichs au jambon, trois œufs mimosa et la moitié d'une assiette de pâtisseries. Quand elle s'arrêta enfin pour boire une gorgée de thé, il lui tendit l'assiette.

— Une autre tartelette aux framboises ?

— Non, merci. Je ne pourrai rien avaler de plus, soupira-t-elle, visiblement satisfaite.

La transformation de la jeune femme nerveuse, tendue qu'il avait retrouvée à la Pump Room en cette jeune fille souriante, presque langoureuse, qui paraissait prête à ronronner, stupéfiait Gabriel. Dire qu'une demi-heure plus tôt, elle rugissait presque et le traitait de brute…

Au cours de sa longue fréquentation du beau sexe, jamais on ne l'avait qualifié de brute. On le décrivait généralement comme séduisant, charmant, agréable, incomparable, désirable, irrésistible, distingué – oui, il avait entendu lady Enchwood, dont la voix portait –, un excellent parti, le fin du fin, riche comme Crésus, et ainsi de suite jusqu'à plus soif. Pensivement, il prit une tartelette.

Le jus à la fois doux et acide qui envahit sa bouche était délicieux.

Peut-être avait-il manqué de sensibilité finalement.

— C'est un excellent salon de thé, commenta-t-il en faisant signe au serveur de leur apporter une autre théière.

— Oh, oui ! acquiesça Livia.

— Vous êtes sûre de ne pas vouloir le dernier sandwich ?

— Certaine, merci.

— Il suffit d'en redemander.

— Ce n'est pas nécessaire, je vous assure. À moins que vous n'en vouliez davantage ?

— Non, merci, dit-il avant de terminer sa tartelette, puis de se décider pour un petit sandwich. Les compliments que je vous ai faits dans la Pump Room étaient sincères, reprit-il. Vous n'avez plus rien de la petite sauvageonne que j'ai rencontrée dans les bois.

— Je ne sais pas s'il s'agit vraiment d'un compliment.

— Disons que vous aviez une tenue peu… conventionnelle.

— Et maintenant ?

— Maintenant, vous avez tout de l'élégante à la mode.

— Je vous avais dit que j'étais prête à faire des efforts.

— Ils ont porté leurs fruits.

— Merci.

— Et votre chapeau est fort joli.

— C'est votre grand-mère qui l'a choisi.

— Elle a un goût très sûr.

— Pour les chapeaux. Pas pour la nourriture. Parlons des domestiques.

— Volontiers. Permettez-moi de faire une petite mise au point, poursuivit Gabriel, qui se sentait d'humeur particulièrement accommodante. Une lady ne s'abaisse pas à visiter les cuisines.

— En quoi cela la rabaisse-il ?

— Il existe une hiérarchie, une chaîne de commandement si vous préférez, vous le savez certainement.

— Bien sûr, mais comment une lady donne-t-elle ses instructions aux domestiques ?

— La cuisinière ou la gouvernante la rencontre dans son bureau ou son boudoir. Ce sont elles qui viennent à elle et non le contraire.

— N'a-t-elle pas besoin de savoir ce qui se passe dans ses cuisines ?

— Je suis certain que ma grand-mère n'y est pas descendue depuis des années, si tant est qu'elle y soit déjà entrée. Et ma mère non plus.

— Cela paraît absurde. Comment savoir ce qui se passe si on ne le voit de ses propres yeux ? La maîtresse de maison n'est-elle pas responsable du bien-être de ses gens ?

— J'en déduis que vous vous rendiez souvent aux cuisines dans votre résidence précédente.

Gabriel se sentait nettement moins conciliant.

— Euh, non.

— Puis-je savoir, dans ce cas, ce qui a motivé cette soudaine croisade de votre part ?

— Eh bien, je... je n'étais pas la maîtresse de maison là-bas. En revanche... c'est différent ici...

— En quoi ?

— Je... je ne sais pas. Je suppose que je me sens plus ou moins responsable d'eux.

— Bien sûr, et c'est normal. Mais vous endosserez plus facilement votre futur rôle de maîtresse de maison en suivant les usages. Et vous vous épargnerez bon nombre de désagréments.

— Quels désagréments ? Je ne vois pas le rapport. Sous prétexte que votre grand-mère s'est laissé subjuguer par ce ridicule Dr Wendeburgen, ses domestiques doivent en souffrir ?

— Ma grand-mère fait ce qu'elle veut chez elle. Cela ne me regarde pas.

— Vous refusez de vous en mêler ?

— Pourquoi devrais-je m'en mêler ?

— Vous n'êtes qu'un arrogant et despotique...

— Une brute arrogante et despotique ? suggéra-t-il comme elle semblait chercher un qualificatif suffisamment péjoratif.

— Oui, une sombre brute ! Savez-vous à quoi les domestiques en sont réduits ? À dépenser leurs gages en nourriture ! C'est épouvantable ! Pourquoi vous en moquez-vous ?

Ses yeux verts, qui n'avaient plus rien de langoureux, étincelaient d'indignation. Elle le toisait, le menton haut, et il remarqua quelques miettes sur son corsage de soie. L'espace d'un instant, il fut tenté de les enlever, et peut-être de laisser sa main s'attarder sur son buste.

Oh, pour l'amour du ciel, espèce d'idiot, regarde ailleurs ! Ce mariage n'en aura que le nom.

— À propos de cuisines, j'ai une bonne nouvelle pour vous.

Elle étrécit les yeux.

— Vous essayez de changer de sujet ?

— Quand un sujet vous ennuie, c'est souvent ce qu'on fait.

— Je vous ennuie ? Vous êtes vraiment impossible ! Vous vous en rendez compte ?

— C'est justement la raison pour laquelle tout va si bien se passer entre nous, mademoiselle Stuart. Vous n'aurez pas à supporter ma pénible présence. J'ai décidé que, le moment venu, je vous enverrai à Surmont Hall, où vous pourrez passer des journées entières aux cuisines si cela vous chante.

— Vous m'enverrez à Surmont Hall ? Seule ?

— Oui, et je me demande pour quelle raison je ne perçois aucune gratitude dans votre ton. Le château est autrement plus confortable et luxueux que votre minable Ealdor Abbey, et vous aurez quantité d'argent de poche à dépenser à votre guise.

— Et où habiterez-vous, si je puis me permettre ?

— Oh, moi, je vivrai à Londres ! Je rendrai visite à des amis à la campagne. Qui sait ? Cela ne vous regarde certes pas.

Voilà, c'était dit, il avait dessiné leur avenir de façon diplomatique. Aborder l'indélicat sujet de ses besoins physiques était inutile. Il en avait, comme tout le monde, et il pouvait sans difficulté les satisfaire hors des liens du mariage, comme il le faisait depuis qu'il avait atteint l'âge adulte. Il ne serait certes pas le premier dans la bonne société à chercher son plaisir ailleurs.

Tout irait pour le mieux, et tout le monde serait heureux.

Parfaitement heureux.

À peine ces considérations l'avaient-elles rasséréné qu'il remarqua un certain nombre de clients du salon de thé qui les observaient avec un intérêt non dissimulé. Ah, les ragots de Bath !

— Il est temps pour vous de rejoindre ma grand-mère.

Il se leva, dominant Livia de toute sa hauteur. Son visage était à présent d'un magnifique rouge pivoine qui n'allait pas du tout avec sa chevelure cuivrée, mais l'homme du monde qu'il était s'abstint de le lui faire remarquer.

Une fois seul cependant, sans Livia pour lui embrouiller l'esprit, sa confortable assurance s'effondra. Elle avait raison, réalisa-t-il. Entièrement raison. Si sa grand-mère avait certes le droit de manger ce qu'elle voulait dans sa propre maison, ses domestiques méritaient mieux. S'il n'avait pas été tellement déterminé à avoir le dessus avec Livia...

Cinq minutes plus tard, il était en route pour Upper Camden Place, où il demanda à Crenshaw, le majordome, de l'introduire auprès de sa grand-mère. Heureusement, elle était seule. Il ne s'attendait pas à une entrevue particulièrement cordiale, et son diagnostic se révéla exact. Une demi-heure plus tard, après avoir fait valoir son point de vue, il quittait la maison.

Ses pensées se tournèrent vers Livia et la divine surprise qui l'attendait.

Il sourit, content de lui.

Livia contemplait son assiette avec stupeur. Elle contenait du blanc de poulet rôti, une tranche de pâté de faisan, et une belle portion de petits pois nappés d'une sauce onctueuse.

Jetant un coup d'œil à l'assiette de Mlle Cott, elle découvrit le même festin réjouissant. Celle de Mme Penhallow en revanche affichait ses mets habituels, à supposer qu'on puisse les qualifier de tels.

— Vous pouvez être fière de vous, mademoiselle Stuart ! À votre instigation certainement, mon petit-fils a eu l'impertinence de se mêler de la marche de ma maison. J'espère que vous êtes satisfaite.

Oh, oui, elle l'était ! Mais l'admettre serait dangereux. Elle se contenta donc d'émettre un vague murmure avant de prendre sa fourchette – celle qu'il fallait – et son couteau. Le poulet était aussi délicieux qu'il en avait l'air, et elle accepta de bon cœur un second morceau lorsque le valet le lui proposa. Elle attaquait le pâté de faisan lorsque l'évidence la frappa : Gabriel était intervenu !

À la surprise succéda un flot de – oh, Seigneur ! – joie ? Avait-il fait cela pour elle ?

Cet homme exaspérant n'était donc pas qu'arrogance. Livia commençait à regretter de l'avoir quitté deux jours plus tôt à la Pump Room avec, elle devait l'admettre, une certaine grossièreté. Mais il s'était incliné sur sa main avec une telle froideur, sans lui laisser deviner ce qu'il comptait faire.

Oh, et elle comptait bien le remercier dès qu'elle le reverrait ! Elle se conduirait avec la réserve qui convenait, bien sûr, mais se montrerait aimable. Et elle ne se mettrait pas en colère, sous quelque prétexte que ce soit.

Perdue dans ses pensées, elle sursauta lorsque Mme Penhallow tambourina sur la table.

— Vous aviez certainement une excellente raison de m'ignorer, ironisa la vieille dame. Peut-être vous demandiez-vous ce qu'il y avait comme dessert ?

Ce n'était pas le cas, mais elle se le demandait, à présent.

— Je vous demande pardon, madame.

— Je faisais simplement remarquer qu'en mangeant autant, vous risquiez une commotion du pancréas. Et qu'il ne faudra pas vous étonner de voir votre sang épaissir et causer un *Magenverstimmung*, comme l'explique si bien le Dr Wendeburgen. Vous aurez sans doute besoin d'une saignée, mais ne venez pas pleurer sur mon épaule à ce moment-là. Vous aviez absolument besoin de reprendre un morceau de poulet ?

— Le rendre serait impoli, n'est-ce pas ?

Cette repartie inspira à Mme Penhallow une longue tirade sur le savoir-vivre à table et sur les dangers de la gloutonnerie, surtout en soirée, tirade émaillée de doctes sentences du Dr Wendeburgen, dont le stock semblait inépuisable. Cela permit à Livia de savourer tranquillement son repas. L'air de rien, nota-t-elle, Mlle Cott avait elle aussi nettoyé son assiette.

— *Et tu, Brutus*[1] ? lança Mme Penhallow à celle-ci avec une suave courtoisie, histoire d'avoir le dernier mot, avant de se tourner vers Livia. Gabriel m'a envoyé un mot pour m'avertir qu'il vous avait trouvé un cheval, mademoiselle Stuart. Vous allez pouvoir commencer dès demain vos leçons d'équitation.

— Je n'ai pas de tenue, lui rappela Livia.

— Je suis au regret de vous contredire, mais Mme Lévêque vient de nous la livrer, triompha Mme Penhallow. Flye est en train de la repasser.

Et en effet, lorsque Livia remonta dans sa chambre, elle y trouva, soigneusement drapée sur un siège, une tenue d'amazone de lainage vert bouteille, d'une élégance irréprochable avec ses discrètes broderies noires aux poignets. Une paire d'adorables bottines noires ornées de franges du même vert l'accompagnait.

Livia interrompit son inspection pour demander à Flye si les domestiques jouissaient désormais d'une nourriture digne de ce nom.

— Oh, oui, mademoiselle, et nous vous en sommes tellement reconnaissants !

— C'est M. Penhallow qu'il faut remercier, déclara Livia d'un ton bourru.

Elle s'assit de biais à sa coiffeuse afin de ne pas voir le costume d'amazone.

Ils ne me feront pas monter sur un cheval de force ! Pas question !

---

1. « Toi aussi, Brutus ? » Apostrophe de César à Brutus qui venait de le poignarder. *(N.d.T.)*

D'énormes naseaux, les plus gros que Livia ait jamais vus, se tournèrent dans sa direction. Si elle fit aussitôt un pas en arrière, elle s'interdit de crier. Un petit cri étranglé lui échappa tout de même, mais elle raidit l'échine et regarda Gabriel qui tenait les rênes de ce monstre. Il affichait une froide désinvolture qui lui parut presque insultante.

— Vous perdez votre temps, l'avertit-elle sèchement, toutes ses bonnes résolutions envolées.

Seule la fierté la retenait de s'enfuir à toutes jambes.

— Ma grand-mère s'est montrée très claire, mademoiselle Stuart. Une future Penhallow doit savoir monter à cheval. Il n'y a pas de discussion possible. Venez ici.

— Non ! Et vous ne pouvez pas m'y obliger ! s'écria-t-elle d'un ton de défi, indifférente aux regards curieux de deux palefreniers, dont l'un tenait la bride du pur-sang noir de Gabriel.

— Vous croyez ?

Il lança la bride à l'autre palefrenier, et la rejoignit en deux enjambées. Avant qu'elle comprenne ce qui lui arrivait, il avait refermé les mains sur sa taille et, avec une facilité déconcertante, l'avait soulevée et installée sur la selle.

L'espace de quelques enivrantes secondes, Livia savoura la force de ses mains vigoureuses. Puis la terreur prit le dessus. Non seulement elle était en équilibre instable à une hauteur vertigineuse mais le cheval choisit ce moment pour bouger, sans doute se préparait-il à ruer pour l'envoyer se fracasser le crâne sur le sol pavé.

Livia poussa une espèce de piaillement et se jeta dans les bras de Gabriel. Elle se cramponna à lui sans la moindre honte. Elle se demanderait plus tard s'il ne l'avait pas serrée dans ses bras.

Pour l'heure, il lâcha d'un ton moqueur :

— J'ignorais que vous teniez à ce point à moi.

— Ce n'est pas le cas, répliqua-t-elle en le repoussant.

Une fois de plus, les mains vigoureuses la hissèrent en selle. Elle aurait voulu s'accrocher à ses épaules si proches, mais se contenta d'agripper le pommeau de la selle.

— Voilà, ce n'était pas si difficile, dit-il d'un ton tellement apaisant qu'elle l'aurait volontiers giflé si elle avait osé lâcher le pommeau.

— Si !

— Ce n'est pas possible. Je vous ai trouvé le cheval le plus docile de Bath. Peut-être de toute l'Angleterre.

— Je m'en moque. Je veux descendre !

— Le plus dur est fait.

— Bien sûr que non ! On n'a même pas commencé à bouger.

Elle était déjà en sueur – non, elle transpirait, c'était le terme qu'il fallait employer. De toute façon, le terme était inadéquat pour qualifier ce qui lui arrivait. Elle avait l'impression de fondre.

— Faisons un petit essai, voulez-vous ?

— Cessez d'employer ce ton condescendant.

— Juste cinq minutes.

— Je veux descendre !

— Nous irons doucement, je vous promets.

— Je vous préviens..., commença Livia d'une voix moins assurée.

— Allons, allons, un peu de fierté, ma chère petite.

— Je ne suis pas votre chère petite.

— Vous vous avachissez. Redressez-vous !

— Je ne peux pas !

— Bien sûr que si. Faites un petit effort.

— Vous êtes vraiment insupportable.

Sa voix chevrotait maintenant. Si elle ne s'était pas cramponnée si fort au pommeau de la selle, elle aurait essuyé la sueur qui lui coulait dans les yeux. Après quoi elle l'aurait giflé.

— Vous avez l'air d'un sac de pommes de terre.

— Absolument insupportable !

— Oh, pour l'amour du ciel, Livia, je ne vais pas rester planté là toute la journée ! Les rênes, s'il vous plaît, ordonna-t-il au palefrenier.

Tout doucement, il mit le cheval en marche. Livia eut l'impression que la selle bougeait de manière inquiétante. La tête commença à lui tourner.

— C'est pire !

— Redressez-vous.

— Je ne peux pas !

— Vous ne pouvez pas ou vous ne voulez pas ?

— C'est la même chose, gémit-elle.

— Non, ne fermez pas les yeux.

La voix de Gabriel lui parut venir de très loin, puis tout devint noir, elle s'affaissa sur le côté, et d'un coup, le cheval et elle se séparèrent.

7

Peu à peu, la lumière revint.

Livia réalisa qu'elle se trouvait dans des bras musclés, contre une poitrine musclée, sur des cuisses musclées.

Et bien plus en sécurité, Dieu merci.

Gabriel s'était apparemment assis – les avait assis – sur un banc, à une distance du sol bien plus satisfaisante. L'un de ses bras entourait les épaules de Livia, l'autre était glissé sous ses genoux. Dieu que c'était confortable ! Et son visage était très proche du sien. Curieusement, il semblait tanguer un peu. Il avait décidément de beaux yeux, avec des paillettes dorées qu'elle n'avait jamais remarquées. Et son nez lui plaisait vraiment beaucoup. Un nez parfaitement droit, ni trop grand ni trop petit. De la bonne taille, en fait.

Elle serait volontiers restée ainsi, à le contempler. Ses cheveux devaient être merveilleusement doux au toucher. Elle s'apprêtait à lever la main pour le vérifier, lorsque la voix du palefrenier l'arrêta.

— La dame est malade, monsieur ? Vous voulez que j'appelle le docteur ?

— Vous êtes malade, Livia ? s'enquit Gabriel d'un air grave.

Livia réfléchit mais, à son grand regret, cette bienheureuse sensation de flottement s'estompait déjà.

— Non. Je me suis évanouie. Pour la première fois de ma vie. Quelle réussite ! Votre grand-mère sera fière de moi, pouffa-t-elle.

— Pourquoi vous êtes-vous évanouie ? demanda-t-il sans sourire.

— Ce qui me rappelle que si elle nous voyait ainsi, ce serait elle qui s'évanouirait.

Livia se libéra des bras de Gabriel pour s'asseoir – moins gracieusement qu'elle ne l'aurait souhaité – à ses côtés, quoique à bonne distance. Elle arrangea ses jupes, certaine d'avoir révélé plus de cheville qu'elle n'aurait dû.

— Ce n'est rien, assura-t-elle en ajustant son chapeau.

— Faites-les marcher un peu, ordonna Gabriel aux deux palefreniers, qui obéirent aussitôt. Encore une fois, que s'est-il passé ?

Ces beaux yeux bruns pouvaient être extrêmement perçants.

— Je ne vois pas ce que vous voulez dire, marmonna-t-elle en regardant ses mains gantées.

— Je pense que si. S'évanouir à cheval n'est pas courant.

— Je vous avais dit que je ne voulais pas monter, mais vous ne m'avez pas écoutée !

— Pourquoi ne voulez-vous pas monter ?

— Cela ne vous regarde pas !

— Cela me regarde certainement. Nous sommes ici tous les deux, chacun avec un cheval.

— Et alors ? Aucune loi ne dit qu'une Penhallow doit absolument monter à cheval !

— C'est l'usage, ma chère petite.

— Cessez de m'appeler ainsi, espèce d'insupportable monstre guindé !

À la grande surprise de Gabriel, elle laissa échapper une espèce de sanglot et se couvrit le visage de ses mains.

Mon Dieu, qu'avait-il fait ? Pleurait-elle par sa faute ? Était-il à ce point insupportable ?

Quelques instants plus tôt, elle semblait pourtant parfaitement détendue dans ses bras, douce et ferme et délectable. Un désir violent l'avait d'ailleurs de nouveau traversé. Une réaction d'autant plus malvenue qu'il comptait l'envoyer vivre – seule – à Surmont Hall le plus vite possible.

Ce n'était toutefois pas une raison pour se montrer brutal à propos de cet évanouissement. En dépit de ses accusations, il n'avait rien d'un monstre.

N'est-ce pas ?

Et était-il bel et bien guindé ?

— Je suis désolé, murmura-t-il. Vous ne voulez vraiment pas me dire ce qui vous tracasse ?

— Qu'est-ce que cela peut vous faire ?

Il n'avait jamais entendu cette amertume dans sa voix. Il fut tenté de lui entourer les épaules d'un bras réconfortant, mais il hésita. Elle lui paraissait tout à fait capable de lui répondre, et on les avait déjà vus se conduire scandaleusement en public.

Il devait effectivement être guindé pour nourrir ce genre de pensées. Il n'empêche que s'il ne l'avait pas rattrapée quand elle avait glissé du cheval, elle aurait pu se blesser sérieusement.

— J'aimerais entendre ce que vous avez à dire.

— Je... J'ai peur des chevaux. C'est ridicule, je sais, mais quand j'étais petite, mon oncle... je passais près des écuries et il a failli me renverser avec un de ses pur-sang. En l'évitant, j'ai heurté un poteau, et je me suis assez gravement blessée au dos. Cela m'a pris beaucoup de temps pour remarcher normalement.

— Vous voulez dire que Stuart l'avait fait exprès ?

— Il était ivre.

— C'est une bonne chose que vous ayez quitté sa demeure dans ce cas. Quelle canaille ! Je le jetterais volontiers contre un poteau ! Puis-je vous suggérer de revoir votre opinion des chevaux ? ajouta-t-il d'une voix radoucie. En général, ils sont aussi civilisés que leurs cavaliers.

Livia prit une inspiration tremblante.

— J'y réfléchirai, c'est tout ce que je peux vous promettre.

— Entendu.

— J'aimerais rentrer à la maison, à présent.

— Chez votre oncle ? se récria-t-il, incrédule.

— Non ! Chez votre grand-mère.

Éprouvant un soulagement assez agaçant, Gabriel ordonna aux palefreniers de reconduire les chevaux à l'écurie. Il héla un fiacre et ramena Livia à Upper Camden Place. Ils n'échangèrent pas un mot en chemin, pourtant le silence n'avait rien de pesant. À peine l'eut-il aidée à descendre de voiture que bonne-maman sortait sur le perron, escortée par Crenshaw et l'inévitable Mlle Cott.

— Que faites-vous là ? lança-t-elle en guise d'accueil. Je ne vous attendais pas avant un certain temps. Comment s'est passée la leçon ?

— Nous progressons lentement, répondit-il comme Livia lui coulait un regard anxieux.

— Pourquoi lentement ? Elle est bien montée à cheval ? La vérité, s'il te plaît ! insista-t-elle comme il gardait le silence.

Ma foi, il ne lui restait plus qu'à mentir. N'était-il pas un insupportable monstre guindé ? Pourquoi ne pas ajouter menteur ?

— Non, madame, répondit Livia posément.

— C'est inacceptable ! Retournez là-bas sur-le-champ.

— Demain peut-être, rétorqua-t-il.

— Mais qu'a donc cette enfant ? Elle a l'air sur le point de tomber. Gabriel, que lui as-tu fait ? s'alarma son irascible aïeule, comme si elle s'adressait à des enfants de six ans dont l'un aurait tiré les tresses de l'autre. C'est sans doute le manque de nourriture qui vous a affaiblie, ironisa Mme Penhallow. Il faut vous sustenter. Je suis certaine que la cuisinière, votre fervente admiratrice, sera heureuse de vous préparer une collation.

— J'ai un peu faim, en effet.

— Évidemment ! Vous avez un appétit de fille de ferme. Que vous réussissiez à garder la taille fine m'est une source d'étonnement sans fin. Mlle Cott et moi nous apprêtions à assister à une conférence sur la musique des sphères donnée par un astronome italien réputé, mais nous allons naturellement rester à la maison pour vous chaperonner.

Elle les précéda jusqu'à la petite salle à manger ensoleillée. Pour quelqu'un dont les instructions avaient été bafouées, elle faisait preuve d'une magnanimité remarquable.

— Je suis dans l'ensemble satisfaite de vos progrès, mademoiselle Stuart, annonça-t-elle au milieu de la collation improvisée. Comment, vous reprenez du rosbif ? À ce rythme, vous n'atteindrez pas trente ans, croyez-moi ! Où en étais-je ? Ah, oui, je suis dans l'ensemble satisfaite de vos progrès, même s'il reste encore beaucoup à faire !

— Je vous remercie, madame, acquiesça Livia en espérant que l'histoire de sa chute dans les bras de Gabriel ne parviendrait pas aux oreilles de son hôtesse.

— J'ai donc accepté une invitation pour nous – Gabriel, vous et moi. Nous irons dîner chez lord et lady Gibbs-Smythe avant de rejoindre des amis à eux à un bal. Le lendemain, nous ferons une excursion à Wells, dont la visite de la cathédrale devrait vous être profitable. Ensuite...

Il ne fut plus question de chevaux, sauf lors d'un dernier commentaire qui prit tout le monde de court.

— J'espère, mademoiselle Stuart, que vous allez reprendre bientôt vos leçons d'équitation avec Gabriel. Monter à cheval est une activité hautement désirable pour une dame de qualité ainsi qu'un exercice qui convient à une jeune personne. C'est aussi un grand plaisir, ajouta-t-elle en esquissant un sourire. Personnellement, je regrette de ne plus pouvoir monter. Croyez-le ou pas, j'ai été jeune autrefois. À une époque... Enfin, c'est de l'histoire ancienne et cela n'intéresse personne ! Je vais aller faire ma sieste à présent. Non, Évangéline, ne vous donnez pas la peine de m'accompagner. J'ai besoin d'être seule.

Après avoir quitté la maison de sa grand-mère, Gabriel avait marché sans but. Son errance l'avait conduit dans une petite boutique de Beaufort Square où il avait acheté des cartes de l'Amérique du Nord et du Sud. Une fois de retour dans sa suite au *York House*, il les avait étalées devant lui et les avait étudiées longuement.

Il avait un plan, s'était-il rappelé. Il n'était pas question de se laisser manipuler, et encore moins mettre la corde au cou. Les Penhallow étaient au-dessus de cela. Et les Penhallow n'en avaient jamais fait qu'à leur tête.

— Elle s'appelle Daisy. Donnez-lui ceci.

La bride dans une main, Gabriel tendit un morceau de sucre à Livia. Elle le prit non sans méfiance.

— Non, pas comme cela, dit-il en lui dépliant les doigts. À plat sur la paume.

Ce contact et la douceur inattendue du geste la firent frissonner. Bravement, elle tendit sa paume ouverte en direction du monstre dont elle avait détaillé les effrayants attributs. De gros naseaux, de grands yeux, un long cou, un dos large, une croupe géante, de longues jambes, des sabots gigantesques, des fers épouvantablement acérés… et une énorme bouche pleine de dents qui saisit délicatement le morceau de sucre sans lui arracher la main.

— Bien joué, Livia ! la félicita Gabriel.

Elle éprouva une fierté enfantine et lui sourit.

— Prête pour un nouvel essai ?

— Je pourrai descendre quand je voudrai ?

— Oui.

— Je ferai de mon mieux dans ce cas.

— C'est tout ce qu'on peut demander. Vous permettez ?

De nouveau, elle éprouva ce plaisir frémissant lorsque ses mains lui enserrèrent la taille pour la soulever et l'installer en selle.

— Ici, le sol est plat. Je conduirai Daisy par la bride aussi lentement que vous le souhaiterez. Cela vous convient ?

— Euh... Ooui.

Ils firent des allées et venues pendant un moment. Livia se détendit peu à peu et commença à desserrer ses doigts sur le pommeau. Elle ne devait pas avoir fière allure, mais au moins elle ne s'était pas évanouie.

— Ce n'est pas si pénible, non ?

— Non, admit-elle prudemment.

Juste à ce moment-là, Daisy secoua vigoureusement sa grosse tête pour chasser une guêpe. Laissant échapper un petit cri, sa cavalière se raccrocha au pommeau.

— Du calme, murmura Gabriel, qui posa brièvement la main sur la taille de Livia.

Dès que son cœur eut cessé de battre la chamade – à cause de la guêpe et du brusque mouvement de Daisy, bien sûr –, Livia regarda Gabriel avec curiosité.

— Que vous arrive-t-il aujourd'hui ?

— Rien du tout.

— Oh que si ! Vous ne m'avez pas rabrouée une seule fois, ni critiquée, vous ne vous êtes même pas moqué de moi.

Quand il leva les yeux vers elle, elle eut confirmation de ce qu'elle venait de remarquer. En dépit de ses manières aimables, il paraissait se trouver à mille lieues de là.

— Vous devriez être heureuse que je sois moins désagréable que d'habitude.

— Vous n'êtes pas *toujours* désagréable, soyons justes. C'était très gentil de votre part de demander à votre grand-mère de changer les menus. Pas seulement pour moi, mais pour Mlle Cott et les domestiques.

— Une aberration, probablement.

— Certainement pas.

Pourquoi se sentait-elle tenue de prendre sa défense, elle aurait été bien en peine de le dire.

— Dieu merci, peu importe ce que vous pensez de moi, ou moi de vous.

On aurait difficilement fait réponse plus dédaigneuse. Et blessante. Les sentiments étant par nature incontrôlables, tout ce qu'elle voulait maintenant, c'était le blesser en retour.

— Me voilà rassurée. Vous êtes de nouveau dédaigneux et mesquin. Un parfait Penhallow.

— Je ne fais que décrire notre relation telle qu'elle est.

— C'est vrai. À vos yeux, je ne suis qu'un objet. À propos, j'en ai assez de cette leçon. Je veux rentrer. On doit me livrer une foule de choses aujourd'hui, des robes hors de prix, des souliers, des châles, et je veux me vautrer dedans comme un cochon dans la boue.

— Quelle comparaison élégante.

— C'est ce que font les dames ici, paraît-il, quand elles ne parlent pas de glaires, de cataplasmes ou de sécrétions bilieuses.

— Épargnez-moi les détails. Nous voilà aux écuries. Laissez-moi vous aider à mettre pied à terre.

— Je peux descendre toute seule, répliqua Livia, agacée.

Dans sa hâte, son genou heurta le pommeau, et elle serait tombée si Gabriel ne l'avait pas rattrapée, lui permettant de libérer son pied de l'étrier avant de l'aider à se redresser. Ses mains étaient fermement posées sur les épaules de Livia, et il était si près qu'elle sentait son parfum, mélange de savon à barbe, de cuir et de virilité.

Qu'il était grand et solide.

Comme ses mains étaient chaudes et fortes.

Elle avait chaud de nouveau, mais cette fois, c'était une chaleur très agréable qui s'était déployée dans son corps entier. Presque malgré elle, elle plongea son regard dans celui de Gabriel en levant un peu le menton.

Oh, Seigneur, comme en une *invitation* !

Décidément, elle n'avait vraiment rien d'une lady !

Comment se conduire convenablement quand tout son corps criait ainsi ?

— Gabriel, murmura-t-elle d'une voix rauque.

Juste à ce moment-là, une grosse tête blanche s'insinua entre eux pour renifler la poche où Gabriel gardait des morceaux de sucre et une grande oreille pointue manqua de peu l'œil de Livia.

Elle bondit en arrière et le moment – quel qu'il aurait été – passa. Livia trébucha, heurta une souche d'arbre sur laquelle elle tomba assise. Elle ne tarda pas à s'apercevoir que le bois était humide. Lorsqu'elle se lèverait, elle aurait une tache fort embarrassante au dos de son bel habit.

Vraiment, quelle journée parfaite !

Livia avait été placée entre son hôtesse, lady Gibbs-Smythe, et M. Adolphus Olivet. Gabriel était de l'autre côté, quelques sièges plus loin, et Mme Penhallow encore plus loin. Tous deux lui paraissaient très loin, en fait. Elle n'avait jamais vu une table aussi longue, dont chaque pouce était recouvert par de hauts candélabres d'argent, d'élégantes compositions florales dans de délicates porcelaines, toute une variété de verres de cristal, d'assiettes à filets d'or et de ce qui, peu de temps auparavant, aurait constitué un véritable puzzle de fourchettes, couteaux et cuillères.

Elle avait du mal à contenir son émotion, pour ne pas dire son triomphe.

Si Cecily Orr la voyait !

Il n'y avait pas si longtemps, elle n'était que cette pauvre petite Livia, habillée de vêtements de rebut, et voilà qu'elle se retrouvait à un dîner de la bonne société, acceptée parmi eux sans que quiconque y trouve à redire. Elle était prête, et même si Mme Penhallow l'avait conjurée une fois de plus de s'en tenir aux sujets convenant à une jeune fille, elle avait continué à lire avec avidité les journaux et les livres à sa disposition. Elle voulait être capable, le moment venu, de soutenir une conversation.

Quelques mois plus tôt, le Régent avait donné une fête extraordinaire dans sa résidence londonienne de Carlton House pour fêter son accès aux responsabilités politiques. Son malheureux père, le roi George, paraissait s'enfoncer dans la folie. On racontait qu'il hurlait des choses affreuses à longueur de journées et de nuits. On éprouvait tellement de chagrin pour lui et pour la pauvre reine. Pendant ce temps, le duc de Wellington venait de remporter une bataille âprement disputée à Fuentes de Oñoro (Grand Dieu, où était-ce donc ? En Espagne ou au Portugal ?). Le célèbre écrivain Richard Cumberland venait de mourir. Avec Mlle Cott, elle étudiait le roman fameux de Walter Scott *La Dame du lac*. Et...

Un valet en livrée venait de déposer devant elle une assiette fumante de soupe à la reine, fleurant bon le poulet et les champignons, et, non sans fierté, elle s'empara de la bonne cuillère.

— Il me semble, mademoiselle Stuart, que le temps se montre on ne peut plus clément, vous ne trouvez pas ? fit remarquer M. Olivet.

Il approchait les trente ans et sa tenue était à la pointe de la mode. S'il portait des culottes au genou et la queue-de-pie de rigueur, comme Gabriel, là s'arrêtait la ressemblance. Son col de chemise était tellement haut et tellement empesé qu'il devait tourner le buste tout entier pour s'adresser à sa voisine. Son nœud de cravate était un amas de plis compliqués et ses chevaux coupés à la César étaient enduits de tant de pommade qu'on aurait cru une perruque. Une lorgnette sertie d'or pendait à son cou, et pas moins de quatre breloques ornaient la chaîne de sa montre de gousset.

— Oui, acquiesça Livia, il fait merveilleusement beau. Je me disais...

— C'est la première fois que vous venez à Bath, ai-je cru comprendre ?

— En effet, je...

— Comment étaient les routes durant le trajet ?

— Assez sèches, et...

— Pas trop poussiéreuses ?

— Un peu, mais...

— C'est tout de même préférable à des routes boueuses, n'est-ce pas ?

— Certainement, même si...

— Bath est une ville très agréable.

— C'est vrai. En fait...

— Vous avez vu les boutiques ?

— Pas encore. Mais je...

— Je vous recommande celles de South Parade.

— Vraiment ? Et que...

— Vous êtes déjà allée aux bains ?

— Non, mais...

— Tout le monde y va. Bath est excellente pour la santé.

— C'est ce qu'on m'a dit.

Livia étouffa une forte envie de bâiller en buvant une gorgée de vin. M. Olivet se montrait-il ennuyeux à dessein ? Ce n'était pas possible que tout le monde à Bath débite un tel flot de platitudes au cours des dîners. Peut-être devrait-elle changer de sujet ? Mais lequel choisir ? Elle chercha fébrilement, puis :

— Je compte aller prochainement à la bibliothèque Godwin.

— Pour faire quoi ?

— Eh bien, pour emprunter quelques livres, sur...

— Des livres ? Vous n'êtes pas un de ces bas-bleus, j'espère ?

— Non, je...

— Ce sont de véritables tyrans. Je ne voudrais pour rien au monde que mes sœurs s'emplissent la tête de sciences ou de littérature. Les hommes détestent cela. Ah, voici le poisson ! De la truite ? Parfait. Selon vous, mademoiselle Stuart, est-ce qu'il risque de pleuvoir demain ?

Livia refusa la truite et accepta un morceau d'émincé de chapon en sauce safranée.

— Il me semble vous avoir entendue mentionner Godwin ? intervint lady Gibbs-Smythe en souriant.

— En effet, milady. J'espère m'y rendre très prochainement.

— Je suis moi-même une grande lectrice. L'année dernière – à moins que ce ne soit il y a deux ans ? Non, c'était bien l'année dernière, alors que je séjournais dans le Kent chez le duc et la duchesse de Wetherby... Vous les connaissez ? Ce sont des gens charmants ! Je les adore positivement tous les deux ! Le frère de la duchesse et le mien étaient ensemble à Eton, figurez-vous. Il faut absolument que vous fassiez la connaissance de Carlton, le frère de la duchesse. C'est le garçon le plus charmant du monde et un tel boute-en-train ! Il a la manie de mettre des grenouilles dans les lits ! Mais non, ce n'est pas Carlton, suis-je bête ! Il s'appelle Theodore, mais tout le monde l'appelle Theo. Vous le connaissez ?

— Non, milady.

— Oh, il le faut ! Quoi qu'il en soit, un après-midi pluvieux, je m'étais fait une méchante entorse la veille… Non, non, deux jours avant, en dévalant l'escalier comme une gamine. Moi qui suis déjà grand-mère, vous vous rendez compte ? Je me demande si vous connaissez ma plus jeune fille, Mlle Sarah Dauncey ? Elle a étudié chez Mlle Bassenstoke, à la Select Academy de Kensington. Vous devez avoir à peu près le même âge. Vous êtes peut-être un peu plus jeune… Il faut absolument que je vous présente ! C'est une jeune fille délicieuse. Elle a épousé de Cheuvre, le cher garçon, et elle a maintenant deux enfants. Ou est-ce trois ?

Lady Gibbs-Smythe regarda Livia comme si elle pouvait l'éclairer, puis reprit avec entrain :

— Je dévalais donc l'escalier lorsque à l'avant-dernière marche ma cheville s'est littéralement retournée. Enfin, c'était peut-être la marche d'avant… Je portais les plus jolis escarpins du monde, bleu ciel, avec des rubans blancs. Maintenant que j'y pense, ils étaient sans doute argentés. Si vous saviez comme lord Gibbs-Smythe m'a taquinée par la suite ! Il a prétendu que j'avais trop bu. Il a un sens de l'humour acéré et il me fait toujours rire aux éclats !

— Vraiment ? murmura Livia du ton qu'aurait employé tante Bella.

Elle s'ennuyait tellement qu'elle aurait volontiers bu une gorgée du cordial de sa tante.

— Oui, aux éclats ! Après avoir boitillé jusqu'au grand salon – à moins que ce ne soit un des petits salons ? –, oui, c'était un des petits salons, je me souviens très bien du ravissant papier peint. Mauve, dans le goût français. Bref, j'ai littéralement dévoré ce roman – oh, mon Dieu, quel est le titre ? Un roman gothique, avec une intrigue passionnante. *L'Amour dans les bois* ? *Danger dans la forêt* ? J'en ai lu la moitié en un après-midi ! Vous voyez, conclut-elle triomphalement, je suis une grande lectrice, moi aussi !

Tout bien réfléchi, il serait préférable de verser une bonne dose du cordial de tante Bella dans le verre de lady Gibbs-Smythe. Pourquoi diable s'était-elle donné tant de mal pour lire tous ces livres et ces journaux ?

Sa Seigneurie s'étant retournée vers son voisin de gauche, Livia observa la tablée, et surtout Gabriel. Il incarnait à la perfection l'homme du monde élégant, blasé et sûr de lui. Elle le regarda répondre avec une réserve courtoise à sa voisine, une plantureuse douairière dont un ruban orné de franges qui pendait de son énorme turban menaçait de finir dans son assiette à tout moment.

Que pouvait-il bien lui raconter ?

S'ennuyait-il lui aussi ?

M. Olivet se demandait à présent si le vent allait ou non se lever cette nuit, et Livia cessa purement et simplement de l'écouter. Elle entreprit de repasser mentalement les pas que lui avait enseignés M. Voclaine.

Le moment venu, la compagnie se mit en route pour le bal qui avait lieu aux Assembly Rooms. Livia fut rapidement submergée d'invitations à danser. Lorsqu'un certain M. Tenneson, dûment approuvé par Mme Penhallow – c'était le neveu d'une de ses vieilles amies – la conduisit sur la piste de danse pour le premier quadrille, elle éprouva un sentiment de triomphe. Elle avait réussi ! Elle s'était transformée. Et de façon spectaculaire. Elle portait une ravissante robe de crêpe blanc sur un fond de satin assorti et avait aux pieds les plus jolis escarpins sur lesquels étincelaient des douzaines de petits brillants.

Les autres couples rassemblés sous les énormes candélabres de cristal paraissaient tous tellement à l'aise, tellement sûrs d'eux... Ils avaient visiblement toujours appartenu à ce monde élégant. Et désormais, elle en faisait partie, elle aussi.

Tout à coup, elle eut besoin de savoir où était Gabriel. Il approchait en compagnie d'une jolie jeune fille vêtue d'une tunique turquoise à la romaine mais, comme il était de rigueur, il ne regardait pas en direction de Livia. Quant à Mme Penhallow, elle trônait sur l'une des chaises alignées le long du mur, entourée de sa cour habituelle. Elle non plus ne regardait pas Livia.

Ce n'était pas une raison pour se sentir soudain si seule. Elle avait tout ce qu'elle avait toujours désiré. Elle était heureuse.

Elle sourit donc à M. Tenneson.

L'orchestre entonna les premières mesures de *La Rosalinde*.

Et ils commencèrent à danser.

Oh, oui, elle était parfaitement heureuse !

Gabriel invita Livia pour la danse campagnarde précédant la collation. Quand leurs mains se joignirent, il s'efforça d'ignorer cette étrange sensation qu'il avait d'être uni à elle de quelque mystérieuse façon. S'il avait eu le choix, il n'aurait pas dansé avec elle. Cela les rapprochait trop. Mais le devoir ne lui laissait guère le choix.

— Vous faites sensation ce soir, déclara-t-il poliment.

— De manière convenable, j'espère.

— Bien sûr. Toutes mes félicitations.

— Je vous remercie.

— Vous passez un bon moment ?

— Quelle question ! Bien entendu !

— C'était juste une question polie.

— Ah, je vois ! Et vous, vous passez un bon moment ?

— Comment pourrait-il en être autrement ? J'ai été submergé de félicitations à propos de mes fiançailles. Pas vous ?

— Si, moi aussi, répondit-elle, méfiante. De la part de douzaines de gens. C'était très agréable.

— Vous ne vous sentez pas un peu... hypocrite ?

— Pas du tout ! Je savoure chaque minute de cette soirée, assura-t-elle, une étincelle combative dans le regard.

— Je m'en réjouis pour vous.

— Merci. Changeons de sujet, voulez-vous ?

— À votre guise. De quoi aimeriez-vous parler ?

— Pendant le dîner, M. Olivet a épuisé le sujet du temps et lady Gibbs-Smythe a couvert la littérature anglaise en moins de cinq minutes. Avez-vous entendu parler de Humphry Davy ?

— Le savant ? Bien sûr.

— J'ai lu un article à son sujet. Je ne pense pas comprendre jamais complètement ce qu'il entend par « galvanisme », « électrolyse », ni ce qu'est exactement une pile voltaïque – pour un peu, on croirait entendre le Dr Wendeburgen –, mais sa méthode scientifique m'intéresse.

Gabriel la dévisagea. Aucune femme de sa connaissance n'aurait osé aborder ce genre de sujet à un bal. Sans doute aurait-il dû le lui faire remarquer, mais elle lui aurait certainement répliqué qu'il était guindé.

— Pourquoi ? se contenta-t-il donc de demander.

— Parce qu'il étend ses connaissances à partir d'expériences. Certaines réussissent, d'autres ne donnent rien.

— Et ?

— J'ai moi-même conduit une expérience ces derniers temps.

— Laquelle ?

— J'ai essayé de devenir la personne que vous souhaitiez, votre grand-mère et vous. La jeune fille docile et bien élevée que la bonne société pense que je suis.

Elle avait beau sourire et s'exprimer d'un ton léger, il la sentait légèrement hérissée.

— Et ?

— Eh bien, maintenant que je maîtrise plus ou moins l'étiquette, je trouve cela incroyablement facile. On attend très peu de moi, en fait. Quelques monosyllabes ici ou là, un rire, un sourire, et cela suffit pour être des vôtres. Aussi longtemps que je respecte les règles.

— Cela signifie-t-il que votre expérience est un succès ou un échec ?

Elle cilla, comme si elle avait oublié sa présence.

— Oh, un succès, bien sûr ! assura-t-elle avec un rire cristallin qui lui rappela désagréablement Mlle Cecily Orr. Quelle idée de radoter sur un savant et ses expériences ? Qui s'intéresse à des sujets aussi ennuyeux ? Pardonnez-moi ! Oh, mon Dieu, notre danse est déjà terminée ! J'y ai pris grand plaisir. Voici M. Tenneson, qui vient me chercher pour la collation. Vous vous connaissez, bien sûr ? Oui. Eh bien, au revoir.

Elle s'était adressée à Gabriel comme s'il était une lointaine connaissance tout au plus, et s'éloigna d'un pas léger au bras de son cavalier, l'air d'être la femme la plus heureuse sur terre.

8

Une semaine s'était écoulée depuis sa conversation avec Gabriel sur les méthodes scientifiques de Humphry Davy. Allongée dans son lit, Livia ne parvenait pas à trouver le sommeil.

Elle aurait dû être fatiguée et dormir du sommeil du juste. Elle n'avait pas arrêté de la semaine, passant d'une mondanité à une autre, et de nouvelles réjouissances étaient prévues pour le lendemain.

Elle avait fait quelque chose, plus tôt dans la soirée, qui l'avait choquée. Rendue honteuse. Et effrayée.

En attendant le début du concert dans les salons des Assembly Rooms, elle avait bavardé avec un groupe de jeunes filles. « Votre robe est ravissante, avait-elle dit à l'une d'elles, elle a un petit côté démodé absolument charmant. »

« Oh, merci, mademoiselle Stuart ! » avait docilement répliqué l'intéressée.

Et comme si cela ne suffisait pas, elle avait expliqué en souriant suavement à une autre jeune fille qui la félicitait pour ses fiançailles : « Oui, pensez aux bijoux et aux attelages que j'aurai ! Je fréquenterai les cercles les plus élevés de l'aristocratie. Après tout, les Penhallow sont arrivés en Angleterre avec Guillaume le Conquérant ; on raconte même que le Conquérant s'inclinait devant eux. »

Et la jeune fille avait servilement acquiescé.

Livia se pelotonna sous les couvertures et se remémora sa conversation avec Gabriel. Son expérience était bel et bien un succès, quoique des plus horribles.

Elle était devenue Cecily Orr.

Elle allait donc épouser Gabriel Penhallow et continuer à prendre, prendre, sans jamais rien donner en retour.

Il n'attendait rien d'elle, certes. Il lui avait clairement laissé entendre que l'affection n'entrait pas en ligne de compte dans leur relation.

Cela l'ennuyait-il ?

Elle revint à ses longues années solitaires à Ealdor Abbey. Elle était habituée au manque d'amour, mais ce manque apparaissait encore plus évident au milieu du tourbillon d'activités mondaines dans lequel elle se trouvait entraînée.

Elle s'était crue capable d'épouser Gabriel par calcul, à cause de ce qu'il était et non de qui il était. De l'épouser parce qu'il pouvait lui offrir des choses matérielles. En un mot, pour son argent.

Et il y avait un nom, un nom détestable, pour désigner les femmes qui se vendaient à des hommes pour de l'argent.

Elle était oppressée soudain. Elle s'imaginait au pied de l'autel une fois prononcés les vœux sacramentels, quand Gabriel se tournerait vers elle pour l'embrasser.

Ce serait le baiser le plus froid, le plus vide de sens au monde.

Comptait-elle vraiment aller au bout de ces fiançailles grotesques ?

Assise à la table du petit déjeuner, Mme Penhallow triait la pile de messages, lettres, faire-part et cartons d'invitation qui arrivaient quotidiennement.

— Voyons… Une soirée chez les Courtenay… Une promenade à Stanton Drew pour voir les monuments druidiques… Pourquoi pas ? Lady Enchwood nous invite à dîner mardi prochain, avant d'aller au théâtre, où on donne une nouvelle version de *Macbeth*. Ce n'est peut-être pas la tragédie de Shakespeare que je préfère, mais cela reste une leçon intéressante sur les dangers d'une ambition démesurée. Vraiment très édifiante ! Nous allons accepter. Qu'est-ce que c'est que cela… Mon Dieu, cela fait des siècles que je n'ai pas entendu parler de Sarah Douglas ! Une lointaine relation rencontrée à Londres il y a des décennies ! expliqua-t-elle à Livia.

Mme Penhallow déplia la lettre et la parcourut.

— Elle me dit que ses moutons vont très bien, à part quelques aphtes… Pour rien au monde je ne voudrais vivre en Écosse ! Il n'est jamais question que de moutons. Deux de ses filles sont mariées, toutes deux attendent un enfant, et la plus jeune vient de se marier également. En revanche, elle n'a pas de chance avec l'aînée… Ah, elle tient à ce que je sache que selon la rumeur Alasdair Penhallow se conduit comme un vaurien, boit trop, mène une vie de débauche et scandalise les huit clans de Kilally ! Et que veut-elle que j'y fasse ? À part me féliciter que ce soit un parent tellement éloigné, au propre comme au figuré, que j'entends rarement parler de ses frasques.

— Qui est Alasdair Penhallow ? s'enquit Livia.

— Le cousin de Gabriel, et le chef de la branche écossaise des Penhallow. Nous autres de la branche anglaise n'avons que peu de rapports avec eux. Ce sont des rustres. Cet Alasdair est visiblement un bon à rien et dans notre branche de la famille, nous le considérons comme un mouton noir. Pour ma part, je n'ai jamais beaucoup aimé le mouton, le Dr Wendeburgen dit toutefois qu'en certaines circonstances, comme des éternuements qui se prolongent plus d'une heure, il faut prendre de toute urgence du mouton haché.

— Mon père aussi a été rejeté par sa famille, mais pour de mauvaises raisons, déclara Livia pensivement.

— Voilà une assertion sans appel. Et quelles étaient ces raisons ?

— Papa était le cadet de la famille, et on l'a envoyé aux Indes, en dépit de ses vœux et de ses talents. Il souhaitait être un savant, mais on a voulu qu'il devienne riche. Une fois à Kânpur, il a trouvé un poste de professeur dans une école où il a rencontré ma mère, la fille de l'Anglais qui avait fondé ladite école.

— Kânpur ? Vous dites que cet Anglais avait fondé une école ? Il ne s'agirait pas de Samuel Espenson ?

— Mais si ! Comment le savez-vous ?

— Je connaissais sa famille, répondit la vieille dame, le regard soudain lointain. Samuel

Espenson était un cadet, comme votre père, le deuxième fils du vicomte Ormsby. Il a refusé d'épouser la jeune fille qu'on lui destinait car il s'était secrètement fiancé à la fille d'un pasteur. Ils se sont enfuis, littéralement à l'autre bout du monde, et on n'a quasiment plus jamais entendu parler d'eux. Tout ce qu'on a su, c'est qu'il avait ouvert une petite école à Kânpur et que sa femme était morte en mettant leur fille au monde.

— Et cette fille, Georgiana, est devenue ma mère. Papa et elle sont tombés amoureux l'un de l'autre quand mon père est venu enseigner à l'école de grand-papa. Mon père est mort peu après ma naissance, et maman quand j'avais quatre ans. Je sais qu'ils s'aimaient énormément.

— Allons, assez parlé du passé, des moutons noirs et des stupides mariages ! déclara abruptement Mme Penhallow comme si elle s'éveillait d'un rêve dérangeant. Quand j'étais jeune, nos parents décidaient des unions. Ils se fondaient sur le rang, la lignée et la richesse, ce qui devrait toujours être le cas ! Je suis fatiguée de toutes ces niaiseries sur l'amour, comme si c'était tout ce qui comptait dans la vie. Ce genre d'alliances s'achève immanquablement en désastre !

Sur ce, elle porta sa tasse à ses lèvres d'une main tremblante.

— Madame, tout va bien ? s'inquiéta Livia.

— Mais bien sûr ! Vous n'avez pas une leçon d'équitation ? Laissez-nous, je vous prie, et allez enfiler votre tenue. Vous pouvez au moins vous consoler en sachant que votre mère était issue d'une bonne famille !

Le ton de la vieille dame était si acerbe que Livia en tressaillit. Alors qu'elle quittait la pièce après avoir esquissé une révérence, elle entendit Mme Penhallow s'écrier :

— Pas un mot, Évangéline ! Et cessez de me materner, s'il vous plaît, j'en ai assez ! Occupez-vous plutôt de vos toasts et de la monstrueuse montagne de beurre dont vous les recouvrez !

Une heure plus tard, Livia et Gabriel se promenaient à cheval dans les rues de Bath. Ils allaient doucement car l'assise de Livia n'était pas encore très assurée.

— Vous faites des progrès, Livia, commenta aimablement Gabriel. Vous pouvez toutefois tenir les rênes un peu plus bas.

Livia s'exécuta et le regarda à la dérobée. Son calme et son impassibilité la déconcertaient.

— Qui est Richard ? demanda-t-elle à brûle-pourpoint. Ou plutôt, qui était-il ? C'est quelqu'un que votre grand-mère a connu.

— Richard ? C'était le prénom de mon grand-père.

— Il est mort ?

— Oui, deux ans avant ma naissance. Pourquoi ?

— Votre grand-mère a parlé de lui une fois. Quelque chose à propos de la danse… Elle l'a donc épousé ! Et ils ont été heureux ?

— Aucune idée.

— C'était un mariage arrangé ?

— Je n'en sais rien non plus. Probablement.

— Je suis certaine qu'elle avait beaucoup de succès. Elle est encore belle. Combien d'enfants ont-ils eus ? ajouta-t-elle après un silence.

— Trois. Mon père était l'aîné.

— Que sont-ils devenus ?

— Deux sont morts jeunes, d'après ce que j'ai compris. Et mon père est mort quand j'avais sept ans, de même que ma mère.

— Que c'est triste, murmura Livia. Perdre son mari et tous ses enfants... Et c'est triste pour vous aussi.

Gabriel haussa les épaules.

— J'ai à peine connu mes parents. Comme il est d'usage dans des familles comme la nôtre, les enfants et les adultes vivaient séparément.

— Cela aussi me semble triste. Savez-vous si vos parents ont été heureux ensemble ?

— Grand Dieu, comment le saurais-je ? Et quelle importance de toute façon ? Vous êtes très sentimentale ce matin ! Pourquoi toutes ces questions ?

— Au petit déjeuner, votre grand-mère a fait des allusions au passé, et ses souvenirs semblaient être douloureux.

— Ma foi, je ne la connais pas très bien, elle non plus. Je suis allé en pension peu de temps après la mort de mes parents, ce que j'aurais fait de toute façon, et ensuite, je ne l'ai vue que de temps en temps. Ces tristes considérations expliquent sans doute sa détermination à me voir – à nous voir – mariés pour accroître le nombre des Penhallow. Dommage pour elle.

Livia pinça les lèvres et regarda droit devant elle.

— J'ai heurté votre sensibilité apparemment. Vous réagissez en parfaite jeune fille du monde, ma chère. Vous avez très bien assimilé vos leçons.

Le visage de marbre, elle l'ignora. Seigneur, il était bel et bien une brute guindée ! Mais ces fiançailles se révélaient plus difficiles de jour en jour, alors que ç'aurait dû être le contraire. Et voilà qu'il se trouvait entraîné dans une conversation embarrassante à propos du passé, lui qui passait déjà beaucoup trop de temps à réfléchir sur l'avenir étrange qui l'attendait…

Ils étaient arrivés à Cheap Street dont les rues aux pavés inégaux étaient encombrées de voitures, de charrettes et de cabriolets tandis qu'une foule de piétons se pressaient sur les trottoirs. Livia devait encore apprendre à diriger sa monture dans ce genre d'artères, aussi Gabriel les surveillait-il, Daisy et elle.

Elle avait toujours le regard fixé droit devant elle lorsqu'elle étouffa soudain un cri, se raidit et sauta à terre avec plus de hâte que de dignité, offrant à quiconque les aurait observés une vue imprenable sur ses longues jambes joliment galbées. Dès que ses pieds touchèrent le sol, elle s'élança entre les véhicules, la traîne de son costume d'amazone traînant dangereusement derrière elle.

Bon sang, elle allait se faire écraser ! songea Gabriel qui mit pied à terre à son tour et se lança à ses trousses en priant pour que les chevaux les attendent sagement. Il se fraya un chemin vers Livia alors qu'un phaéton arrivait sur elle en trombe. Le cocher cria en brandissant son fouet et Gabriel sentit son cœur s'arrêter de battre. Jamais il ne la rejoindrait à temps…

— Livia ! hurla-t-il.

En vain.

Le temps parut ralentir.

Il allait la perdre.

Non !

Non, mon Dieu, non, je vous en prie !

Impuissant, il vit Livia se pencher avec ce qui lui parut une insupportable lenteur et ramasser quelque chose. Après quoi, comme dans un ballet délicatement chorégraphié qu'il avait vu en Espagne, elle pivota, empoigna la traîne de son habit et, au dernier moment, esquiva le phaéton.

Gabriel entendit vaguement les cris de frayeur des passants sur les trottoirs.

Le conducteur du phaéton tira brutalement sur les rênes, et le temps reprit son cours normal tandis que Gabriel rejoignait Livia.

En une fraction de seconde, la peur avait fait place au soulagement, puis à une irrépressible fureur. Il saisit la jeune fille par les épaules et la secoua, avant de réaliser qu'elle était livide.

— Nom de Dieu ! jura-t-il.

Sans même chercher à voir ce qu'elle serrait contre sa poitrine, il la fit pivoter, la poussa sur le trottoir et la força à s'asseoir sur une grande caisse de bois qui se trouvait là – elle avait décidément une propension à s'asseoir sur les objets les plus bizarres, songea-t-il fugitivement.

— Restez là ! ordonna-t-il comme il l'aurait fait avec un chien entêté, avant de revenir sur ses pas.

Deux cochers de fiacre s'étaient jetés dans la circulation. L'un avait déjà en main les rênes de Daisy, mais l'autre s'efforçait encore d'approcher Primus qui dansait, visiblement réticent à se laisser toucher par un inconnu.

Gabriel attrapa les rênes de sa monture et la calma en lui parlant à voix basse. Il la conduisit à l'écart, imité par le cocher qui menait Daisy. Il venait à peine de remercier les deux hommes et de leur glisser une pièce lorsqu'il s'aperçut que le conducteur du phaéton continuait à les invectiver de plus en plus grossièrement.

Furieux, Gabriel se tourna vers ce dernier. Il aspirait visiblement à devenir membre du Four Horse Club[1], car il portait un long manteau orné d'énormes boutons de nacre tandis que ses chevaux bais étaient équipés de harnais argent. Tout en agitant son fouet théâtralement, il mettait en doute la vertu de Livia et l'honnêteté des ancêtres de Gabriel en termes particulièrement vulgaires.

Plutôt que de tourner les talons, ce qui aurait été plus raisonnable, Gabriel attrapa le bout du fouet de sa main gantée, l'arracha à son propriétaire et le jeta dédaigneusement sur le sol, après quoi il entreprit de dire au conducteur sa façon de penser en termes châtiés, mais si froidement éloquents que quelques minutes plus tard le propriétaire du phaéton bredouillait de plates excuses.

Après un dernier regard méprisant, Gabriel se tourna vers Livia, toujours docilement assise sur sa caisse. Une petite foule, qui comprenait au moins trois amies de sa grand-mère, s'était rassemblée à une certaine distance, personne ne faisant le moindre effort pour venir en aide à sa pâle et tremblante fiancée. De mieux en mieux.

---

1. Club de jeunes aristocrates qui se reconnaissaient à leur tenue et à l'équipement de leurs chevaux, et qui aimaient conduire à une vitesse folle. *(N.d.T.)*

Voilà qui allait donner du grain à moudre aux commères de Bath… Toujours en proie à une rage froide, il mit Livia – qui serrait toujours sur son cœur son mystérieux fardeau – dans un fiacre, puis grimpa en selle, tenant Daisy par la bride. Il était on ne peut plus conscient du spectacle qu'ils venaient d'offrir dans une des rues les plus fréquentées de la ville.

Au temps pour son calme proverbial ! La dernière fois qu'il s'était laissé emporter par un tel tourbillon d'émotions, il avait fini par embrasser dans un jardin une séduisante impertinente et s'était retrouvé fiancé avec elle dans l'heure. Et voilà qu'elle recommençait !

Naturellement, espérer que sa grand-mère serait absente était trop demander. Le temps de régler le cocher, de demander aux domestiques de s'occuper des chevaux et d'aider Livia à gravir le perron, Mme Penhallow les attendait dans le hall avec Mlle Cott.

— Encore une leçon d'équitation qui a tourné au désastre ? lâcha-t-elle.

— Ce serait une litote, bonne-maman, rétorqua Gabriel du même ton acerbe. Je commence à me demander sérieusement si vouloir faire de Livia une cavalière était une bonne idée.

Sa grand-mère l'ignora et demanda à Livia :

— Qu'avez-vous là ? Je ne sais pas ce que c'est, mais cela dégage une odeur pestilentielle ! Crenshaw, appelez un valet !

Ce fut le moment que choisit le paquet pestilentiel pour gigoter et émettre un jappement. Livia le serra plus étroitement dans ses bras – un peu comme on l'aurait fait avec un enfant, ne put s'empêcher de remarquer Gabriel.

— C'est un chien, madame.

— Un chien ? répéta Mme Penhallow, qui n'aurait pas semblé plus stupéfaite si Livia avait avoué qu'il s'agissait d'un éléphant.

Deux yeux noirs les observaient craintivement entre des touffes de poils qui avaient dû être blancs.

— C'est pour cela que vous avez risqué votre vie ? s'insurgea Gabriel.

— Je n'avais pas le choix ! Il allait se faire écraser.

— Vous vous rendez compte que c'est *vous* qui avez failli vous faire écraser ?

— Je suis désolée. Je ne pensais pas...

— Cela me semble évident, la coupa-t-il avant d'ajouter à l'adresse de sa grand-mère : Autant vous raconter toute l'histoire, vu qu'elle doit déjà faire le tour de la Pump Room. Je suis au regret de vous dire...

— Pas ici ! l'arrêta sa grand-mère. Passons au salon. Ah, voilà !

Un jeune valet s'inclina.

— James, pour vous servir, madame.

— James, emmenez cette répugnante créature à laquelle s'accroche Mlle Livia et faites-la disparaître !

— Disparaître ? s'écria Livia. Que voulez-vous dire ?

— Exactement ce que vous avez compris. Je déteste discuter dans le hall ! Gabriel, donne-moi le bras et montons au salon. Évangéline, apportez-moi les gouttes du Dr Wendeburgen, je vous prie ! Quelque chose me dit que je vais en avoir besoin.

Gabriel offrit le bras à sa grand-mère et tous deux s'engagèrent dans l'escalier, Mlle Cott fermant la marche. Livia regarda James d'un air implorant ; elle avait l'impression que son cœur allait se fendre. Dieu que la vieille dame était dure !

Elle baissa les yeux sur la petite tête sale. À contrecœur, elle remit au valet le chien, qui se débattit faiblement en gémissant, comme s'il avait deviné le triste sort qui l'attendait.

— Ne vous inquiétez pas, mademoiselle, chuchota James en prenant l'animal, je veillerai à ce qu'on ne lui fasse pas de mal.

Il se hâta en direction des cuisines, mais Livia avait repris espoir. Elle gravit l'escalier d'un pas léger. Au salon, Mlle Cott tendait à Mme Penhallow un verre rempli d'un liquide brunâtre qui sentait le bois pourri.

— Qu'est-ce que c'est que cette mixture ? demanda Gabriel.

— Un nouveau cordial fabriqué autrefois par les ursulines de Mühlausen, expliqua sa grand-mère.

Elle l'avala d'un trait, avant de s'étrangler et de toussoter.

— Vous vous attendez sans doute que je vous félicite d'avoir sauvé la vie de cet animal ?

— Non, madame, répondit fièrement Livia.

— Tant mieux ! Et maintenant, nous avons une nouvelle catastrophe en perspective ! Asseyez-vous, mademoiselle Stuart, vous me donnez le tournis.

— Ce n'est peut-être pas recommandé, madame, plaida Livia en pensant à la propreté douteuse de la caisse sur laquelle elle s'était assise. Je sais que ma conduite n'est pas ce qu'elle aurait dû être, mais je n'avais pas le choix ! Et Gabriel a été merveilleux ! Vous auriez dû voir comme il a remis à sa place le cocher du phaéton. Je regrette que vous n'ayez pas été là !

— Oui, mon petit-fils sur le point de provoquer une rixe dans les rues de Bath, et vous courant comme une fille de rien... ce devait être en effet un spectacle fascinant ! Je vous considérais jusqu'ici comme un couple particulièrement mal assorti, cependant, votre exploit d'aujourd'hui m'a fait changer d'avis. Je me rends compte que tu es capable de te conduire comme un rustre, Gabriel. Quant à vous, Livia, on ne peut pas changer le plomb en or ! Vous êtes donc parfaitement assortis au fond.

Gabriel se contenta de gratifier sa grand-mère d'un sourire ironique, qu'elle accueillit en pinçant les lèvres.

Debout près de la cheminée, Livia les considéra tour à tour. Au cours des semaines passées, elle avait davantage conversé avec les trois personnes présentes – individuellement ou collectivement – qu'avec son oncle et sa tante durant toutes les années qu'elle avait vécues chez eux.

Et elle avait appris beaucoup de choses sur eux.

Elle savait par exemple que Gabriel était un excellent danseur. Il aimait le bœuf mais pas le gibier, il prenait son thé très chaud et sans sucre. Il ne s'inondait pas de parfums capiteux comme beaucoup d'hommes élégants, mais utilisait une eau de Cologne discrète et très masculine qui lui allait à merveille. Il était orphelin, comme elle. Il s'adressait toujours aux domestiques avec courtoisie. Il avait les dents très blanches et bien plantées, les canines exceptées, mais ce léger défaut rendait son sourire encore plus séduisant.

Elle savait que sa grand-mère était cultivée, qu'elle parlait littérature et poésie avec éloquence, qu'elle n'aimait pas les poètes romantiques comme Wordsworth et Byron, à qui elle préférait Milton et Dryden, ni les poètes du siècle précédent. Elle préférait les émeraudes aux diamants et, même si elle changeait fréquemment de bagues, elle gardait toujours à l'annulaire une ravissante émeraude très simplement montée sur un anneau d'or. En dépit de son âge, elle marchait et se déplaçait avec une grâce sans pareille.

Quant à Mlle Cott, Livia appréciait sa gentillesse et sa dignité, même lorsque bonne-maman se montrait particulièrement exigeante et sèche. Elle avait appris qu'elle répondait au joli prénom d'Évangéline et que ses cheveux gris bouclaient naturellement. Elle adorait les desserts, même si elle prenait soin de ne pas en abuser. Et jamais elle ne vous faisait sentir votre ignorance ni ne vous rabaissait.

Et ces trois-là avaient un trait commun : ils arboraient plus souvent qu'à leur tour ce qu'elle appelait « le masque Penhallow ».

À l'occasion, lorsque le masque avait glissé, Livia avait découvert des êtres humains, habités d'émotions tumultueuses, dotés d'humour, faillibles, imparfaits, merveilleux et authentiques.

Oui, elle savait beaucoup de choses sur eux, pourtant ils demeuraient presque des étrangers pour elle.

Soudain mélancolique, elle jeta un coup d'œil à Gabriel. Il avait pris l'un des journaux abandonnés sur un guéridon et le feuilletait négligemment, jambes croisées. Il avait remis « le masque Penhallow ».

Elle préférait finalement quand il la secouait sans ménagement, ses yeux piquetés d'or étincelant de colère. Mais ce qu'elle avait surtout aimé, c'était lorsqu'elle s'était évanouie et était revenue à elle serrée contre lui. Elle s'était sentie en sécurité, protégée et avait été saisie d'une langueur qui avait fait naître en elle un violent désir pour lui.

Encore maintenant, elle éprouvait cette attirance puissante, comme si une force impérieuse la reliait à lui, mélange de curiosité et d'un désir inconvenant et cependant irrésistible. Comment serait-il sans tous ces vêtements, sans ces culottes de daim, sans ce gilet et sans cette cravate impeccablement nouée, et sans tout ce que les hommes portaient en dessous ?

Il serait à couper le souffle, elle le savait.

Et quel effet cela lui ferait-il de promener les mains sur ces larges épaules, sur ce torse et ces bras musclés, et de savoir que ce qui brillait dans son regard ce n'était pas de la colère mais de la passion ? Pas dans un jardin, ni sur un sentier ou dans quelque endroit où ils risquaient d'être interrompus, mais dans un domaine privé, un royaume bien à eux, où ils auraient tout le temps nécessaire pour... faire connaissance.

Livia porta les mains à ses joues en feu et baissa les yeux sur ses bottines qui pointaient sous son amazone souillée.

Voilà qu'elle se laissait aller à des pensées des plus indécentes.

Elle ne serait jamais une vraie lady, c'était l'évidence.

Ils auraient beau faire, son cas était désespéré.

C'était peut-être une bonne nouvelle.

Peut-être qu'au fond, elle était restée elle-même.

Alors pourquoi était-elle si triste ?

— Les chaises à porteurs que vous avez demandées pour aller à la Pump Room sont arrivées, madame, annonça Crenshaw après un discret coup à la porte.

— Je n'irai pas à la Pump Room finalement, déclara bonne-maman d'un ton irrité. Renvoyez-les !

— Bien, madame. Dois-je faire monter des rafraîchissements ou une collation ?

— Non, nous allons nous séparer, et le plus tôt sera le mieux !

Crenshaw s'inclina et tourna les talons.

— Vous nous donnez congé à nous aussi, bonne-maman ? s'enquit Gabriel.

— Oui, je suis fatiguée et j'ai l'impression que je vais avoir une crise de dyspepsie. Évangéline, préparez-moi une autre dose de cordial.

— Vous êtes sûre que ce n'est pas ce cordial qui provoque ces troubles ? hasarda Gabriel. L'odeur suffirait à rendre malade n'importe qui.

— Il disperse l'excès de bile !

— Je n'en doute pas, mais peut-être un peu trop.

— Quand j'aurai besoin de ton avis, je te le demanderai ! trancha Mme Penhallow en s'emparant du verre que lui tendait Mlle Cott.

D'un air de défi, elle l'avala d'un trait. Ses yeux s'emplirent de larmes, elle battit des paupières et sourit bravement avant de rendre le verre à sa dame de compagnie.

— Vous êtes sûre que vous vous sentez bien ? s'inquiéta Gabriel.

— Épargne-moi tes considérations oiseuses, veux-tu ? Tu ferais mieux de chercher une explication plausible à votre consternante équipée.

— Je ne vois pas ce qu'il y a à expliquer ! intervint Livia comme Gabriel, visiblement préoccupé, observait sa grand-mère. C'est idiot !

— C'est vous qui donnez l'impression d'être idiote avec vos commentaires impertinents, rétorqua Mme Penhallow. Ainsi va le monde, ma petite, et plus tôt vous l'apprendrez, mieux cela vaudra.

— Vous devriez dire que Gabriel a galamment défendu le nom des Penhallow, dans ce cas ! Car c'est ce qu'il a fait.

— Je suis de votre avis, acquiesça la vieille dame de façon inattendue. Et quel a été votre rôle dans ce gâchis ?

— Dites simplement que je ne suis qu'une idiote, qui a bêtement risqué sa vie pour sauver un chien. C'est également la vérité.

— Je dirai que vous vous êtes conduite de manière irréfléchie mais courageuse, au mépris de votre propre sécurité.

— La dernière partie est assez proche de la vérité, bonne-maman, déclara Gabriel. Et je ne vois aucun inconvénient à être décrit de façon aussi flatteuse. Je vous encourage vivement à vous élever résolument contre toute contradiction.

— Tu peux compter sur moi, répliqua sa grand-mère. Et je ne doute pas que tu me remercieras, au moment que tu jugeras bon, de mes constants efforts pour défendre tes intérêts.

— Cela va sans dire. À propos de chiens, je vous conseille de garder ce chiot.

— Et pourquoi diable, s'il te plaît ? s'exclama Mme Penhallow, tandis que Livia le considérait avec stupéfaction.

— J'ai l'impression qu'il s'agit d'un ratier. Toutes les cuisines de Bath devraient en avoir un.

— Tu insinues qu'il y a des rats dans ma maison ?

— Il paraît que c'est une espèce endémique à Bath. Et rien ne vaut un ratier pour les éloigner.

— Des rats ! Quelle horreur ! J'aurais plutôt pensé à un chat mais... Oh, peu importe ! Va t'en occuper sur-le-champ avant que James... avant qu'il fasse ce qu'il était censé faire. Et inutile de revenir, je vais faire un somme. Reviens à 18 heures pour nous accompagner au dîner de Maria Tenneson.

— Vous êtes sûre que vous n'êtes pas trop fatiguée ?

— Ne dis pas de sottises ! Va donc ! C'est vous qui me fatiguez, tous autant que vous êtes !

— À vos ordres ! répondit Gabriel en s'inclinant.

Livia esquissa une révérence avant de lui emboîter le pas. Il était déjà dans l'escalier lorsqu'elle le rattrapa.

— Merci, murmura-t-elle en lui agrippant le bras. Je crois… je crois que James n'a pas encore…

— Ne l'a pas encore noyé ? Oui, j'ai surpris votre petit échange. Après vous avoir vue risquer votre vie pour le sauver d'une mort certaine, cela a achevé de me convaincre de vos sentiments à son endroit.

Il s'était arrêté deux marches au-dessous d'elle si bien que leurs visages se trouvaient à la même hauteur. Ce qu'il regretta aussitôt, car cette proximité le troublait plus qu'il n'était souhaitable.

Ironiquement, il se félicita de s'être montré si calme face à sa grand-mère un peu plus tôt. Il trouvait cela d'autant plus méritoire vu l'irrépressible fureur qui l'avait saisi devant l'imprudence de Livia et, devait-il l'admettre, la peur panique qui s'était emparée de lui à l'idée qu'elle meure sous ses yeux.

Bien entendu, il détesterait voir qui que ce soit se faire piétiner, mais que cela ait pu arriver à Livia…

Imaginer un monde sans Livia…

L'intensité de ce qu'il ressentait le prit de court.

Allons, se dit-il, il ne s'était rien passé, inutile de se mettre dans tous ses états.

Il n'empêche qu'il n'arrivait pas à se défaire de son effroi à la pensée de ce qui avait failli arriver.

Alors qu'il luttait pour maîtriser ses émotions, la beauté et l'indiscutable présence de Livia le frappèrent comme une évidence. Il émanait d'elle une envoûtante vitalité. Pour un peu, il se serait attendu à voir des flammes crépiter autour d'elle.

Il avait une envie folle de s'approcher plus près, de se perdre en elle, dans sa chaleur et sa lumière.

La regardant droit dans les yeux, il fut saisi d'un désir furieux de lui procurer du plaisir avant de songer au sien. Non pas la soumettre à sa passion, mais l'emmener au faîte de la jouissance...

Non !

Assez.

Il n'en pouvait plus.

— Mon Dieu, je ne sais pas ce que vous me faites ! lança-t-il avec hargne.

Tout ce qu'il souhaitait, c'était ne plus jamais la revoir.

À peine avait-il formulé ce vœu qu'il fut saisi d'un douloureux sentiment de perte.

Sans réfléchir, il l'attira à lui et l'embrassa avec tant de passion que leurs dents s'entrechoquèrent. Les lèvres de Livia s'entrouvrirent devant son insistance impérieuse. Un instant, il se délecta de l'accueil délicieux de cette bouche qui s'offrait, avant de rompre abruptement leur étreinte.

— Ne..., commença-t-il.

Le souffle court, elle chancela et se raccrocha à la rampe.

— Ne nous mettez plus dans l'embarras comme vous l'avez fait aujourd'hui, lâcha-t-il odieusement.

Il pivota et dévala les dernières marches sans se retourner.

9

À la grande surprise de Livia, la vie reprit son cours. Elle dansa avec Gabriel, assista à une pièce de théâtre en sa compagnie, se promena avec lui aux Sydney Gardens, et pas une seule fois il ne lui donna la moindre indication quant à ce qu'il pensait ou ressentait. Après ce baiser passionné dans l'escalier ! Elle l'aurait volontiers secoué, provoqué, pour lui arracher une réaction.

Elle n'en fit rien, bien sûr. Un peu lâchement, elle avait adopté le masque des Penhallow. La fierté l'empêchait de lui demander des comptes au risque de révéler ses pensées et ses sentiments. Se dissimuler derrière ce masque impénétrable était assez confortable, découvrit-elle.

Le seul répit qu'elle trouva dans ce froid décorum fut une visite clandestine aux cuisines où, dès son entrée, elle fut accueillie par des acclamations amicales avant qu'une petite tornade blanche se rue joyeusement sur elle.

Livia s'accroupit et caressa le chien qui agitait frénétiquement le derrière tout en remuant la queue. On pouvait difficilement le qualifier de beau avec ses pattes courtes et ses oreilles pointues qui semblaient trop grandes pour sa tête, mais ses yeux noirs pétillaient d'intelligence et tout son petit corps vibrait d'une joyeuse exubérance.

— Vous voyez, mademoiselle Livia, lança la cuisinière, il sait à qui il doit la vie !

— Oh, il est vraiment adorable ! J'espère qu'il ne vous dérange pas ?

— Pas du tout ! Il est tellement intelligent et obéissant !

— Cela me fait plaisir. Est-ce que c'est un bon ratier ?

— Un ratier ? Nous n'avons jamais eu de rats dans cette maison, je peux vous le jurer ! De toute façon, ça m'étonnerait qu'il soit capable de chasser les rats. Il n'est jamais plus heureux que lorsqu'il est sur les genoux de quelqu'un. C'est à qui lui fera le plus de mamours, avoua-t-elle en riant. Tout le monde l'adore ici.

— Je comprends pourquoi.

Ainsi, Gabriel avait raconté des fables à sa grand-mère !

— Il sent bien meilleur, commenta Livia en prenant le chien dans ses bras. Et il a pris du poids !

— Moi aussi, si vous voulez tout savoir, mademoiselle !

La cuisinière avait effectivement retrouvé des rondeurs.

— C'est M. Gabriel que vous devez remercier. Il est également intervenu en faveur de ce petit animal. Vous lui avez trouvé un nom ?

— Il a un bel appétit, mais je crois que ce qu'il préfère ce sont mes muffins. Du coup, on a pris l'habitude de l'appeler Muffin.

— Cela me plaît beaucoup et cela lui va très bien.

Comme pour acquiescer, le petit chien se mit à lui lécher le menton avec application.

— Mon Dieu, où ai-je la tête ? Est-ce que je peux vous offrir des muffins et une tasse de thé, mademoiselle ?

— Ce serait avec plaisir, mais je dois partir. Merci de vous occuper aussi bien de Muffin, ajouta Livia en reposant le chien, qui se mit à gambader autour d'elle. Assis ! ordonna-t-elle.

Il s'exécuta et la regarda comme si son plus cher désir était d'obéir à tout ce qu'elle lui demanderait.

À regret, Livia regagna sa chambre. Elle devait s'habiller pour le dîner du soir et s'assit près de la fenêtre qui donnait sur le petit jardin pour attendre Flye. La pluie qui tombait à verse s'accordait à son humeur.

Les chiens étaient des créatures si simples. Il suffisait de les aimer pour qu'ils vous aiment en retour. Si elle le pouvait, elle garderait Muffin dans sa chambre. Ce serait merveilleux d'être aimée sans réserve, de goûter une affection aussi inconditionnelle.

Gabriel, lui, se conduisait comme s'il se moquait éperdument qu'elle vive ou meure, et elle en avait conçu une mélancolie ridicule.

Quelle idiote !

Elle se leva lorsque Flye frappa à la porte. Il était grand temps de se préparer pour ce dîner qui s'annonçait aussi ennuyeux que les précédents.

Quelques heures plus tard, elle était assise à côté de sir Edward Brinkley, tout récemment arrivé de Londres. Il était veuf et venait à peine de quitter le deuil. Il était venu à Bath, disait-on, pour la santé de sa sœur – une femme entre deux âges au teint cireux et qui avait l'air d'un lapin apeuré – et pour se mettre en quête d'une nouvelle épouse. Il ne devrait pas avoir trop de mal car il possédait une énorme fortune et de vastes domaines dans le Lincolnshire.

On le disait également très bel homme. Il était en effet mince et élégant, avec de beaux cheveux blonds soigneusement coiffés à la Brutus et des yeux bleus très clairs. Bien que son expression soit avenante, il y avait quelque chose chez lui – peut-être sa bouche un peu molle qui souriait trop souvent – qui faisait regretter à Livia d'avoir été placée à côté de lui.

Il faisait plus qu'honneur aux vins et le flot de banalités qu'il lui débitait glissait sur Livia comme l'eau sur les plumes d'un canard.

— J'ai l'âge d'être votre père, déclara-t-il par deux fois, ce qui n'empêcha pas Livia de sentir à plusieurs reprises son genou se presser contre le sien sous la table.

Aussi discrètement que possible, elle s'écarta de lui, mais la colère lui noua l'estomac tandis qu'il se lançait dans une longue description de son voyage depuis Londres.

— Quand nous nous sommes arrêtés à Chippenham pour changer de chevaux, nous avons eu droit à un spectacle divertissant, ma sœur et moi. À côté de l'église se trouve un champ de foire très pittoresque, et que croyez-vous que nous y avons vu ?

— Je n'en ai pas la moindre idée.

— Une petite foule était rassemblée autour d'un poteau auquel une femme était attachée.

On allait la fouetter pour sorcellerie. Ces provinciaux ! s'esclaffa-t-il. À en croire le palefrenier, ils allaient la jeter dans un étang pour voir si elle flottait. On se serait crus revenus au Moyen Âge.

— Et qu'avez-vous fait ?

— Que vouliez-vous que je fasse ? C'est tout à fait légal, et cette femme méritait probablement son châtiment. Le même palefrenier, qui s'est révélé une mine d'informations, nous a rapporté qu'elle avait utilisé ses charmes pour ensorceler un homme appartenant à une autre femme et le lui prendre. Une sacrée histoire, n'est-ce pas ? Évidemment, les paris allaient bon train pour décider si elle allait flotter ou pas.

— Peut-être l'homme en question était-il en tort, suggéra Livia en s'efforçant de conserver un ton neutre.

— Sûrement pas, ma chère mademoiselle Stuart. Enfin, quoi qu'il en soit, c'était fort divertissant. Les voyages peuvent se révéler extrêmement instructifs, vous ne trouvez pas ? conclut-il en caressant le pied de Livia avec le sien.

Son sourire lorsqu'il prononça le mot « instructifs » donna la nausée à Livia. Il gardait les yeux rivés sur elle, tel un cobra cherchant à paralyser sa proie. À part retirer son pied, que pouvait faire une dame pour se prémunir des avances indésirables de son voisin de table à un dîner ? Que ferait ce parangon de la bonne société, l'honorable Cecily Orr, en pareille situation ?

Elle sourirait sans doute et approuverait tout en continuant à se recroqueviller sur sa chaise.

Mais Livia n'était pas Cecily, et elle ferait en sorte de ne plus jamais lui ressembler.

— Aucune femme ne mérite pareil traitement, répliqua-t-elle posément. Si vous étiez intervenu, monsieur, peut-être auriez-vous pu la sauver d'un sort horriblement humiliant et d'un grand danger.

Le silence se fit autour d'eux. Sir Edward posa son verre avec un peu trop de hâte, renversant du vin sur la nappe.

— Vous accepterez certainement les conseils d'un homme suffisamment âgé pour être votre père, ma chère, et vous vous abstiendrez de ce genre de déclarations honteuses.

— Je n'ai pas à avoir honte, monsieur. C'est vous qui avez abordé ce sujet.

Consciente que ses mains tremblaient de rage contenue, elle posa ses couverts et sa serviette, et se leva.

— Si vous voulez bien m'excuser. Curieusement, mon soulier s'est souillé et je dois veiller à le faire nettoyer.

Elle ne fut évidemment pas surprise, une fois rentrée à Upper Camden Place, de subir une furieuse diatribe de la part de Mme Penhallow. Gabriel, qui avait également été convoqué, semblait si imperturbable que Livia lui aurait volontiers jeté un vase à la figure.

— Sir Edward est détestable, lâcha-t-elle quand la vieille dame s'arrêta enfin pour reprendre son souffle. Comment une personne civilisée peut-elle parler d'une pauvre femme comme il l'a fait ? Sachez aussi qu'il n'a pas cessé de… de m'ennuyer sous la table avec son pied et son genou.

— Et pourquoi ne l'avez-vous pas dit tout de suite ? riposta Mme Penhallow en se radoucissant, tandis que Gabriel se rembrunissait.

— Je pouvais difficilement vous interrompre sans être impolie, répliqua Livia avec un petit sourire suave.

— Vous avez eu raison de quitter la table, admit la vieille dame à contrecœur. J'avoue que sir Edward me dégoûte. C'est un goujat de la pire espèce.

— S'il vous ennuie de nouveau, dites-le-moi. Je m'en occuperai, déclara Gabriel d'un ton qui ne laissait rien présager de bon pour sir Edward Brinkley.

— Je vous remercie, mais je veillerai à ce qu'il n'ait pas l'occasion de recommencer.

— Bien ! Passons à autre chose, si vous voulez bien, décréta bonne-maman. En espérant que demain sera une journée ordinaire. Tous vos éclats sont extrêmement fatigants.

Les espoirs de Mme Penhallow se révélèrent vains. Le lendemain soir, à un bal costumé, Livia refusa poliment de danser avec M. Adolphus Olivet. Il n'était pas question, avait-elle décidé, de passer une heure entière à ne pas pouvoir terminer une seule phrase sans se voir couper la parole par cet estimable gentleman.

Après l'avoir poliment éconduit, elle remarqua une grande dame brune qui devait avoir trente-cinq ou quarante ans assise seule. Elle portait une robe de mousseline grise sur un fond de satin blanc qui avait dû être à la mode trois ou quatre ans plus tôt, et des escarpins qui avaient visiblement beaucoup servi.

Livia se revit au bal des Orr, aussi solitaire, et marcha avec détermination vers l'inconnue.

— Puis-je me joindre à vous ?

— Si cela ne vous fait pas peur, sourit la dame.

Elle n'était pas jolie mais ses yeux bruns pétillaient.

— C'est vous qui devriez peut-être avoir peur d'être assise à côté de moi, répliqua Livia. Je suis une personne épouvantable. C'est ce qu'on me dit en tout cas.

— Oh, je sais déjà tout de vous, mademoiselle Stuart ! Il y a peu de secrets à Bath. Vous venez de la campagne et vous êtes sur le point de faire un brillant mariage avec un excellent parti, l'imperturbable et fascinant M. Gabriel Penhallow.

— Oui, je m'aventure au-dessus de ma condition, acquiesça Livia avec une franchise qui la surprit elle-même.

Il y avait quelque chose chez cette femme – une espèce de charme insolite qui ne suffisait pas à cacher une vive intelligence – qui l'avait attirée d'emblée.

— Au-dessus de votre condition ? Comment cela ? Vous êtes la fille d'un gentleman et vous allez épouser un gentleman. N'êtes-vous pas de fait sur un pied d'égalité ?

— Peut-être.

— Non pas peut-être, mais certainement. Et pour vous – j'y tiens – il doit y avoir une heureuse conclusion. Pardonnez-moi, dit-elle en riant devant l'expression perplexe de Livia, j'ai une imagination galopante et elle gambade au gré de sa fantaisie. Je ne sais toujours pas s'il s'agit d'un bienfait ou d'une malédiction. Oh, mon Dieu, vous ne savez plus quoi penser. Permettez-moi de vous rassurer sur ma santé mentale et de vous demander ce que vous pensez de Bath.

— J'ai l'impression que vous êtes la personne la plus sensée que j'aie rencontrée ici, madame ! déclara Livia en souriant. Vous venez d'arriver en ville ? Je n'ai pas eu le plaisir de vous croiser.

— Je suis de passage. Des affaires m'ont amenée à Londres et ma mère a voulu rendre visite à de vieilles amies et prendre les eaux avant notre retour dans le Hampshire.

— Votre mère est malade ?

— C'est ce qu'elle s'imagine. Dites-moi, aimez-vous lire ?

Elles passèrent une très agréable demi-heure à bavarder, jusqu'à ce que lady Enchwood vienne chercher Livia pour la traîner au salon de thé en caquetant.

— Je me devais de venir à votre secours, chère mademoiselle Stuart ! J'ai cru tomber à la renverse quand j'ai vu avec qui vous étiez.

C'est à ce moment-là que Livia réalisa qu'elle avait oublié de demander le nom de sa nouvelle amie.

— C'est une femme très particulière, enchaîna lady Enchwood. Une fille de pasteur terriblement pauvre, qui est restée vieille fille. Absolument pas le genre de personnes avec qui discuter ! Je me demande ce qu'elle fait à ce bal. Qui aurait envie de danser avec elle ? Et vous qui avez laissé ce pauvre M. Olivet sans cavalière ! Le cher homme a une conversation si intéressante. Ah, voici Mme Penhallow ! Je suis sûre qu'elle sera de mon avis...

Livia se fit évidemment réprimander pour avoir éconduit M. Olivet et quand elle put enfin s'échapper et retourner dans la salle de bal, sa nouvelle amie avait disparu. Ce n'était qu'un début. Au cours des jours suivants, elle se vit reprocher d'avoir marché trop vite, d'avoir balancé les bras en traversant Laura Place et d'avoir bavardé avec un mendiant devant Edgar Buildings. « C'était un vieux soldat, madame, qui avait été gravement blessé. Je n'avais rien d'autre à lui donner qu'un peu de mon temps », avait-elle protesté, indignée. Elle se vit également accusée d'avoir ri trop fort avec le capitaine Arbuthnot durant l'entracte à un concert.

— Vous donnez l'impression d'être facile, Livia, déclara Mme Penhallow. On m'a dit que vous flirtiez quasiment avec le capitaine.

— Il s'est juste montré amical et a essayé de me distraire.

« Pas comme votre petit-fils, qui a toujours l'air de me trouver repoussante », faillit-elle ajouter.

— Et toi, où étais-tu ? avait ajouté la vieille dame en se retournant vers Gabriel.

— J'étais allé vous chercher une tasse de thé, lui rappela-t-il.

— Ah, oui, c'est vrai ! admit sa grand-mère après réflexion. Vous êtes le sujet de tous les commérages de Bath ! continua-t-elle à l'adresse de Livia.

Celle-ci fut tentée de citer une remarque de sa mystérieuse amie, qui prétendait que Bath était un nid d'espions volontaires, mais elle se contenta de hausser les épaules.

— Évangéline, mes gouttes, s'il vous plaît ! Il ne m'a pas échappé, enchaîna-t-elle, qu'aucun de vous deux n'a posé la moindre question sur les arrangements à prendre pour le mariage. Compte tenu des tristes circonstances de ces fiançailles, je ne peux que supposer que vous redoutez son caractère inéluctable. J'y ai cependant beaucoup réfléchi.

Les arrangements pour votre mariage...

Livia eut l'impression qu'on la poussait dans une pièce où elle avait toujours évité d'entrer. Bien entendu, on lui avait posé beaucoup de questions sur son mariage, surtout les dames, et elle les avait éludées avec une habileté qui l'avait surprise elle-même.

« Nous profitons de nos fiançailles... C'est si nouveau et excitant... Il y a tellement de possibilités que je ne sais quoi penser ! Je suis impatiente de choisir ma robe. Nous ne sommes pas pressés, c'est un tel tourbillon... C'est tellement romantique... Je crois que je suis la jeune fille la plus heureuse du monde... »

Et une fois débitées toutes ces fadaises, elle ajoutait : « Et vous, parlez-moi de vos fiançailles. Qu'a-t-il dit ? Avez-vous été surprise ? Où a-t-il fait sa demande ? Oh, j'aimerais tellement que vous me racontiez votre mariage ! Comment étiez-vous habillée ? Combien y avait-il d'invités au banquet ? Puis-je voir votre bague de fiançailles de plus près ? Comme elle est belle ! C'est un bijou de famille ? »

Tout était bon pour détourner l'attention, et cette tactique se révélait extrêmement efficace.

Et voilà que le piège se refermait sur elle.

— J'avais envisagé de longues fiançailles, madame, suggéra-t-elle bravement. Cela nous permettrait de mieux nous connaître, Gabriel et moi.

— Vous vous connaissez suffisamment ! Et puis, j'en ai par-dessus la tête qu'on me harcèle à ce sujet. Si nous attendons trop longtemps, nous risquons d'être le sujet d'autres commérages, et cela, je ne le veux à aucun prix ! J'avais d'abord pensé à un mariage cet hiver à St George, à Hanover Square, avec quatre ou cinq cents invités – et probablement une demi-douzaine de membres de la famille royale –, mais je pense maintenant qu'il vaut mieux oublier Londres et organiser une petite cérémonie intime ici, à Bath, le mois prochain.

— Le mois prochain ? s'écria Livia.

— Votre trousseau ne sera pas prêt avant. Après votre mariage, j'imagine que vous transporterez vos personnes ailleurs – où vous voudrez ! – afin que je puisse reprendre le cours paisible de ma vie.

— Comme vous le désirez, bonne-maman. Je suis désolé de vous avoir imposé notre présence si longtemps, se contenta de déclarer Gabriel, malgré le regard de détresse que lui jetait Livia.

— Cela a été effectivement très fatigant ! Évangéline, que diable faites-vous ? J'attends mes gouttes !

— Je suis désolée, je veux être sûre de prendre le bon, murmura Mlle Cott en fouillant parmi une impressionnante collection de flacons rassemblés sur un plateau d'argent.

— Maladroite ! jappa Mme Penhallow lorsqu'une des fioles tomba sur le parquet.

Livia croisa le regard de Gabriel.

— Nous formons une famille aimante, n'est-ce pas ? commenta-t-il avec un sourire sardonique.

Je suis certain que vous avez hâte d'en faire partie.

Soudain, elle se sentit si seule qu'elle eut envie de pleurer. En même temps, elle désirait, comme elle n'avait jamais rien désiré à ce point dans sa vie, se jeter dans ses bras, trouver refuge contre sa poitrine, se sentir aimée et protégée. Son beau visage lui était devenu familier, son timbre grave résonnait à son oreille comme l'écho familier d'une voix chérie. Jamais, même lorsqu'elle était furieuse contre lui, cette délicieuse attirance n'avait faibli.

Éprouvait-il la même chose ?

Comment le lui demander sans avoir l'air d'une folle ?

Elle contempla son visage aux traits réguliers, ses yeux sombres sous les sourcils bien dessinés, son nez de statue grecque, ses lèvres magnifiquement ourlées, et réalisa, à son grand désarroi, qu'elle s'était attachée à lui.

Il était tellement plus que ce qu'il offrait à voir la plupart du temps… Elle avait eu l'occasion d'apprécier son humour, sa gentillesse, sa vulnérabilité, sa passion aussi.

Elle avait l'impression de se trouver devant la grille d'un magnifique château. Elle pouvait regarder entre les barreaux, apercevoir des bribes de ce qui s'y trouvait, mais jamais, au grand jamais, elle ne pourrait y pénétrer.

S'attacher à Gabriel Penhallow serait se condamner à une vie faite de multiples manques.

À n'avoir droit qu'aux miettes d'un festin.

Un simulacre de mariage, une vie qui ne serait qu'apparences, et qu'elle jouerait comme une comédienne joue son rôle sur scène. Bientôt viendraient les ombres et le néant. Elle s'éteindrait à petit feu, jour après jour, jusqu'à n'être plus qu'une enveloppe vide dans un monde de luxe.

Tout son être se révoltait à cette idée.

Non, elle serait incapable de se contenter d'une telle existence !

Que faire à présent ?

Comment sortir de cet épouvantable gâchis ?

La vie était tellement compliquée, tellement déroutante, et elle était seule pour l'affronter, sans personne pour l'aider à trouver sa voie.

Cette nuit-là, elle rêva qu'elle se trouvait dans la plus vaste cathédrale du monde. Celle-ci était remplie de milliers de gens élégants. Ils lui faisaient face, telle une armée d'inquisiteurs tandis qu'elle restait paralysée sur le seuil. Devant elle s'étendait une immense nef de marbre. Il lui faudrait une éternité pour la parcourir, constata-t-elle, affolée. Pour rejoindre l'homme vêtu de noir qui l'attendait. Qui était-ce ? Elle ne le distinguait pas d'où elle était. Tout ce qu'elle savait, c'était qu'elle devait l'atteindre, que sa vie en dépendait.

Dans son rêve, elle posait un pied devant elle et s'apercevait qu'il était revêtu d'un extraordinaire escarpin de cristal. Il lui allait à la perfection et elle ne se posa pas de question. Poussée par la curiosité, elle releva sa robe incrustée de bijoux pour voir ce qu'elle portait à l'autre pied et découvrit avec horreur qu'il était nu.

Au même moment, elle sentit une chose froide et humide, infiniment répugnante, s'enrouler autour de sa cheville. Affolée, elle empoigna la lourde soie damassée incrustée d'émeraudes, de saphirs et de diamants qui brillaient si fort qu'elle en était éblouie. Elle parvint enfin à se débarrasser de sa robe, affreusement consciente que tout le monde la regardait et emplie de honte. Un serpent aussi gros que son bras se tordait à ses pieds. Il la fixait de ses petits yeux bleus et d'une horrible bouche humaine sortit la voix condescendante de sir Edward Brinkley.

— À présent, je vais embrasser la mariée !

Incapable du moindre mouvement, Livia se mit à hurler.

Et se réveilla en nage dans sa luxueuse chambre d'Upper Camden Place.

Mme Lévêque et son armée d'assistantes redevinrent des habituées de la maison et les interminables séances d'essayages recommencèrent. Livia remarqua néanmoins que si Mme Penhallow était moins présente, les visites du Dr Wendeburgen se faisaient en revanche plus fréquentes. À toute heure du jour, on le croisait dans l'escalier, la mine réjouie et l'air toujours aussi suffisant. Il semblait grossir à mesure que bonne-maman maigrissait, constata Livia, inquiète.

— Oh, mademoiselle Cott, je déteste cet homme ! avoua-t-elle un jour.

— Ce n'est pas charitable de ma part, mais je partage vos sentiments à son égard. Je crains malheureusement qu'il n'y ait rien à faire, car Mme Penhallow attache beaucoup de prix à ses avis. Venez, il est temps d'aller à la Pump Room. Mme Penhallow souhaite prendre les eaux.

— Encore ? Mais elle les a déjà prises ce matin !

— Encore, oui.

Livia se retrouva donc peu après au milieu d'un cercle de vieilles dames en souhaitant de tout son cœur être ailleurs.

— Mon Dieu, c'est cette chère petite Livia ! s'écria une voix trop familière.

Livia pivota et se retrouva face à l'honorable Cecily Orr, ravissante dans une robe rose pâle joliment ornée de dentelle au décolleté et aux poignets. Ses boucles étaient gracieusement tressées sous un charmant bonnet à la turque.

— Quelle merveilleuse coïncidence ! s'exclama Cecily. Cela fait des siècles que nous ne nous sommes pas vues. Nous avons tellement à nous raconter !

— Pas tant que cela, rétorqua Livia, retrouvant ses esprits.

— Oh, que si !

Cecily plongea dans une révérence devant Mme Penhallow avant de prendre le bras de Livia et de s'éloigner.

Livia aurait volontiers résisté, mais elle ne voulait pas obliger Cecily à la tirer dans son sillage tel un jouet à roulettes.

Elle fit donc contre mauvaise fortune bon cœur.

Elles passèrent devant lord et lady Glanville, Tom Orr, qui avait l'air plus malheureux que jamais, et une jeune fille brune élégamment vêtue, à la mine renfrognée.

— Je vous présenterai Mlle Gillingham un autre jour. Tom et elle se sont fiancés juste après votre départ, expliqua Cecily. C'est la fille d'un baronnet, elle a une dot de vingt mille livres. C'est tellement romantique ! Ah, voici un petit coin tranquille où nous allons pouvoir bavarder sans être entendues !

Non, ma chère, restons bras dessus bras dessous. C'est tellement plus amical, vous ne trouvez pas ? De cette façon, tous ceux qui nous verront sauront à quel point nous sommes proches – deux vieilles amies du Wiltshire de nouveau réunies.

— Oui, d'excellentes amies, confirma Livia, sarcastique.

— Ma chère petite Livia, comme vous avez changé ! Seigneur, vous êtes une véritable gravure de mode. Cette robe est ravissante, et cette veste vert d'eau vous va à ravir.

— Je vous remercie, mademoiselle Orr. Qu'est-ce qui vous amène à Bath ?

— Oh, je vous en prie, appelez-moi Cecily ! Pas de cérémonies entre nous après tout ce que nous avons vécu ensemble ! Comment va ce cher M. Penhallow ?

— Très bien, merci.

— J'en suis ravie ! Vous avez vraiment beaucoup de chance ! Vous vouliez savoir ce qui nous amenait à Bath ? Ma foi, après votre départ, je suis au regret de vous dire que d'horribles rumeurs se sont mises à circuler. On a commencé à raconter que M. Penhallow ne m'avait pas trouvée suffisamment à son goût et à gloser sur la façon dont j'avais été supplantée par une petite provinciale de rien du tout. Oh, inutile de me regarder ainsi ! Je sais que vous n'avez rien dit, et mère et moi non plus, hélas, on ne peut empêcher les gens de bavarder et les domestiques de commérer. Mère a jugé préférable de faire un petit voyage dans une agréable ville d'eau le temps que les commérages se calment. Elle avait pensé à Tunbridge Wells, mais Mlle Gillingham avait envie d'aller à Londres, bien qu'il n'y ait pas grand monde en ce moment. J'ai proposé Bath... Je savais que vous vous y trouviez et maintenant, conclut Cecily avec son sourire le plus mielleux, je vais pouvoir vous gâcher la vie comme vous avez gâché la mienne !

Les doigts de Cecily sur son bras rappelèrent à Livia le serpent de son cauchemar. Dès qu'elle eut saisi ce que Cecily impliquait, cependant, elle fut prise d'une affreuse envie de lui rire au nez. Comme si Cecily avait le pouvoir de rendre sa vie pire qu'elle ne l'était déjà.

— Bonjour, mademoiselle Orr !

Cette interruption fut la bienvenue. Ravie, Livia libéra son bras et se tourna vers un gentleman d'une trentaine d'années. Les cheveux coupés plus court que ne le voulait la mode, vêtu correctement quoique sans recherche, il n'avait rien de remarquable, à part ses beaux yeux gris rivés sur Cecily.

— Monsieur Thorland, j'ignorais que vous étiez à Bath, dit Cecily sans chaleur.

— Ma foi... ma mère s'est dit qu'un changement d'air lui ferait du bien, balbutia-t-il. Elle est venue prendre les eaux.

Cecily fit sommairement les présentations et Livia apprit que M. Thorland vivait dans le Wiltshire, pas très loin de chez les Orr. Il tenta, sans le moindre succès, d'engager la conversation avec Cecily, qui regardait autour d'elle sans se soucier des bonnes manières.

« Il est amoureux d'elle, réalisa Livia. Et il l'a suivie jusqu'ici. »

Elle l'observa plus attentivement. Maintenant qu'elle y pensait, elle se souvenait vaguement de l'avoir croisé à ce fameux bal chez les Orr. Son doux regard rêveur de poète brillait d'une adoration non dissimulée pour sa resplendissante idole. Peut-être voyait-il une Cecily complètement différente de la créature superficielle et malveillante que Livia avait le douteux privilège de connaître.

Durant quelques instants, elle eut pitié de lui – imaginer être amené à aimer Cecily Orr ! – puis passa à autre chose.

Durant les jours qui suivirent cependant, Cecily parut se démultiplier. Elle était partout, vivante incarnation de la grâce et du charme. Les oreilles de Livia bourdonnaient des louanges sur la beauté de Cecily, son maintien et ses bonnes manières. Mme Penhallow elle-même se joignit à ce chœur.

— Voici une jeune fille que vous devriez prendre en exemple ! Jamais un mot de trop, toujours docile et souriante, lança-t-elle un jour à Livia.

Elle alternait les commentaires aigres-doux sur les occasions perdues et les remarques mélancoliques sur les nombreuses qualités de Cecily. Si Livia s'abstenait de relever, elle avait le cœur serré chaque fois qu'elle voyait Cecily et Gabriel ensemble – le charme ténébreux de l'un soulignant la blondeur de l'autre –, et lorsqu'il dansait avec Cecily, une jalousie féroce, et sans objet, lui transperçait l'âme. Elle se demandait si Gabriel trouvait Cecily désirable, s'il avait envie de l'embrasser, et plus…

Seigneur, c'était horrible !

Elle avait l'impression d'être un insecte pris dans une toile d'araignée. C'est alors que, dans un geste de défi désespéré, elle encouragea ouvertement les attentions du très séduisant capitaine Arbuthnot. Elle le savait à l'aise avec cinq mille livres de rente annuelle et peu pressé de convoler, elle avait aussi compris que s'il lui faisait des avances, c'était pour décourager les marieuses.

L'atmosphère à Upper Camden Place était de jour en jour plus glaciale.

Et Livia s'aperçut que Cecily avait bel et bien le pouvoir de rendre la situation pire qu'elle n'était.

Elle découvrit peu à peu que des commérages circulaient sur son compte à Bath.

Mlle Stuart avait grandi dans un manoir en ruine et vécu en sauvage, habillée de guenilles.

Mlle Stuart n'avait jamais eu ni gouvernante ni chaperon, et on racontait qu'elle se montrait bien trop familière avec les palefreniers de son oncle.

La tante de Mlle Stuart était pratiquement clouée au lit par une maladie, qu'on disait causée par l'inconduite de sa nièce.

Mlle Stuart avait fait des avances particulièrement vulgaires à l'honorable Tom Orr, avant de recommencer avec M. Gabriel Penhallow. Pourquoi, du reste, leur mariage avait-il été avancé précipitamment ?

Quand elle regardait le visage de Cecily, aussi candide que celui d'un enfant, un vers de *Hamlet* lui revenait en mémoire.

Un être peut sourire, sourire, et n'être qu'un scélérat.

Ces ragots étaient sans doute venus aux oreilles de Mme Penhallow, dont le teint pâlissait et le caractère s'aigrissait jour après jour.

Un matin, alors qu'elle s'était réveillée très tôt, Livia décida que le moment était venu de mettre fin à cette comédie.

Elle s'habilla, se glissa hors de la maison et prit résolument le chemin de Milsom Street. Là, entre une boutique de modiste et un bureau de tabac, une plaque de cuivre marquait l'entrée d'un étroit escalier.

BUREAU DE PLACEMENT POOLE
DOMESTIQUES RESPECTABLES
SE RENSEIGNER ICI

Prenant son courage à deux mains, Livia gravit l'escalier. Vingt minutes plus tard, après un entretien fort décourageant au cours duquel Mme Poole lui avait fait comprendre sans détour que la détestable réputation de Mlle Stuart l'avait précédée, elle se retrouva à son point de départ.

Elle était accablée. Elle n'avait aucune chance de trouver un emploi à Bath. Pourquoi y rester, de toute façon ? Le mariage aurait lieu dans deux semaines et chaque jour le piège Penhallow se refermait plus étroitement sur elle. Il lui fallait quitter Bath. Mais comment ?

Elle pourrait certes vendre quelques-uns des objets et vêtements que les Penhallow lui avaient offerts ; elle ne le ferait pas, bien sûr. Elle se mépriserait jusqu'à la fin de ses jours si elle en venait à une telle extrémité. Il n'était pas question non plus de repartir avec des bagages remplis de jolies choses. Fort heureusement, elle avait caché quelques vêtements apportés de Ealdor Abbey.

Un vent aigre se levait et, malgré sa pelisse, elle frissonna. Peut-être pourrait-elle vendre ses cheveux, songea-t-elle en remettant une mèche en place. Elle avait une crinière épaisse qui lui arrivait à la taille. L'idée qu'elle soit transformée en perruque pour orner une autre tête que la sienne lui déplaisait, mais le moment était mal choisi pour se montrer difficile.

Elle envisagea un instant de retourner à Ealdor Abbey, puis se rappela la brève missive qu'avait envoyée oncle Charles pour décliner l'invitation à son mariage. Livia ne devait pas attendre de cadeau et toute visite à Ealdor était inutile. Toute relation future était indésirable, en fait. Et si jamais elle se présentait chez lui, oncle Charles était parfaitement capable de lui claquer la porte au nez.

Et de la faire jeter dehors, au sens propre.

Il lui fallait regarder la vérité en face. Elle n'avait nulle part où aller.

— À quoi songez-vous avec tant de sérieux ? s'enquit une voix familière.

Livia se raidit et se retourna pour se trouver face à Cecily. Une fois de plus ! C'était à croire qu'elle la suivait… Comme toujours, elle était vêtue avec une élégance irréprochable d'une robe de batiste blanche et d'un manteau de soie rose orné de dentelle.

— Un bureau de placement ! s'écria Cecily avant de scruter Livia.

Celle-ci s'efforça d'adopter une expression neutre, mais elle avait conscience de rougir jusqu'à la racine des cheveux.

— Je… je suis à la recherche d'une nouvelle femme de chambre.

— Et vous vous rendez vous-même au bureau de placement ? Comme c'est étrange ! Cela dit, tout le monde sait que vous êtes une jeune personne étrange.

— Grâce à vous, siffla Livia. Ces horreurs que vous débitez sur mon compte m'indiffèrent, en revanche, elles blessent Mme Penhallow, ajouta-t-elle impulsivement.

— Il y a une heure encore, je vous aurais répondu que je m'en moque, aujourd'hui en revanche... Savez-vous que sir Edward Brinkley m'a demandé ma main hier ?

Sir Edward... Livia se rappela l'avoir vu à plusieurs reprises avec Cecily ces derniers temps. Maintenant qu'elle y pensait, il y avait entre eux une curieuse ressemblance. La même blondeur, les mêmes yeux bleus, la même élégance, les mêmes manières courtoises et le même manque de chaleur.

Oui, ils étaient faits du même bois. Oubliant un moment ses soucis, Livia scruta Cecily, qui la toisait triomphalement.

— Vous semblez effarée, ma chère Livia. C'est un très beau parti. Sir Edward est encore plus riche que M. Penhallow et je crains de vous surpasser dans tous les domaines.

— Vous l'avez donc accepté ?

— J'ai bien sûr dit que je souhaitais réfléchir. Il faut titiller ses ardeurs avec ma timidité de jeune fille, tout le monde sait cela. Sir Edward a dit qu'il poursuivrait sa cour. Mes parents sont ravis et très fiers de moi. Je suis redevenue leur petite fille chérie. Et non seulement je vais vous surpasser, mais je vais éclipser Mlle Gillingham. Je comprends qu'elle me fasse grise mine, la pauvre !

La réponse de Livia la surprit elle-même.

— Cecily, ne faites pas cela.

— Vous êtes jalouse, ma petite Livia ? répliqua Cecily, ponctuant sa remarque de son horrible petit rire.

— Pas le moins du monde, c'est juste que sir Edward ne paraît pas... facile. Vous croyez vraiment qu'il sera bon avec vous ?

— Je m'en assurerai, affirma Cecily. Il est âgé, voyez-vous, et les hommes âgés sont si faibles. Quant à sa sœur, elle est pitoyable ! On dirait qu'elle a peur de son ombre. Maintenant que j'y pense, il se pourrait que je la chasse purement et simplement de la maison. Pourquoi supporterais-je sa face de carême tous les jours que Dieu fait ? D'un autre côté... L'argent n'est pas tout. Enfin ! Votre mariage approche, mais tant de choses peuvent encore arriver d'ici là. Je vais réfléchir à la meilleure façon de vous aider. Plus que je ne l'ai fait jusqu'à présent.

— Je dois vous laisser, on m'attend, déclara Livia, écœurée.

Elle regagna la demeure de Mme Penhallow, où elle troqua sa robe de jour pour son costume d'amazone. C'était l'heure de sa leçon d'équitation avec Gabriel.

La dernière.

10

Gabriel chevauchait en silence à côté de Livia. Il lui coula un regard. Elle paraissait distraite. Elle portait une nouvelle tenue d'équitation, avait-il remarqué – l'autre avait-elle été irrémédiablement abîmée par sa folle équipée dans Cheap Street ? – qui mettait admirablement en valeur sa voluptueuse silhouette.

Il détourna les yeux.

Il n'allait quand même pas la contempler bouche bée tel un collégien enamouré.

Il devait se ressaisir.

Bon sang, ses années dans le corps diplomatique lui avaient appris à dominer toute émotion susceptible de compromettre ses missions, à les dissimuler et à les mettre de côté. Au fond, la situation était bien plus simple qu'il n'y paraissait ; du reste, cette épreuve était sur le point de s'achever.

Il ne restait que deux semaines avant que cette comédie prenne fin.

Après quoi, il serait enfin libre de vivre à sa guise. L'Europe lui était interdite à cause de la guerre, mais pourquoi ne pas aller plus loin ? Le Brésil était un pays intéressant, disait-on, et immense. Le visiter prendrait beaucoup, beaucoup de temps.

Rien que la traversée depuis Falmouth serait interminable.

Il avait déjà acheté son billet, ce qui lui donnait un merveilleux sentiment de sécurité même s'il n'ignorait pas que d'autres décisions restaient à prendre.

Quand enverrait-il Livia à Surmont Hall ? Comment s'y prendrait-il pour éviter tout scandale ? Quelles explications fournirait-il à bonne-maman ? Devrait-il signifier au jeune Hugo Penhallow qu'il devenait pour de bon l'héritier de la lignée ?

Il reporta son attention sur Livia.

Et réalisa, à son grand désarroi, que ce n'était pas seulement le désir qui l'attirait vers elle.

C'était sa personnalité.

Si elle l'ennuyait, l'agaçait, le faisait enrager, elle l'intéressait aussi, le fascinait, le faisait réfléchir, rire et sourire. À de multiples égards, elle ne ressemblait à aucune des femmes qu'il connaissait.

Lui faire ses adieux s'annonçait plus difficile que prévu.

Enfin, personne n'avait jamais dit que le mode de vie des Penhallow était facile.

La voix de sa grand-mère dans le jardin des Orr, quand elle avait consenti, à regret, à ses fiançailles avec Livia, résonna à ses oreilles : « On ne dira pas que les Penhallow se sont dérobés à leur devoir, aussi déplaisant soit-il ! »

— Que deviendra Daisy après... après le mariage ? s'enquit soudain Livia, le tirant de ses pensées.

— Je l'ai achetée. J'ai pensé que nous l'enverrions à Surmont Hall.

— Ah, parfait !

Livia n'avait pas l'air particulièrement ravie, en fait. À cet instant, Daisy trébucha sur un caillou et la jeune fille tangua sur sa selle.

Gabriel tendit aussitôt la main pour la retenir, mais elle s'écarta et se redressa toute seule. Il en fut absurdement blessé.

— Je ne suis pas certain que vous soyez tout à fait prête à aller à cheval jusqu'à Stanton Drew demain. C'est quand même à treize lieues, avança-t-il, inquiet pour elle.

Elle parut réfléchir et, l'espace d'un instant, il crut qu'elle allait abonder dans son sens.

— J'ai envie de voir ces vestiges druidiques depuis très longtemps, rétorqua-t-elle, affichant cet air obstiné qui avait le don de l'exaspérer.

— Montez en voiture avec bonne-maman, dans ce cas.

— Certainement pas. Elle me méprise cordialement.

Il allait protester, mais il devait admettre que les relations entre sa grand-mère et Livia s'étaient indubitablement détériorées, surtout depuis l'arrivée à Bath de l'honorable Mlle Orr. De la ravissante, charmante, très convenable, irréprochable Mlle Orr, qui aurait fait une épouse idéale, qui n'aurait jamais eu l'idée de descendre aux cuisines, ni de se ruer au secours d'un chiot dans une rue bondée ou d'aller bavarder gentiment à un bal avec une obscure vieille fille. La prévisible, parfaite et parfaitement ennuyeuse Mlle Orr qui, il s'en souvenait maintenant, devait faire partie de l'excursion à Stanton Drew, ainsi que son lourdaud de frère et sa fiancée renfrognée.

Décidément, la journée s'annonçait délicieuse. Il jeta un coup d'œil à Livia, qui se tenait droite sur sa selle, aussi froide, fière et lointaine que n'importe quel Penhallow.

— Vous n'avez rien fait pour faciliter les choses, il faut le reconnaître, lança-t-il pour la provoquer.

— Oh, m'sieur, c'est votre grand-mère qu'a commencé, faut dire ! Je suis qu'une bonne à rien, on peut pas faire une dame avec une petite campagnarde comme moi !

Ils chevauchaient côte à côte, mais ils auraient aussi bien pu se trouver à des lieues l'un de l'autre.

Gabriel serra les dents et garda le silence. Que répondre de toute façon ?

Au dernier moment, bonne-maman décida de ne pas aller à Stanton Drew.

— Je vais plutôt me rendre à Great Pulteney Street pour prendre le bain de petit lait froid conseillé par le Dr Wendeburgen. J'ai besoin de forces pour la soirée de demain. La maison va être pleine d'invités. Maria Tenneson doit emmener Mme Thorland dans son landau, votre petit groupe sera donc convenablement chaperonné. Essayez de vous conduire correctement, lâcha-t-elle à l'adresse de Livia.

Le temps était frais et une petite brise agréable soufflait alors qu'ils cheminaient sur la route de Stanton Drew. Livia chevauchait en compagnie de William Thorland qui, après avoir vainement tenté d'accompagner Cecily Orr, laquelle l'ignora ostensiblement, avait réduit l'allure pour aller à l'amble avec Daisy.

Livia constata que sa première impression était la bonne. Dès qu'elle se mit à parler poésie, le visage de son compagnon s'illumina. Tandis qu'il lui récitait quelques vers de sa composition – un poème épique inspiré d'Homère, très intéressant mais un peu long et truffé d'expressions grecques qui lui étaient incompréhensibles –, ses pensées commencèrent à vagabonder.

La veille, après avoir congédié Flye, elle avait exhumé ses vieilles bottines et les avait enfilées. Elles formaient un contraste ridicule avec son élégante chemise de nuit. Il ne lui manquait plus qu'un pot de chambre sur la tête pour avoir l'air d'une folle.

Elle s'était déchaussée et les avait remises dans leur cachette. Savoir qu'elles étaient à sa disposition aurait dû la rassurer, or, elle s'était sentie profondément triste.

Au moins, s'était-elle dit en se glissant entre les draps, sa disparition, une fois le choc inévitable surmonté, épargnerait tout embarras supplémentaire aux Penhallow.

La vie de bonne-maman serait plus calme et, sinon heureuse, du moins apaisée.

Et Gabriel ?

Gabriel se réjouirait.

Ne l'avait-il pas toujours considérée comme une épine dans le pied ?

Peut-être finirait-il par épouser Cecily Orr. À condition que celle-ci parvienne à repousser sir Edward Brinkley. Livia avait compris, durant leur échange devant le bureau de placement, que

Cecily avait additionné deux et deux, et qu'elle considérait de nouveau ses chances d'entrer dans la famille Penhallow.

Elle avait mis du temps à trouver le sommeil. Sans cesse revenait danser devant ses yeux la désolante image de Gabriel et Cecily au pied de l'autel et du pasteur disant « Vous pouvez embrasser la mariée ! » tandis qu'elle se trouvait au milieu de nulle part, sa somptueuse chevelure coupée, en train de coudre des robes, de frotter des parquets ou de vider des pots de chambre.

Du moins ferait-elle un travail honnête.

C'était une piètre consolation, surtout lorsque, au matin, elle avait retrouvé les autres participants à l'excursion. Gabriel lui avait baisé la main avec froideur, Cecily Orr l'avait gratifiée d'un sourire aussi rayonnant que perfide et son frère Tom s'était vu fermement entraîné par la sévère Mlle Gillingham quand il avait tenté de la saluer.

Si elle connaissait la plupart des autres personnes présentes, qui s'étaient montrées polies avec elle, leurs mines dubitatives et leurs regards curieux montraient clairement que les ragots répandus avec constance par Cecily étaient parvenus à leurs oreilles.

Qu'importait, après tout ?

Tout serait bientôt fini.

Car elle avait enfin pris sa décision. Le lendemain soir, une fois terminée la réception donnée par bonne-maman, quand tout le monde dormirait, elle s'en irait. Partir le soir même et obliger la vieille dame à annuler sa soirée serait cruel. Mme Penhallow avait beaucoup fait pour elle et le moins que Livia puisse faire était de lui épargner une nouvelle déconvenue.

Elle avait le cœur si lourd qu'elle craignit un instant que Daisy ne trébuche sous le poids.

Elle venait de découvrir que les peines de cœur pouvaient se révéler physiquement douloureuses. Alors qu'elle portait la main à son cœur, comme pour apaiser la douleur, elle réalisa que M. Thorland s'était tu.

— C'est très beau, monsieur, se hâta-t-elle de dire. Je vous remercie.

— Vous êtes trop aimable, mademoiselle Stuart. Je vous réciterais bien mon ode à la dame aux cheveux d'or et aux yeux couleur de Méditerranée, mais...

Il soupira et son sourire s'effaça.

— C'est tellement dur lorsque l'amour n'est pas partagé, compatit Livia.

Elle était bien placée pour le savoir.

M. Thorland posa un regard mélancolique sur Cecily Orr qui, loin devant, chevauchait sa jolie jument alezane avec une aisance consommée, l'air de n'avoir aucun souci.

— Cela fait des années que je suis amoureux de Mlle Orr, avoua M. Thorland. C'est absurde n'est-ce pas ? Non seulement je lui suis indifférent, mais ma cour n'aurait aucune chance d'être acceptée de toute façon. Je ne suis qu'un simple gentilhomme campagnard, mon domaine est modeste. Comment imaginer que ses parents puissent envisager, ne serait-ce qu'une minute, de m'accorder sa main ? Et pourtant, quand j'ai entendu dire qu'elle se rendait à Bath, je n'ai pas pu m'empêcher de l'y suivre. *Sperare sempre.*

Toujours espérer, traduisit-il devant le regard interrogateur de Livia.

Sa mère, qui avait le même air doux et les mêmes grands yeux gris, l'appela depuis la voiture de Mme Tenneson, et il s'excusa.

Livia chercha Gabriel des yeux. Droit et fier sur Primus, il chevauchait à côté de Tom Orr qui bavardait gaiement.

Toujours espérer.

En théorie, cette maxime sonnait comme une injonction, en pratique, c'était pour elle une phrase vide de sens. Elle n'avait pas le moindre espoir. Pour un peu, elle aurait entendu le tic-tac de l'horloge égrener les heures qui la séparaient de son départ.

Tandis qu'elle regardait Gabriel, elle s'aperçut que toute hostilité, toute irritabilité à son endroit s'était évanouie. Que restait-il finalement ?

Un désir désespéré.

Le besoin d'être à ses côtés.

De lui parler. Sans se quereller.

Elle se sentait comme un oisillon affamé. La moindre miette était bonne à prendre.

Mlle Gillingham poussa sa monture entre celle de Gabriel et celle de Tom Orr, et entraîna son fiancé à l'écart. Comme s'il avait senti le regard de Livia sur lui, Gabriel tourna la tête. Et, à la grande surprise de la jeune fille, il fit faire demi-tour à Primus.

Pour la rejoindre.

Elle.

Une fois à ses côtés, il ne dit rien et se contenta de la regarder de ses beaux yeux pailletés d'or.

Livia luttait contre les émotions contradictoires qui l'assaillaient. C'était sa dernière chance d'avoir enfin une véritable conversation avec lui. Elle aurait voulu lui dire qu'elle allait partir, mais les mots lui manquaient.

— Vous vous plaisiez en pension ? demanda-t-elle.

— Je vous demande pardon ?

— Vous m'avez dit que vos parents étaient morts quand vous aviez sept ans et que vous étiez parti en pension tout de suite après.

— Au début, non, avoua-t-il. Je devais encore être sous le choc de la mort de mes parents, j'imagine. Même si nous n'étions pas particulièrement proches, mon monde venait de basculer.

— Bien sûr. Et ensuite, vous y êtes-vous plu ?

— Au bout d'un moment, oui. J'aimais apprendre. J'aimais le sport. Et je m'y suis fait de bons amis.

— Et ensuite ?

— Je suis allé à Oxford.

— Cela vous a plu ?

— Énormément.

— Et après cela ?

— Sur les conseils de bonne-maman – ce qui veut dire, bien sûr, sur son ordre –, j'ai docilement fréquenté la bonne société pendant quelques années.

— Vous aimiez cela ?

— Pas particulièrement. J'avais envie d'une occupation, d'utiliser mon cerveau et mon énergie, au lieu de quoi, j'étais sans cesse poursuivi sous prétexte que j'étais un bon parti. J'avais l'impression d'être un objet et non un être humain.

Livia comprenait, mais elle avait le cœur trop lourd pour ironiser.

— Qu'avez-vous fait ?

— J'ai obtenu un poste dans le corps diplomatique et j'ai voyagé dans toute l'Europe pour défendre les intérêts de l'Angleterre contre Napoléon. J'ai passé deux ans en Autriche pour participer à la Cinquième Coalition.

— Et cette fois-ci, cela vous plaisait ?

— Oui, beaucoup.

— C'était dangereux ?

— Parfois, quand je devais voyager dans des pays hostiles aux Anglais.

— J'ai l'impression que vous aimiez cela.

— En effet, confirma-t-il en riant.

— Combien de temps cela a-t-il duré ?

— Six ans.

— Quand êtes-vous revenu ?

— Quand j'étais à Vienne, alors que l'Autriche était contrainte de signer le traité de Schönbrunn, on a attenté à ma vie à plusieurs reprises. Quelques agents de Napoléon semblaient trouver ma présence plutôt... onéreuse. En dépit de mes protestations, le gouvernement m'a rapatrié et, après m'avoir chaleureusement remercié, m'a libéré.

— Vous auriez préféré rester ?

— Oui, mais le Premier ministre Perceval s'est montré très ferme. J'ai beau n'avoir aucune preuve, je ne serais pas surpris que bonne-maman soit intervenue. Perceval est un de ses vieux amis, et il a douze enfants, ce qui l'a peut-être rendu sensible aux impératifs dynastiques de ma grand-mère.

— Vous lui en voulez d'avoir contribué à mettre fin à votre carrière diplomatique ?

— Ce n'est qu'un soupçon, sourit-il. Je l'espère du moins, sinon cela lui conférerait un pouvoir proche de l'omnipotence.

Livia lui rendit son sourire.

— Je pense que cela ne lui déplairait pas !

— Sans aucun doute. D'un autre côté..., reprit-il pensivement après un silence, elle avait peut-être eu vent des tentatives d'assassinat. Auquel cas, je ne peux pas lui en vouloir d'avoir souhaité que je rentre. Je suis son seul petit-fils, après tout. Peut-être ai-je fait preuve d'égoïsme en m'exposant ainsi et en restant si longtemps au loin. Je commence à voir les choses différemment à présent. Bonne-maman n'est pas facile à vivre, c'est le moins qu'on puisse dire. Quand j'étais pensionnaire, je redoutais les vacances chez elle. Je me suis toujours demandé comment Mlle Cott la supportait. Je ne l'ai jamais entendue se plaindre.

— Moi non plus. C'est une sainte, je pense !

— En effet, s'esclaffa Gabriel, même si elle serait choquée de nous l'entendre dire. Elle est fille de pasteur, vous savez.

— Non, je l'ignorais. Elle ne parle jamais d'elle.

— Elle est très discrète. Je ne sais que très peu de choses sur elle. Nous prenons sa présence comme allant de soi.

Il garda le silence un moment, sans que cela paraisse pesant.

— À propos de parler de soi, je crains de m'être étendu sur moi-même de façon bien ennuyeuse, reprit-il enfin.

— Pas du tout. Je ne demande qu'à en apprendre davantage.

Son intérêt paraissait sincère, et Gabriel ne put s'empêcher de remarquer qu'il était facile de se confier à elle. C'était comme de bavarder avec un ami.

Quelque chose avait changé entre eux, c'était positif et inattendu.

Et pourtant...

Derrière l'écoute de Livia, il sentait il ne savait trop quoi, comme l'océan durant une accalmie, quand des courants puissants roulent dans les profondeurs.

Ils bavardèrent ainsi jusqu'à Stanton Drew. Elle lui parla des Indes et de son arrivée dans le Wiltshire. Il se montra plus prolixe sur sa vie en pension et ses voyages en Europe. Cependant, lorsqu'ils arrivèrent au cercle de mégalithes, ils furent séparés. La petite Mme Thorland appela Livia et Tom Orr se précipita sur Gabriel, accompagné de l'inévitable Mlle Gillingham, qui entreprit de leur faire une conférence sur l'histoire des mégalithes, leur composition géologique et les fouilles menées sur le site, avant de conclure par un résumé de quelques anecdotes pittoresques.

— Par Jupiter ! s'exclama Tom Orr avec un enthousiasme un peu forcé, vous êtes un livre ambulant ! Les livres sont une invention merveilleuse, à ce qu'on dit ! Monsieur ? proposa-t-il à Gabriel en sortant de sa poche une boîte de tabac à priser.

Gabriel déclina et chercha Livia du regard, mais tandis que leur petite troupe se dirigeait vers l'auberge où on les attendait pour déjeuner, il n'eut pas l'occasion de reprendre leur conversation. Ils prenaient le chemin du retour lorsque Cecily Orr s'arrêta à sa hauteur.

— Nous avons à peine eu l'occasion d'échanger deux mots de toute la journée ! Il faut absolument que vous m'accordiez un moment pour moi toute seule, minauda-t-elle.

— Certainement, acquiesça-t-il en jetant un coup d'œil au ciel qui se chargeait de nuages tandis que le vent fraîchissait.

Une fois de plus, il chercha Livia du regard. Elle fermait la marche, juste derrière la voiture de Mme Tenneson.

Cecily avait exigé sa présence, il ne pouvait se dérober sans se montrer impoli.

Tout en chevauchant, il se surprit à réfléchir aux règles de la bonne société qui avaient régi son existence depuis son plus jeune âge.

Était-ce si grave que Livia marche rapidement, refuse de danser avec un homme qui, en plus d'être affreusement ennuyeux, était aussi grossier (il connaissait Adolphus Olivet), ou dise son fait à ce goujat de sir Edward Brinkley ?

Non, bien sûr.

Et c'était là une véritable révélation...

Il avait vaguement conscience qu'à ses côtés Mlle Orr bourdonnait comme un frelon et il mourait d'envie de la chasser. Il distinguait quelques mots de-ci, de-là, Indes, Tom Orr, palefreniers, tante alitée, mais, pour être honnête, il se moquait éperdument de ce qu'elle racontait. Il répondait machinalement « Vraiment ? » ou « Je vois », pour lui donner l'impression qu'il l'écoutait.

Une rafale de vent faillit emporter le chapeau de la demoiselle, qui le rattrapa de justesse.

— Mon Dieu, j'ai l'impression que c'est le vent qui va nous ramener chez nous ! Comme je vous le disais, cette pauvre petite Livia ne pouvait pas savoir, c'est ce qui explique sa conduite scandaleuse, c'est d'ailleurs ce que j'ai dit à tout le monde.

Cette fois, elle avait réussi à retenir l'attention de Gabriel.

— Vous avez colporté des ragots à propos de Mlle Stuart ? questionna-t-il.

— Oh, il faut bien bavarder, voyons ! Vous formez un couple tellement fascinant ! C'est ce que tout le monde pense.

La colère et le dégoût submergèrent Gabriel, l'agacement aussi d'être une fois de plus au centre des commérages. Et surtout, un besoin impérieux de protéger Livia. Comment l'aider ? Il ne pouvait empêcher les gens de bavarder, ni Mlle Orr de répandre son fiel, mais il pouvait faire au moins une chose.

— Excusez-moi, murmura-t-il en inclinant brièvement le buste.

Le vent qui soufflait de plus en plus fort agitait sa jupe et la crinière blonde de Daisy.

— Oh, cela sent la pluie ! s'exclama Mme Thorland à l'intérieur du landau. Vous et moi sommes à l'abri, ma chère, mais les autres ! Se faire tremper après une si délicieuse promenade gâcherait vraiment l'après-midi !

— C'est certain, acquiesça Mme Tenneson. J'espère juste que la capote de notre landau ne fuie pas. Le Dr Wendeburgen m'a répété je ne sais combien de fois que je risquais une inflammation des poumons, sans parler de maux de gorge, et que je devais à tout prix éviter l'humidité ! ajouta-t-elle avant de se pencher à la portière pour demander au cocher de hâter l'allure.

La file des cavaliers qui s'étirait en avant passa au petit trot. Chevauchant toujours à côté de Gabriel, Cecily parlait sans cesse. Il hochait la tête et paraissait si attentif que Livia eut l'impression de sombrer dans le chagrin et la solitude.

Comme pour renchérir, de grosses gouttes de pluie lui frappèrent le visage, telles des larmes. Au-dessus de sa tête, de gros nuages noirs s'amoncelaient et le vent soufflait de plus en plus fort.

La placide Daisy ne semblait pas inquiète et continuait de cheminer paisiblement. Plutôt que de la presser, Livia se contenta de lui lâcher la bride, laissant s'accroître la distance avec les autres, jusqu'à ce qu'ils disparaissent au détour d'un virage. C'était aussi bien.

La pluie tombait plus fort mais elle ne s'en souciait pas, car elle noyait les larmes qui coulaient maintenant à flot sur ses joues.

Elle qui ne pleurait jamais sanglotait à présent.

Comme si elle avait le cœur brisé.

Daisy tourna la tête et regarda Livia de ses bons yeux affectueux. Puis, ne recevant pas d'instructions particulières, elle s'approcha du bord de la route et entreprit de paître tranquillement.

Plus tard, Livia sut qu'elle n'avait pas pu rester ainsi plus de cinq ou dix minutes, pourtant, sur le moment, cela lui parut une éternité. Elle se rendait à peine compte qu'elle était trempée et commençait à trembler.

— Livia !

Elle se retourna et vit Gabriel s'approcher. L'eau qui dégoulinait de son chapeau obscurcissait son visage.

Il était là.

Avec elle…

Mais pour combien de temps ?

— Que se passe-t-il ? Bon sang, vous allez attraper la mort ! Pouvez-vous continuer, que nous rattrapions les autres ?

— Non, répondit-elle d'une toute petite voix.

— Il le faut, pourtant.

— Je ne peux pas. Je ne veux pas. Continuez sans moi.

— Il n'en est pas question. Mais vous pleurez !

— O-o-oui.

— Pourquoi ?

— Ce… n'est r-r-rien.

— J'en doute ! Et vous claquez des dents ! Vous êtes sûre de ne pas pouvoir continuer ?

— Certaine.

— L'endroit est mal choisi pour s'arrêter. Vous allez avoir encore plus froid.

— Je m'en moque.

— Pas moi, dit-il avant de jeter un coup d'œil vers Stanton Drew. Cela vous ennuie que je conduise Daisy ? Il me semble voir quelque chose là-bas.

Comme Livia haussait les épaules, Gabriel lui prit les rênes des mains et se remit en route sous la pluie battante. Ils étaient aussi trempés l'un que l'autre à présent. Ils quittèrent la route et s'engagèrent entre les arbres où, pratiquement cachée par les buissons, se trouvait une petite hutte.

Ils trouvèrent l'entrée et un auvent grossier juste assez grand pour abriter leurs montures.

— Eh bien, ce sera toujours mieux que rien, déclara Gabriel en mettant pied à terre, avant d'aider Livia à descendre à son tour.

Il attacha les chevaux à l'un des poteaux et calma Primus qui renâclait.

Comme dans un rêve – ou plutôt un cauchemar – Livia hésita sur le seuil. Au fond de sa mémoire flottait l'image de la cabane de bûcheron couverte de lierre, de la canopée de verdure qui lui servait de toit, de la jolie biche et du grand cerf qu'elle y avait vus. Elle cilla. Il n'y avait rien dans la pénombre de cette cabane à part un peu de paille éparpillée sur le sol de terre battue. Le toit avait peut-être été étanche autrefois, mais désormais, l'eau filtrait ici ou là, formant de petites flaques.

Elle s'avança, huma l'odeur de terre détrempée et de foin moisi et, réprimant un sanglot, enleva ses gants pour s'essuyer le visage, un geste on ne peut plus futile.

Si elle n'avait pas envie de mourir, elle n'était pas certaine de vouloir continuer à vivre. Peut-être Gabriel pourrait-il ramener les deux chevaux et la laisser ici.

Se courbant pour franchir le seuil, Gabriel entra et suspendit son chapeau à un clou avant de s'ébrouer comme un chien, envoyant des gouttes de pluie autour de lui.

— Vous pleurez toujours, mon petit ?

C'était la première fois qu'il s'adressait ainsi à elle sans apparaître condescendant. Il semblait sincèrement inquiet et elle acquiesça en silence.

— Cette pluie est une plaie, cependant, vu la façon dont le vent souffle, la tempête ne devrait pas durer plus d'une heure.

Une heure.

— Vous avez froid, mais je vais vous ramener à Upper Camden Place le plus vite possible, reprit-il. Il est à peine humide, assura-t-il en tirant de sa poche un grand mouchoir brodé de ses initiales.

Se rapprochant, il lui essuya doucement le visage.

Cette gentillesse la bouleversa.

Toutes les règles qu'elle avait si péniblement apprises semblèrent se dissoudre sous la pluie qui tambourinait au-dessus de sa tête.

Il ne restait plus que l'instinct.

— Je... J'ai froid, balbutia-t-elle en agrippant le manteau de Gabriel. Prenez-moi dans vos bras.

— Vous avez froid, bien sûr, murmura Gabriel, pour une fois décontenancé.

Il rempocha son mouchoir, s'approcha d'un pas hésitant et déboutonna son manteau avant d'en écarter les pans.

— Vous aurez plus chaud ainsi, expliqua-t-il en l'en enveloppant presque timidement, tel un écolier maladroit.

Livia le sentait tendu, mais elle savait qu'il essayait de se conduire en gentleman même si leurs corps se touchaient. Elle tremblait comme une feuille.

— Plus fort, chuchota-t-elle.

— Pardon ?

— Serrez-moi plus fort.

— Ah. Oui.

Il obéit, toujours aussi timide.

— Non, pas comme ça.

Elle se serra contre lui, l'entoura de ses bras et se cramponna à lui comme si elle ne voulait plus jamais le lâcher.

Ici, dans ses bras, elle était à sa place.

Elle était chez elle, elle était au paradis.

Tout ce qu'elle avait jamais désiré était là. Chez lui. En lui.

— Livia, souffla-t-il. Livia, je...

— Ne dites rien !

Tout les avait amenés ici, dans ce misérable petit abri battu par le vent et la pluie. En cet instant, ils étaient seuls au monde.

Ses dents avaient cessé de claquer.

Combien de temps s'était-il écoulé ?

Était-ce son imagination, ou la tempête s'était-elle un peu calmée ?

Livia regarda Gabriel, qui la considérait avec gravité. Plus rien n'importait. Elle attira son visage à elle et pressa sa bouche sur la sienne. C'était elle maintenant qui était gauche et timide. Elle l'embrassa comme une enfant embrasserait une vieille tante. La bouche fermée, maladroite et cependant déterminée.

Lui demeurait raide comme un piquet.

Elle agrippa ses cheveux mouillés pour l'attirer plus près, mais il arracha sa bouche à la sienne.

Dans son regard si souvent froid et dur, elle distingua une lueur nouvelle.

Le timide écolier avait disparu.

C'était un homme, confiant et sûr de lui, qui la contemplait.

— Non, murmura-t-il comme un écho à ses pensées, comme ceci.

11

Gabriel fit un pas en arrière.

Sans hâte, il ôta ses gants et les fourra dans sa poche. Il défit ensuite les rubans du chapeau de Livia avant de le lui enlever avec douceur et de le suspendre avec le sien.

Ce n'est qu'ensuite qu'il se retourna vers elle. Ses yeux vert forêt semblaient plus grands que jamais et sa poitrine se soulevait rapidement.

Un baiser.

Un baiser n'avait rien de répréhensible.

Ils étaient fiancés après tout, avaient dû chercher un abri et la tempête allait bientôt cesser.

Ce n'était pas très convenable, certes, mais elle avait froid et la réchauffer était le moins qu'il puisse faire.

Il était un gentleman.

Oui, il maîtrisait parfaitement la situation.

Lentement, il encadra le visage de Livia de ses mains. Ses joues glacées. Il s'inclina.

Rien qu'un baiser.

Se savoir maître de soi était une sensation réconfortante.

De sa bouche, il effleura celle de Livia, avant d'embrasser doucement le petit creux délicat au-dessus de la lèvre supérieure. À sa grande satisfaction, elle prit une brève inspiration et s'accrocha à ses épaules.

Il glissa la langue entre ses lèvres.

Dieu que c'était bon.

Elle avait un goût particulier, un goût qui n'appartenait qu'à elle, suave et légèrement citronné. Sa peau exhalait un discret parfum de cannelle, un parfum enivrant qui excitait délicieusement ses sens et éveillait en lui une faim dévorante.

Non !

Juste un baiser.

Il s'était écarté, il y avait l'espace d'une main entre eux et il entendait bien le maintenir.

Avec douceur, il referma la main sur sa nuque, plongea les doigts dans sa chevelure soyeuse, et orienta son visage pour approfondir son baiser.

Elle l'accueillit avec un indéniable empressement. C'est alors que sa langue caressa la sienne, allumant en lui un désir brûlant. Le mince espace qui séparait leurs deux corps – les seins, les hanches, le sexe et les longues jambes de Livia, ses jambes à lui, son sexe maintenant durci et sa poitrine – paraissait à présent ridicule.

Et puis, il s'était engagé à la réchauffer.

Il était tellement sûr de lui, tellement certain d'être capable de se contrôler, qu'il attira Livia à lui. Leurs corps se rencontraient comme leurs bouches. Seuls leurs vêtements les séparaient. Sa propre réponse fébrile le prit de court. Sa langue se fit plus pressante, ses mains descendirent jusqu'à la taille mince puis jusqu'aux hanches de Livia et il la plaqua contre lui.

Il jouait avec le feu, réalisa-t-il dans un dernier sursaut de conscience.

Ils avaient dépassé le stade du simple baiser.

Et il n'avait pas prévu cela.

Il dut faire un effort pour se rappeler ce qu'il avait prévu.

Ils devaient se marier dans deux semaines, après quoi Livia allait partir vivre à Surmont Hall. Quant à lui, il avait réservé une chambre dans une auberge de Falmouth et un passage pour Porto de Galinhas, au Brésil. Ses rivages étaient célèbres pour son pittoresque et ses immenses plages. On disait que le temps était particulièrement agréable à cette époque de l'année…

Ces considérations le ramenèrent au présent.

Livia devait être suffisamment réchauffée maintenant.

Haletant, il interrompit son baiser, recula légèrement et se passa la main dans les cheveux.

— Eh bien, commença-t-il avec ce qu'il espérait le plus grand calme, j'espère…

Les mots moururent sur ses lèvres.

Bon sang, que dire ?

— Vous devez vous sentir plus… Enfin, j'espère qu'après cet… interlude… vous vous êtes…

Elle le fit taire en posant ses lèvres sur les siennes. Et cette fois, son baiser n'avait plus rien de maladroit. Il s'agissait d'un vrai baiser, ardent et plein d'assurance, et si délibéré que Gabriel en gémit et oublia en un clin d'œil toutes ses belles résolutions.

Il allait revêtir le masque Penhallow et c'était la dernière chose que désirait Livia. Elle aurait voulu que ce baiser et cette étreinte ne finissent jamais, et l'embrasser lui avait paru le meilleur moyen d'atteindre son but.

Il n'avait pas eu d'objections apparemment.

Il y avait répondu avec passion et la tenait si serrée qu'elle sentait sa virilité contre son ventre. Le désir les réunissait et un besoin lancinant, irrésistible, lui donnait envie de continuer. Elle ne voulait pas penser, juste s'abandonner à ses sens. Elle posa la main sur le sexe de Gabriel, le caressa à travers le fin tissu, timidement d'abord, puis avec plus d'audace. Cela lui plaisait, cela l'excitait, elle le voyait, et elle aurait été bien en peine de dire où finissait le plaisir de Gabriel et où commençait le sien.

Cela ne lui suffisait pas, cependant.

Elle voulait plus. Elle voulait toucher sa peau et entreprit de le déboutonner.

— Non, l'arrêta-t-il. Attendez.

Et puis ses mains furent sur ses seins et elle sentit une spirale brûlante de déplier en elle. Elle se laissa aller contre la paroi de la cabane tandis qu'il lui pétrissait les seins et en agaçait les pointes qui se dressaient sous ses doigts. Elle était paralysée, elle brûlait, en proie à une foule de sensations inouïes.

— Pourquoi est-ce que je suis... mouillée, haleta-t-elle, trop stupéfaite pour choisir ses mots.

— Montrez-moi, chuchota-t-il, les yeux brillants.

C'était à la fois un ordre et l'humble requête d'un homme à une femme.

Un paradoxe, en somme.

Sans hésitation ni honte, elle releva ses jupes. L'air frais sur ses jambes lui arracha un frisson, et ce n'était pas seulement dû au froid.

— Seigneur ! murmura Gabriel d'une voix rauque en caressant lentement la cuisse nue, puis le sexe de Livia, qui tressaillit, choc et plaisir mêlés.

Elle était prête.

Elle était prête pour ce qui allait suivre. Pour lui.

Tandis qu'il continuait de la caresser, elle défit les boutons de ses pantalons, puis enroula les doigts autour de son orgueilleuse virilité.

De nouveau, il gémit, et le cœur de Livia se mit à battre d'une joie sauvage. Brièvement, elle entendit la pluie marteler le toit de la hutte. Le temps était son ennemi, elle ne devait pas l'oublier.

— Maintenant, souffla-t-elle d'une voix haletante, mais déterminée.

Il se figea et cela l'agaça.

— Livia, vous êtes sûre ?

— Oui. Montrez-moi comment faire.

Elle n'eut pas besoin d'en dire plus. Il l'embrassa, passionnément. Il la souleva sans effort, la maintint contre la paroi pour qu'elle puisse le recevoir, et elle s'ouvrit à lui avec joie.

Puis il s'arrêta de nouveau.

— Maintenant, répéta-t-elle.

Il fixa sur elle un regard brûlant, où elle lut une exigence nouvelle. Il jouait avec elle, la titillait, l'excitait. Elle sentait son sexe à l'orée de sa féminité et elle s'agrippa farouchement à ses épaules, aux muscles durcis par l'effort.

— Maintenant, le pressa-t-elle.

— Dites mon nom.

— Gabriel Penhallow !

— Non, juste mon prénom.

— Gabriel ! souffla-t-elle.

Il s'approcha, doucement, et une onde de plaisir exquise la traversa.

— Encore.

— Gabriel ! répéta-t-elle en se cambrant à sa rencontre.

— Oui… Oui, Livia !

Elle cria quand il la pénétra, et de nouveau lorsqu'il s'arrêta en sentant une résistance. Il s'immobilisa, l'interrogea du regard, et elle crut perdre l'esprit.

— Oui, Gabriel, chuchota-t-elle.

Il reprit sa bouche et d'une poussée vint à bout du fragile obstacle. Puis il se mit à aller et venir en rythme tandis que, toute douleur abolie, elle s'abandonnait à la joie de le sentir en elle. Elle aurait été incapable de dire où son corps finissait et où commençait celui de Gabriel…

Elle avait gardé les yeux ouverts et lui aussi.

C'était parce qu'ils se regardaient les yeux dans les yeux qu'elle se sentait nue malgré les vêtements qui les séparaient.

Nue, vivante, libre.

À sa place.

Entière.

La jouissance explosa soudain en elle, se déploya dans tout son corps, la fit trembler de la tête aux pieds. Elle étouffa un cri. Elle n'aurait jamais imaginé, ni même rêvé qu'un tel plaisir existât. Elle cria le nom de Gabriel tandis qu'il accélérait le rythme. Puis il laissa échapper un grondement et elle sentit un liquide chaud se répandre en elle.

— Mon Dieu, mon Dieu, Livia…

Comblée, elle noua les bras autour du cou de Gabriel alors qu'il se retirait lentement, puis la remettait sur ses pieds et boutonnait ses pantalons. Il était en nage et Livia lui essuya le front en souriant. Lui aussi souriait. Tout à coup, il paraissait plus jeune. Il se pencha et déposa un baiser sur ses lèvres, avec une tendresse qui la fit rougir.

La bouche de Gabriel suivit la ligne de sa mâchoire jusqu'à son oreille. Elle ronronna lorsqu'il y introduisit la langue, ce qui le fit sourire. Grand Dieu, elle était délicieuse, splendide, magnifique ! La façon dont leurs corps s'accordaient… Il n'avait jamais rien connu de pareil. Tandis que le désir s'emparait de nouveau de lui, une idée s'insinua dans son esprit.

Une idée simple… brillante. Une idée qui allait résoudre toutes leurs problèmes d'un coup – pour ainsi dire.

Il l'enlaça, savoura la douceur de ses seins contre son torse et referma les mains sur ses fesses. Il était de nouveau dur. Maudits soient ces vêtements qui les séparaient !

— J'ai encore envie de vous. Allongeons-nous.

— Dans la boue ? dit-elle en riant.

— Pourquoi pas ? Je vais poser mon manteau par terre. Au diable, la boue ! la pressa-t-il en agaçant de la langue le lobe de son oreille.

— Vous avez des arguments très convaincants.

— Et vous êtes délicieuse.

Il fallait lui dire tout de suite. Son idée lui apparaissait avec plus de précision à présent, et plus il y pensait, meilleure elle lui paraissait, comme si soudain toutes les pièces d'un puzzle compliqué s'emboîtaient sans coup férir. Ils pourraient toujours mener des existences séparées, éviter le scandale mais jouir d'avantages – pour tous les deux – auxquels il n'avait pas pensé. La façon de vivre des Penhallow avait du bon finalement.

— Livia, cela pourrait fonctionner, avança-t-il, impatient d'avoir son approbation.

— Quoi donc ?

— Ce mariage. Je sais, c'est un mariage de convenance, pas un mariage d'amour, mais pourquoi ne pas profiter de ses... avantages physiques ? À l'évidence, nous nous entendons bien sur ce chapitre. Et si nous engendrons un héritier, ce qui est dans l'ordre des choses, nous contenterons tout le monde. Qu'en dites-vous ?

Il sourit, soulagé et confiant maintenant que le poids du monde ne pesait plus sur ses épaules. Il éprouvait même une impatience certaine.

Pourquoi diable ne se réjouissait-elle pas, elle aussi ?

Il s'inclina pour l'embrasser, mais elle se raidit.

— Alors pour vous rien n'a changé ?

— Si, Livia, tout a changé. C'est une solution idéale. Allons, recommençons, ma douce. Je veux vous donner du plaisir encore une fois, plaida-t-il en laissant ses doigts courir sur ses seins.

Mais tout avait bel et bien changé entre eux, réalisa-t-il en voyant qu'elle ne répondait pas à ses caresses, les réduisant ainsi à une maladroite tentative de séduction.

Elle prit une profonde inspiration et s'écarta.

— Non.

La nausée lui tordait l'estomac. Elle regarda autour d'elle, comme si elle voyait la cabane pour la première fois : la poussière, la boue, la misère. Faire l'amour avec Gabriel n'avait rien eu de sordide, cela lui avait paru magnifique, mais maintenant...

Maintenant, elle était insupportablement triste.

Pour lui, il ne s'agissait que d'un acte purement physique.

Cela n'avait rien à voir avec l'amour.

Elle s'essuya les mains sur sa jupe, comme pour en enlever une saleté, et récupéra son chapeau. Il lui avait paru tellement joli avec les plumes d'autruche rousses qui en ornaient élégamment le bord relevé. À présent, les plumes pendaient lamentablement. Plus jamais elles ne retrouveraient leur légèreté.

— Il est temps de rentrer, dit-elle.

Elle coiffa son chapeau, noua les rubans serrés – un peu trop – et sortit de leur abri de fortune.

Le vent n'était plus qu'une petite brise et la pluie avait pratiquement cessé.

— Aidez-moi à monter en selle, demanda-t-elle à Gabriel.

Avec ses cheveux ébouriffés et son expression perplexe, il avait de nouveau l'air d'un écolier et, l'espace d'un instant, le cœur de Livia chavira dangereusement. Elle se ressaisit et s'efforça d'ignorer ce que sa proximité faisait naître en elle lorsqu'il l'aida à grimper en selle.

À peine les rênes en main, elle partit au trot en direction de la route. En moins de deux minutes, Gabriel l'avait rattrapée.

— Nous dirons que je suis tombée de cheval et que je me suis légèrement blessée, déclara-t-elle sans regarder Gabriel. Je n'ai rien d'une cavalière expérimentée, et avec ce vent et cette pluie, c'est une histoire plausible. Dépêchons-nous !

S'entendre lui demander de se dépêcher lui rappela douloureusement que, quelques instants plus tôt, elle lui avait fait la même requête de façon bien plus intime.

Elle ne devait pas, ne voulait pas pleurer. Les larmes étaient inutiles, elle venait d'en faire l'amère expérience.

— Qu'avez-vous ? Que se passe-t-il ? s'alarma Gabriel.

— Je n'ai rien, rien du tout.

Comme pour se moquer d'elle, les gros nuages se dissipèrent et le soleil illumina le paysage détrempé.

Comme sa grand-mère le lui avait demandé – ordonné serait plus juste –, Gabriel arriva bien avant l'heure de la réception. Elle enjoignait à Crenshaw de changer de place un grand vase de fleurs lorsqu'il la rejoignit dans le hall. Elle lui parut distraite.

— Je ne suis pas encore habillée ! Monte dans la bibliothèque. Mlle Stuart s'y trouve, mais je ne peux pas me séparer d'Évangéline pour qu'elle vous chaperonne. J'espère que tu te conduiras correctement !

— Je ferai de mon mieux, assura Gabriel.

— J'y compte bien. Crenshaw, où en est le champagne ? Non, ces fleurs seront mieux ici. Et enlevez celle dont la tige est cassée, je vous prie ! Bettina, je monte tout de suite. Vous avez repassé mes gants ? Très bien.

Tandis qu'il gravissait l'escalier, Gabriel se rendit compte que s'il avait hâte de voir Livia, il redoutait ce qui pouvait se passer entre eux. Lorsqu'il la découvrit depuis le seuil de la bibliothèque, sa beauté lui coupa le souffle. Elle portait une robe blanche ornée de dentelle vieil or et de longs gants blancs, et sa somptueuse chevelure était parsemée de perles. Mais le profil qu'elle lui offrait était pensif, et sombre, comme si elle se trouvait à mille lieues d'ici.

— Bonsoir !

Elle sursauta et lui adressa un sourire machinal qui n'atteignait pas son regard. Il s'agissait d'un sourire de pure politesse et cela lui serra le cœur.

— Bonsoir, dit-elle comme si la journée de la veille n'avait jamais eu lieu, comme si un mystère du calendrier l'avait effacée. Vous êtes très élégant.

— Livia.

— Oui ?

— Avez-vous réfléchi à nous deux ? À ma suggestion ?

— Je suis désolée, je n'en ai pas eu le temps. J'ai eu tant à faire pour aider votre grand-mère. D'ailleurs, j'ai promis d'accompagner Mlle Cott pour vérifier que tout allait bien au salon et je suis déjà en retard. Si vous voulez bien m'excuser ?

— Livia, attendez ! dit-il comme elle le contournait.

Elle s'immobilisa.

— Oui ? dit-elle froidement.

— Je voulais simplement... Ne devrions-nous pas... J'ai pensé que peut-être...

Il s'arrêta, il ne trouvait pas ses mots, ses idées étaient trop confuses. Et elle ne faisait rien pour l'aider. Elle le regardait comme s'il l'empêchait d'aller vaquer à une occupation autrement plus agréable que d'être en sa compagnie.

— Peu importe, lâcha-t-il finalement.

Et elle s'éclipsa.

La réception de Mme Penhallow fut un énorme succès, ce qui ne surprit personne. Une invitation à l'une de ses très rares réceptions, où les invités étaient triés sur le volet, était un honneur et refuser était tout simplement impensable, tout comme arriver tard. La maison d'Upper Camden Place passa donc très rapidement du paisible bourdonnement des préparatifs à l'agitation la plus complète.

Livia, tout sourire, accueillit les invités aux côtés de Mme Penhallow tout en songeant que, d'ici quelques heures, elle se glisserait hors de cette maison pour entreprendre un long voyage à pied dans la nuit.

Elle avait décidé de se rendre à Portishead, un village au bord de la mer où, avec un peu de chance, elle trouverait un emploi. Vivre près de la mer était très agréable, disait-on. Peut-être se ferait-elle couturière, à moins qu'elle ne trouve du travail dans le commerce de la pêche, ce qui signifierait éviscérer et écailler des poissons jusqu'à la fin de ses jours, mais elle n'avait pas les moyens de se montrer difficile.

C'était étrange de se dire qu'elle ne reverrait jamais Gabriel.

Non, pas étrange. Triste, incroyablement triste.

Ces quelques minutes seule avec lui dans la bibliothèque avaient été une épreuve. Elle avait été partagée entre le désir de rester et celui de prendre la fuite. Faire bonne figure lui avait demandé un effort surhumain. Dieu merci, elle était maintenant comme engourdie – engourdie mais polie, répondant avec amabilité aux questions sur son mariage imminent comme s'il allait vraiment avoir lieu. C'était une farce, et elle n'avait rien de drôle.

Après que bonne-maman l'eut congédiée de son poste à l'entrée, elle circula docilement parmi les invités. Mme Penhallow resta donc seule en haut de l'escalier. Elle avait belle allure dans sa robe de soie gris perle qu'illuminaient un collier de rubis et une aigrette assortie. Ses pommettes aristocratiques étaient un peu colorées, nota-t-elle. Si beaucoup de femmes usaient de fards, Livia doutait que bonne-maman s'abaisse à de telles pratiques. À moins qu'elle n'ait fait une exception ce soir… Elle ne risquait pas de le lui demander, bien sûr.

Elle discuta un moment avec Mme Thorland, demanda à lord Gibbs-Smythe des nouvelles de sa goutte. Elle accepta un verre de limonade, échappa habilement à sir Edward Brinkley, plus mielleux que jamais, mais installa confortablement sa timide sœur près de la cheminée. À la demande de Mme Arbuthnot, elle décrivit en détail la robe de mariée – blanche et argent, ornée de dentelle de Malines – que Mme Lévêque avait créée et à laquelle ses assistantes mettaient la dernière main. Elle réussit même à bavarder, si tant est qu'on puisse employer ce mot, avec M. Olivet.

Gabriel, lui, l'évitait.

Et elle ne pouvait pas l'en blâmer.

L'un dans l'autre, cette soirée était la réception la moins agréable à laquelle Livia ait jamais assisté. Elle ne tarda pourtant pas à se gâter. Elle s'était approchée d'une fenêtre afin de voir quel temps elle aurait pour son périple lorsque Cecily Orr la rejoignit.

— Ma chère Livia, je me demandais si vous étiez retournée au bureau de placement de Mlle Poole, et si vous y aviez trouvé ce que vous cherchiez.

— Et moi, je me demandais où en était la cour de sir Edward, rétorqua Livia du tac au tac.

— Oh, ma foi, il souhaite une réponse rapide. Mes parents aussi, mais je m'efforce de la retarder. Vous ne vous rendez pas compte de ma situation, j'en ai peur, murmura-t-elle en agrippant le bras de Livia. Tous les jours que Dieu fait depuis cet horrible bal chez nous, mère me reproche d'avoir laissé échapper M. Penhallow. Tous les jours, ma petite Livia ! C'est devenu… disons un peu fatigant.

Livia avait l'impression que le beau visage de porcelaine de Cecily se craquelait sous ses yeux.

— On ne peut pas dire que c'était votre faute, n'est-ce pas ?

— Je ne pense pas que mère partage votre point de vue.

— Cela ne me surprend pas. Auriez-vous l'obligeance de lâcher mon bras, mademoiselle Orr ? Vous me faites mal.

— Tant mieux ! répliqua Cecily qui s'exécuta et sourit de nouveau. Si ce n'est pas la mienne, à qui la faute ? Je vous ai vue dans le jardin, j'ai entendu vos protestations, et je vous ai vue au bureau de placement. Je sais ce que vous mijotez, ma petite Livia. J'ai beaucoup réfléchi à votre situation, et j'ai un cadeau pour vous. Quelque chose qui pourrait vous aider à réaliser vos ambitions.

Elle sortit un petit paquet de son réticule de soirée orné de perles et le lui tendit.

— Cela me fait plaisir de vous aider. À moins que je ne m'aide moi-même, je ne saurais dire. Vous ne serez jamais une véritable lady, vous savez. Contrairement à moi. Ma pauvre Livia, je vous plains !

— Je n'ai pas besoin de votre pitié, répliqua Livia en essayant de lui rendre le paquet.

Mais Cecily avait déjà fait demi-tour. Juste à ce moment-là, il y eut une certaine agitation au milieu de la salle bondée.

— Donnez-lui de l'air ! s'écria une voix masculine.

— Madame Penhallow ! Oh, mon Dieu ! s'exclama une femme.

Livia fourra le paquet dans son réticule et se hâta vers le groupe rassemblé au milieu de la pièce. Horrifiée, elle découvrit Mme Penhallow étendue sur le sol.

— Laissez-moi passer, s'il vous plaît ! adjura-t-elle avant de s'agenouiller à côté de la vieille dame, dont le visage était blême. Que s'est-il passé ?

— Elle semblait aller très bien quand tout à coup elle s'est mise à chanceler avant de s'effondrer, expliqua lady Enchwood.

Livia rabattit sur ses chevilles la robe de la vieille dame et lui prit la main. Elle était brûlante.

— Quelqu'un a-t-il des sels ? S'il vous plaît, allez chercher M. Penhallow !

On lui tendit un flacon de sels qu'elle passa sous le nez de Mme Penhallow. Celle-ci gémit, au grand soulagement de Livia. Dieu merci, Gabriel apparut.

— Il faut l'emmener dans sa chambre, chuchota-t-elle.

Le visage fermé, il approuva d'un hochement de tête, puis la souleva dans ses bras avec précaution.

Le temps parut s'étirer tandis que les invités prenaient congé. Lady Enchwood assura à Livia qu'elle allait lui envoyer le médecin sur-le-champ. La jeune femme la remercia distraitement, donna les instructions nécessaires à Crenshaw et attendit courtoisement que les derniers invités aient quitté les lieux. Il dut s'écouler une heure avant qu'elle puisse enfin monter dans la chambre de bonne-maman. Elle semblait toute petite dans son immense lit. Gabriel était à son chevet, ainsi que deux femmes de chambre et Mlle Cott, qui lui frictionnait doucement le front avec de l'eau de lavande.

— Comment va-t-elle ?

— Elle est brûlante, murmura Mlle Cott. Et elle n'a toujours pas ouvert les yeux.

On frappa à la porte, et avant que quiconque ait le temps de répondre, le Dr Wendeburgen fit son entrée, armé de son éternelle sacoche de cuir, que Livia en était venue à détester.

— Que faites-vous là ? s'écria-t-elle, trop bouleversée pour se soucier des bonnes manières.

— Lady Enchwood m'a fait appeler, *liebe* mademoiselle, pour un cas de *Notstand* – une urgence, comme vous dites ici. Allons, laissez-moi voir notre pauvre Mme Penhallow !

Il écarta Mlle Cott et se pencha sur Mme Penhallow. Il lui renifla les oreilles, lui palpa délicatement les chevilles et agita les doigts devant son visage.

— *Ach !* Elle n'est pas restée suffisamment longtemps dans son bain hier ! Elle a les reins dangereusement gonflés de lipides ! Il faut la saigner !

Tandis qu'il sortait de sa sacoche les instruments nécessaires, Mlle Cott s'en alla docilement chercher un récipient. Livia regarda Gabriel, qui paraissait contrarié. Le Dr Wendeburgen retroussa la manche de bonne-maman et prit un scalpel. La pâleur de la vieille dame et la rigidité de son bras frappèrent Livia.

C'était la dernière chose à faire, elle en était certaine.

— Arrêtez tout de suite ! ordonna-t-elle avec une autorité qu'elle ne se connaissait pas.

— Mais mademoiselle Stuart, il faut alléger la pression des lipides !

— Vous m'avez entendue, il me semble ! Sortez de cette pièce.

Livia tremblait de tous ses membres. Elle était prête à arracher le scalpel de la petite main grassouillette du praticien.

— Monsieur Penhallow, voulez-vous dire à cette jeune personne de me laisser continuer, je vous prie ? demanda-t-il, mortifié.

Gabriel croisa le regard de Livia avant de poser les yeux sur sa grand-mère.

— Non. Mlle Stuart a raison. Laissez-nous.

Irrité, le Dr Wendeburgen rangea ses instruments et referma abruptement sa sacoche.

— Je décline toute responsabilité quant aux conséquences ! les prévint-il. J'espère que vous n'aurez pas à regretter votre triste décision. *Abschied !*

Sur ce, il fonça vers la porte et la referma avec un soin exagéré qu'en d'autres circonstances Livia aurait trouvé drôle.

Une fois le silence revenu, elle tira une chaise près du lit et s'y assit. Maintenant que la tension était retombée, et bien qu'elle soit reconnaissante à Gabriel de son soutien, elle commençait à paniquer.

— Et maintenant ? s'enquit-elle d'une petite voix. Y a-t-il un autre médecin à Bath ? Un médecin de confiance ?

— Il y a le Dr Crombie, indiqua Mlle Cott. Mme Penhallow l'a consulté il y a plusieurs années, mais elle ne suivait jamais ses recommandations. Il lui avait dit qu'elle se portait comme un charme et que cela durerait pour peu qu'elle cesse de se faire du mal avec des remèdes de bonne femme. Je suis au regret de le dire, Mme Penhallow ne s'est pas bien conduite avec lui et il a juré de ne plus jamais mettre les pieds dans cette maison.

— Je reconnais bien là bonne-maman, commenta Gabriel. Où habite-t-il ? Je vais aller le chercher moi-même.

Il ne prit pas la peine d'expliquer comment il avait convaincu le Dr Crombie de venir, quoi qu'il en soit, il était de retour avec lui moins d'une heure plus tard. C'était un petit homme sec, à la mine austère et aux manières cassantes. Il examina longuement Mme Penhallow et posa une foule de questions à Mlle Cott.

— Mme Penhallow est très faible, déclara-t-il avec un accent écossais prononcé. À mon avis, elle est profondément dénutrie, probablement à cause des méthodes de ce charlatan de Wendeburgen. Mais pour commencer, il faut faire baisser la fièvre.

— Dites-nous quoi faire, acquiesça simplement Gabriel.

Il envoya très vite une des deux femmes de chambre faire monter du bois pour la cheminée et l'autre demander à la cuisinière de préparer une décoction d'orge et un bouillon. Le Dr Crombie demanda des linges propres et pria Mlle Cott de remiser son récipient si elle ne voulait pas qu'il le jette par la fenêtre.

Il était évident que bonne-maman était sérieusement malade. Tandis que les heures s'égrenaient avec une lenteur épouvantable, elle ne se réveilla que pour tousser et recracher des gorgées de la solution saline et de la décoction d'orge que tentait de lui faire boire le Dr Crombie. À part cela, elle ne donnait aucun signe qu'elle était consciente.

Ses soucis personnels oubliés, Livia demeura au chevet de la vieille dame dans l'espoir de se rendre utile. Mais à part remplacer les linges frais sur son front brûlant, il n'y avait pas grand-chose à faire. Gabriel arpentait la pièce, s'asseyait pour se relever aussitôt et recommençait à faire les cent pas. Les femmes de chambre entraient et sortaient sans bruit, apportant du thé, des rafraîchissements et tout ce dont ils pouvaient avoir besoin.

L'aube les trouva à la même place, pâles et épuisés. Le pire restait cependant à venir. Au petit matin, bonne-maman, les joues en feu, commença à s'agiter et à marmonner des paroles indistinctes. Lui faire avaler quelques gorgées de liquide devint de plus en plus difficile. Le Dr Crombie eut beau leur assurer que c'était bon signe, l'inquiétude demeurait. Ils se relayèrent pour tenter de calmer bonne-maman, lui parlant doucement et changeant les linges frais.

Vers midi, Mlle Cott paraissait au bord de la syncope. Elle ne se laissa convaincre qu'à contrecœur d'aller prendre quelques heures de sommeil.

— Il faut faire des tours de garde, suggéra Livia, sinon nous serons tous bons à rien d'ici peu.

— Quand Mlle Cott reviendra, ce sera votre tour, décréta Gabriel. Et ne discutez pas, je vous en prie.

— Je ne discuterai pas.

Livia regarda le visage empourpré et le corps amaigri de la vieille dame. Elle paraissait si frêle, si vulnérable, qu'elle en eut le cœur serré. Les vieilles rancœurs oubliées, elle n'éprouvait plus que de la pitié.

Durant les jours qui suivirent, il devint impossible de faire la distinction entre le jour et la nuit. Pour Livia, les heures se succédaient, angoissantes, entre les veilles au chevet de bonne-maman, les entretiens à voix basse avec le Dr Crombie, les quelques heures de sommeil et les repas avalés sur le pouce. Le médecin venait et repartait, les domestiques allaient et venaient sur la pointe des pieds. Même la cuisinière quittait de temps à autre ses cuisines pour monter elle-même une assiette de bouillon ou un pot de décoction d'orge.

Gabriel se surprenait à observer Livia avec autant d'étonnement que d'admiration. La jeune fille élégante aux coiffures sophistiquées était bien loin. Une jeune femme aux traits tirés, aux cheveux attachés à la diable et à la robe toute simple souvent froissée l'avait remplacée. Elle ne faiblissait jamais, ne s'accordait pas un instant de répit et exécutait sans attendre les tâches qu'on lui assignait quelles qu'elles soient. Gabriel avait accepté sa présence dans la chambre de la malade. Insensiblement, elle était devenue l'une d'entre eux.

À d'autres moments, alors qu'il tenait la main de sa grand-mère, ou tentait de lui faire avaler une cuillerée de ceci ou de cela, il se rendait compte que malgré ses défauts – son autoritarisme, ses manières tyranniques et sa certitude ridicule d'avoir toujours raison –, elle était devenue, au cours de ces semaines passées à Bath, une partie de sa vie, et qu'il lui était profondément attaché.

C'étaient là des découvertes surprenantes, mais bonne-maman étant de plus en plus agitée, il eut peu l'occasion d'y réfléchir. Elle appelait souvent d'une voix chevrotante Richard, son mari depuis longtemps décédé, et plusieurs fois, elle le confondit avec Henry, son fils aîné, le père de Gabriel.

— Henry ! Je n'aurais pas dû rester loin de toi ! Pardonne-moi !

Elle réclamait aussi ses autres enfants, Titus et Sophia, tous deux morts depuis longtemps. La voix grave de Gabriel parvenait parfois à la calmer. À d'autres moments, seule Livia y parvenait.

— Grand-mère, chère grand-mère, nous sommes là, répétait-elle.

Voilà peu, Gabriel se serait offusqué de l'entendre appeler ainsi Mme Penhallow. À présent, il lui en était reconnaissant. Il ignorait si c'était le terme, ou le fait que ce soit Livia qui l'emploie, il n'empêche que cela la calmait comme par magie.

Il n'aurait su dire quel jour on était – le troisième ou le quatrième de cette épreuve ? – lorsque Crenshaw vint l'avertir que lady Enchwood demandait à le voir de façon urgente.

— Dites-lui que je suis occupé, répondit Gabriel, qui essayait de faire avaler à sa grand-mère une cuillerée de bouillon.

— C'est ce que j'ai fait, monsieur, mais elle insiste.

Livia et Mlle Cott faisaient une sieste amplement méritée. Il supposa que lady Enchwood, l'une des plus proches amies de sa grand-mère, voulait avoir des nouvelles de première main.

— Restez avec ma grand-mère, je vais descendre.

Il trouva lady Enchwood sirotant une tasse de thé.

— Monsieur Penhallow, il faut que je vous parle ! s'exclama-t-elle en reposant sa tasse. Je n'ai pas besoin de vous dire à quel point je suis peinée, mais il fallait absolument que je porte à votre attention les rumeurs qui circulent en ville ! On raconte que vous avez délaissé vos appartements au *York House Hotel* et que vous habitez ici. Sous le même toit que Mlle Stuart ! Ce serait on ne peut plus choquant, si c'était vrai !

— Je pensais que vous étiez venue prendre des nouvelles de ma grand-mère, répliqua Gabriel d'un ton froid.

— Oh, c'est également le but de ma visite ! On n'est toutefois jamais trop prudent quant à sa réputation, vous savez, et après tout ce que Mlle Orr a révélé, je crains que la position de Mlle Stuart dans le monde ne soit… disons fragile. Et la date de votre mariage approche ! Croyez-vous que cette chère Mme Penhallow sera en état d'y assister ? Peut-être dans un de ces si charmants fauteuils roulants ? Le Dr Wendeburgen m'avait indiqué où m'en procurer un l'année dernière, après un terrible accès d'influenza. C'était exactement ce qu'il me fallait, j'avais les jambes en coton, et j'ai pu choisir des coussins dans les couleurs à la mode. Vous n'imaginez pas quel soulagement ç'a été ! J'avais eu peur de devoir me déplacer dans une de ces horribles chaises à porteurs, comme une revenante du siècle dernier !

L'idée d'attraper lady Enchwood par la peau de son cou grassouillet et de la jeter en bas de l'escalier titilla Gabriel. Bath et ceux qui la peuplaient lui avaient toujours déplu, mais à présent, la petite cité lui inspirait une haine farouche.

— Vous semblez effaré, monsieur, et je vous comprends. Ma complète guérison vous stupéfie. Eh bien, moi aussi ! À plusieurs reprises, on m'a crue perdue, figurez-vous. Le Dr Wendeburgen a déclaré que j'étais un miracle vivant.

— Je n'en doute pas, assura Gabriel d'une voix polaire. Si vous voulez bien m'excuser, je dois retourner au chevet de ma grand-mère.

— Un instant ! l'arrêta lady Enchwood. Est-il vrai que vous avez refusé que le Dr Wendeburgen s'occupe de Mme Penhallow ? Cela m'a paru incroyable. J'ai d'ailleurs dit à mes amis et connaissances qu'il s'agissait très certainement d'un mensonge.

Avant de la jeter dehors pour de bon, Gabriel marmonna quelques mots d'excuse et quitta la pièce.

— Débarrassez-nous de cette vieille peau, et ne la laissez plus jamais entrer, ordonna-t-il à Crenshaw, une fois dans la chambre.

L'ombre d'un sourire incurva les lèvres du majordome.

— Bien, monsieur.

Il n'y eut pas d'autres visites importunes, et ce fut heureux, car dans la soirée, la fièvre de Mme Penhallow empira. Quand le Dr Crombie annonça son intention de rester toute la nuit, les craintes de Gabriel s'accentuèrent et, même s'il les garda pour lui, il sentit que Mlle Cott et Livia les partageaient. Aucun d'eux ne voulut quitter le chevet de la vieille dame et lorsque, vers minuit, la cuisinière leur apporta un en-cas, aucun n'eut le cœur de chasser Muffin qui l'avait suivie jusque dans la chambre.

La cuisinière tenta de le faire sortir, mais après avoir agité la queue comme pour saluer l'assistance, il sauta sur le lit de bonne-maman et se roula en boule à côté d'elle. Il refusa de se laisser déloger malgré les cajoleries et les menaces de la cuisinière.

— Laissez-le, finit par murmurer Gabriel d'une voix rauque de fatigue. Il ne peut pas lui faire de mal de toute façon.

Les heures s'égrenèrent. Le Dr Crombie faisait la navette entre le lit de la malade et la bergère où il s'était installé. Bonne-maman marmonnait, soupirait, criait parfois, puis retombait dans un silence pesant. Ils se relayaient près de son lit, s'assoupissaient sur leurs sièges, picoraient dans les assiettes qu'on leur avait montées, avalaient quelques gorgées de thé. Et durant tout ce temps, le petit chien ne quitta pas son poste. Ils avaient l'impression que l'aube n'arriverait jamais. En même temps, Gabriel en avait conscience, tous redoutaient ce qu'elle allait leur apporter.

12

— Qu'est-ce que... c'est que... cette *chose* ?

La voix était faible, à peine un murmure.

Livia se réveilla en sursaut. Hébétée, elle se demanda durant quelques secondes où elle était. La mémoire lui revint en même temps que toutes ses craintes. Se levant d'un bond, elle s'approcha du grand lit.

Mme Penhallow était réveillée, et lucide. Elle fixait Muffin, qui avait passé la nuit lové contre sa hanche. Il leva la tête pour la regarder et agita la queue de la façon la plus aimable qui soit.

La vieille dame paraissait tellement choquée que Livia ne put s'empêcher de rire, réveillant ainsi le Dr Crombie, Gabriel et Mlle Cott, qui se pressèrent autour du lit.

Muffin bâilla, découvrant sa petite langue rose.

— Je... n'aime pas les chiens, murmura bonne-maman, les sourcils froncés. Ils sont sales.

En réponse, Muffin lui lécha le bras.

— Lui a l'air de bien vous aimer, observa Gabriel.

— À Surmont... j'avais... des chiens. Cela remonte à une... éternité. Vous avez l'air... de...

clochards. Gabriel, il faut te raser… et vous… Livia, votre robe… est un véritable… chiffon. Docteur Crombie… je ne pensais pas revoir un jour… votre visage en… lame de couteau.

— Ni moi le vôtre, madame, rétorqua ce dernier sans s'émouvoir avant de lui prendre le pouls.

— Grand-mère, le Dr Crombie n'a pas ménagé sa peine pour vous, lui fit remarquer Livia d'un ton de reproche.

— Grand-mère, répéta la vieille dame en se renfrognant. J'ai été malade, n'est-ce pas ?

Le Dr Crombie s'effaça et Gabriel vint s'asseoir au bord du lit.

— Oui, bonne-maman. Très malade.

— J'ai dû vous causer… beaucoup de tracas, j'en ai peur.

— Oh, oui, beaucoup ! sourit-il.

— Je suis désolée…

— Ne le soyez pas.

Elle soupira, tourna les yeux vers le Dr Crombie.

— Alors ? Je vais survivre ?

— Oui, à condition de ne plus vous approcher de cet abruti de Wendeburgen.

La vieille dame soupira de nouveau, mais ne protesta pas.

— Je prendrais bien une tasse de thé.

— Bien sûr ! répondit aussitôt Mlle Cott, qui s'empressa d'aller tirer le cordon de la sonnette.

— Et apportez quelque chose pour ce… cet animal ridicule.

Le pire était visiblement passé, ce qui était rassurant, pour autant, la convalescence s'annonçait longue. Elle était trop faible pour se montrer combative et cette docilité inhabituelle les maintenait tous en alerte.

L'appétit lui revint peu à peu, et il devint plus facile de lui faire avaler les soupes et les légers breuvages que la cuisinière préparait en quantité suffisante pour tout un hôpital. Elle demeurait cependant alitée, tout comme Muffin, qui ne la quittait plus. De temps en temps, la main de la vieille dame s'égarait pour le caresser furtivement. Elle autorisait Livia à la coiffer, à redresser ses oreillers et à lisser les draps.

— Vous pourriez me faire la lecture, dit-elle d'un ton bourru un jour que Livia lui demandait si elle avait besoin de quoi que ce soit.

Livia fit donc ce qu'elle lui demandait. Bonne-maman la corrigeait parfois et sombrait souvent dans un sommeil réparateur, ce qui permettait à Livia de se consacrer à la jolie liseuse qu'elle lui confectionnait. Le pire étant passé, lire, coudre à son chevet ou s'occuper d'elle ne lui coûtaient pas. La malade avait en fait tendance à s'irriter quand Livia l'abandonnait plus d'une heure ou deux, et la réclamait dès son retour.

Livia se soumettait à ses exigences sans se plaindre. Elle en était heureuse, en fait. Elle vivait l'instant présent et s'offrait le luxe de ne pas faire de projets. Elle avait résolument évité de penser à son avenir. Elle s'était aperçue que bonne-maman avait besoin d'elle, et c'était merveilleux de se sentir nécessaire. Tante Bella, qui avait été plus ou moins invalide tout le temps que Livia avait passé avec elle, n'avait jamais considéré qu'elle pouvait se rendre utile et paraissait au contraire trouver sa présence encombrante.

Aussi hautaine et autoritaire que soit restée bonne-maman malgré sa faiblesse, quelque chose avait changé. Il y avait en elle une douceur nouvelle qu'elle s'appliquait à cacher, mais qui n'en était pas moins réelle. Il suffisait de la voir avec Muffin pour s'en convaincre.

Par un bel après-midi, alors que Livia lisait à Mme Penhallow le poème philosophique de Pope *An Essay on Man*, Gabriel leur rendit visite. S'il avait regagné ses appartements du *York House*, il passait le plus clair de son temps chez sa grand-mère.

— Une petite séance de lecture ? dit-il en souriant.

— Cela faisait longtemps que je n'avais pas lu *An Essay on Man*, avoua bonne-maman. C'est un des ouvrages favoris d'Évangéline, tu sais. Pope prétend que l'univers est fondamentalement parfait et que par conséquent nous devrions accepter la place que nous y occupons.

— C'est souvent plus facile à dire qu'à faire.

Gabriel s'assit au pied du lit et accepta placidement les câlineries de Muffin.

— Descends de là, petit voyou, dit-il.

Le chien s'aplatit en remuant la queue et Gabriel le gratta entre les oreilles.

— Ne vous interrompez pas pour moi. Continuez, je vous en prie.

Livia s'exécuta volontiers. Elle était heureuse. Gabriel était là, grand-mère aussi… et voilà que Mlle Cott faisait son entrée avec un plateau.

— La cuisinière se demande si vous ne prendriez pas un peu de cette fricassée de poulet.

— Certainement pas, répliqua Mme Penhallow. J'aimerais beaucoup que vous cessiez de me gaver comme une dinde de Noël, tous autant que vous êtes !

— Je la remporte, dans ce cas ?

— Non, posez-la. Livia est en train de nous lire Pope. Je suis certaine que vous aimeriez l'écouter, vous aussi.

Mlle Cott prit obligeamment place près de Livia.

— Oh, cessez de bouder, Évangéline ! s'écria soudain la vieille dame. Je vais goûter un peu de cette fricassée.

Elle en prit un peu, la décréta acceptable et en mangea les deux tiers avant de donner le reste à Muffin. Mlle Cott reprit le plateau, Livia redressa les oreillers de la vieille dame et Gabriel se leva.

— Je vais prendre congé, annonça-t-il. Vous avez besoin de vous reposer, bonne-maman.

— Pas tout de suite. J'ai quelque chose à vous dire à tous.

Étonné, Gabriel se rassit. Sa grand-mère, la mine grave, lissa le drap et Livia sentit une pointe d'anxiété courir le long de son échine. Quelque chose tracassait visiblement la vieille dame.

— Je n'ai pas oublié que votre mariage doit avoir lieu dans quatre jours, commença-t-elle enfin. J'hésitais à vous en parler… C'est terriblement égoïste de ma part, mais j'aimerais y assister sur mes deux jambes. Et je ne sais pas si j'en serai capable.

Si Livia n'avait pas oublié le mariage, elle s'était bien gardée de l'évoquer. Elle coula un regard prudent à Gabriel qui, découvrit-elle, la regardait.

Il affichait une expression qu'elle ne sut déchiffrer, cilla et détourna les yeux.

— Lady Enchwood pense que vous devriez y assister en fauteuil roulant, dit-il à sa grand-mère. Elle prétend que celui qu'elle a utilisé était – comment a-t-elle dit, déjà ? – charmant.

— Quelle stupidité ! Franchement, je me demande pourquoi j'ai fréquenté lady Enchwood durant toutes ces années. Elle n'a absolument rien dans le crâne.

Livia considéra la vieille dame avec des yeux ronds et nota que Gabriel esquissait un sourire.

— Inutile de sourire ainsi, ajouta la vieille dame. Si vous n'y voyez pas d'inconvénient, reprit-elle, j'aimerais quitter Bath le plus rapidement possible. Je crains malheureusement, Livia, que cela ne vous prive de réceptions, de bals, de concerts et de toute une vie mondaine.

— Grand-mère, je m'en moque complètement, répliqua impulsivement Livia. Je veux dire… Ne croyez pas que je ne vous sois pas reconnaissante de tout ce que vous avez fait pour moi, mais j'en ai plus qu'assez de Bath.

— Moi aussi ! renchérit Mme Penhallow de façon inattendue. Sachez que je suis au courant des rumeurs déplaisantes qui courent sur votre compte, grâce aux efforts sournois de Mlle Orr, et je me doute qu'elles ont dû vous empoisonner la vie.

— Elles sont insensées !

— Je sais. Cela ne m'a pas empêchée de vous en vouloir, à vous plutôt qu'à ceux ou à celles qui en sont responsables, et je le regrette.

L'après-midi se révélait décidément pleine de surprises. Livia acquiesça silencieusement, les larmes aux yeux.

— Où souhaitez-vous aller, bonne-maman ? Au bord de la mer, peut-être ? suggéra Gabriel.

— Non. Je veux… Ma foi, je voudrais rentrer à la maison.

— Mais vous y êtes.

— Non, tu ne comprends pas. Je veux rentrer à Surmont Hall.

— À Surmont Hall, répéta-t-il tandis que Mlle Cott, soudain très pâle, portait la main à ses lèvres.

Les pensées de Gabriel partaient dans trop de directions à la fois. Le mariage abruptement retardé, les rapports entre Livia et lui qui évoluaient trop rapidement, et maintenant cette requête stupéfiante de sa grand-mère.

Rentrer à la maison ?

Dire que ce n'était pas là ce qu'il désirait, ni ce qu'il avait prévu, serait une litote.

Et cela lui compliquait singulièrement la vie.

Une idée troublante lui traversa l'esprit. Il considéra sa grand-mère. Elle allait certes mieux, mais elle était encore très faible, pâle et amaigrie.

Elle surprit son regard.

— Qu'est-ce qu'il y a ? demanda-t-elle sèchement.

— Ce désir subit de retourner à Surmont, commença-t-il, embarrassé, est surprenant, bonne-maman, c'est le moins qu'on puisse dire.

Vous venez d'être malade, gravement malade, et je me demandais… Enfin, j'espère que…

Elle s'esclaffa.

— Tu as peur que je veuille retourner à la maison pour y mourir, c'est cela ?

— Votre demande est inattendue, reconnaissez-le.

Pour un peu, il se serait tortillé comme un écolier pris en faute.

— Je te l'accorde. Non, mon petit, ce n'est pas pour mourir que je veux rentrer à la maison. Si Dieu le veut, il s'écoulera encore beaucoup d'années avant que cela arrive. Je souhaite rentrer à la maison pour y vivre. J'ai eu le temps de réfléchir ces derniers jours, enchaîna-t-elle en jouant avec l'émeraude à son doigt. Cela fait vingt ans que je ne suis pas retournée à Surmont. J'y suis pourtant née, tu sais.

— Quoi ? Non. Je ne comprends pas.

— Naturellement, tu étais trop jeune quand Henry – ton père – est mort, et je ne me suis jamais donné la peine de t'expliquer certains faits. Oui, Surmont Hall appartenait à ma famille. Mes parents faisaient partie de la branche aînée des Penhallow. Richard, mon mari et ton grand-père, était membre d'une branche cadette et nous étions cousins au troisième degré. S'il se moquait de notre différence de rang, ce n'était pas le cas de mes parents, avoua-t-elle en riant doucement. J'étais leur unique enfant, et une fille de surcroît, mais dans notre famille cela ne signifiait pas que le domaine devait inévitablement nous échapper pour être transmis à de lointains parents. Dieu merci, les femmes Penhallow sont réputées pour leur force de caractère.

Gabriel ne put s'empêcher de jeter un coup d'œil à Livia.

— Oui, reprit la vieille dame en suivant la direction de son regard, des femmes de caractère. Richard est donc venu vivre avec moi à Surmont Hall. Nous savions que, le moment venu, il reviendrait à l'un de nos enfants et resterait ainsi dans notre lignée comme c'était le cas depuis des siècles.

— C'est... un très bel héritage, bonne-maman.

— Veux-tu savoir qui la différence de rang entre Richard et moi dérangeait ? Ton père ! Je suis convaincue que s'il avait vécu il ne t'en aurait jamais parlé.

— Et pourquoi cela ?

Le passé de Gabriel, qui avait toujours été un mystère à ses yeux, prenait vie tout à coup.

— Henry était un adorable garçon, qui voulait toujours connaître les règles pour les suivre scrupuleusement. Il aimait son père, c'est certain, cependant, quand il a épousé son Adélaïde... Je me suis souvent demandé si son statut n'était pas ce qui comptait le plus pour elle. Elle avait une énorme influence sur Henry. En peu de temps, il s'est mis à ressembler à mes parents comme je ne l'aurais jamais cru possible. Richard est... mort peu de temps après le mariage de Henry. J'étais folle de chagrin. J'ai dû causer beaucoup de tracas à Henry et Adélaïde... C'est Évangéline, que je connaissais depuis l'enfance, reprit-elle avec un sourire à l'adresse de Mlle Cott, qui m'est venue en aide, et c'est elle qui a suggéré un séjour à Bath. J'ai donc emmené ma petite Sophia, qui avait quatre ans à l'époque, et Évangéline nous a accompagnées. Adélaïde n'a pas caché sa joie de me voir partir. Elle avait envie d'occuper sa place de maîtresse de maison à Surmont, j'imagine, et c'est bien naturel. Si seulement nous avions... J'ai vraiment essayé de l'aimer, mais ce n'était pas facile.

— Je ne me doutais de rien, murmura Gabriel, ému de voir les yeux de sa grand-mère s'emplirent de larmes.

— C'est entièrement ma faute. J'ai enfoui tous ces événements pénibles au plus profond de moi pendant toutes ces années. Je ne voulais pas réveiller ma peine. Cependant, quand on doit affronter sa propre disparition, on voit les choses différemment. Et on devient plus honnête, peut-être. Ne rien te dire serait insupportablement égoïste de ma part. Je te fais cependant un portrait bien sombre de ta mère.

— Je n'ai aucun souvenir d'elle, vous savez.

— Comment le pourrais-tu ? Elle t'a confié aux domestiques pratiquement dès la naissance.

— Comment était-elle ? Sa personnalité, ses centres d'intérêt ?

— C'est difficile à dire. Elle était très fière. C'était une femme du monde accomplie et une véritable beauté. Mais elle se livrait si peu, elle était tellement inaccessible qu'il était impossible de savoir s'il se cachait quelque chose derrière cette façade. Elle était si belle que sa seule présence suffisait à éblouir, sans qu'elle ait besoin d'ouvrir la bouche. Ce sont mes parents qui avaient attiré l'attention de Henry sur elle et qui ont soutenu avec enthousiasme l'idée d'un mariage. Je suis sûre que tu en apprécies l'ironie.

— En effet, murmura Gabriel sans conviction.

— Richard et moi aurions été bien en peine de dire si Henry était vraiment amoureux d'Adélaïde ou s'il était plutôt séduit par l'idée qu'elle était l'épouse qui lui convenait. Nous lui avons posé la question, avec le plus de tact possible, mais il ne s'est pas montré très disert. Et il était très têtu. Il voulait Adélaïde et elle... Ma foi, elle voulait qu'il la désire pour épouse. Ils formaient un très beau couple, ajouta la vieille dame, mélancolique. Ils se sont mariés à Surmont, bien entendu. Et tu étais un bébé magnifique ! Tu as les cheveux de Henry, en revanche, ces paillettes d'or dans tes yeux viennent de ta mère. Et tu as, je suis heureuse de le dire, le même nez que Richard. J'avais eu le front de lui déclarer, peu de temps après notre première rencontre, que c'était ce qu'il avait de mieux.

— Comment était Richard, grand-mère ? voulut savoir Livia.

— Mon Richard était merveilleux, répondit-elle d'un air rêveur. Vous devez penser que je ne suis qu'une vieille gâteuse à cheval sur les convenances, continua-t-elle, mais j'ai eu mon lot d'aventures quand j'étais jeune, vous savez !

— Vous nous choquez, bonne-maman, déclara Gabriel en ébauchant un sourire. Racontez-nous.

— Oh, oui, grand-mère, s'il vous plaît ! renchérit Livia.

— Non, ce sera pour une autre fois.

— Ce n'est vraiment pas gentil, lui reprocha son petit-fils. Nous allons être obligés d'inventer toutes sortes d'histoires osées, de vous imaginer déguisée en corsaire, attaquant des navires marchands sans défense, ou battant la campagne avec une troupe de comédiens ambulants et enchantant les foules par vos extraordinaires performances théâtrales.

Elle s'esclaffa et Gabriel aussi. Il n'en revenait pas. Jamais il n'aurait cru possible d'avoir une conversation aussi personnelle avec sa grand-mère, rire avec elle, en un mot, la découvrir aussi humaine.

Son regard revint à Livia. Elle aussi souriait et, tout à coup, il sentit un lien puissant entre eux, plein de vie et d'énergie, qui le stupéfia par sa force.

Venait-il d'elle ou de lui ? Était-il réel ?

Était-il le jouet de son imagination ?

Il secoua la tête.

Il y avait entre eux tant de questions sans réponse. Il ne savait pas quoi penser d'elle, ni de leur situation. Tout ce qu'il savait, c'était qu'ici et maintenant... il était heureux...

Et heureux de l'avoir à ses côtés.

Cela lui suffisait pour le moment.

— Je suis fatiguée, je vais faire une petite sieste, annonça sa grand-mère.

Elle paraissait fatiguée en effet, et cependant apaisée, constata-t-il avec satisfaction.

— Je me suis attardé trop longtemps, dit-il d'un air contrit.

— Certainement pas ! Mais nous avons des dispositions à prendre. Es-tu prêt à m'emmener – à nous emmener – à Surmont ?

À cette question au moins, il n'était pas difficile de répondre.

— Bien sûr.

— Parfait. J'ai tellement hâte de revoir ma roseraie ! J'ai eu une querelle féroce avec le jardinier à propos de la supériorité de la rose de Chine sur la rose de Provins. Comme s'il y avait le moindre doute ! Il y a eu une femme au village qui a donné naissance à des triplés. Cela a stupéfié tout le monde. Vous vous souvenez, Évangéline ? Elle a donné mon prénom à l'une de ses filles. Elle l'aurait donné aux deux si je l'avais laissée faire, et peut-être au garçon également. Je suis curieuse de savoir ce qu'ils sont devenus... Oh, et je vous montrerai l'endroit que je préférais plus que tout quand j'étais enfant, un siège creusé dans la pierre au bord de la rivière, sous le plus joli saule pleureur que j'aie jamais vu.

— J'ai hâte de voir tout cela, grand-mère ! dit Livia en se levant.

— Vous reviendrez quand je serai réveillée pour poursuivre votre lecture ?

— Volontiers, assura la jeune fille.

— Peut-être un peu de Shakespeare, murmura bonne-maman avant de fermer les yeux.

Vu la faiblesse de Mme Penhallow, dire que toute la maisonnée fut prise d'une activité frénétique lorsqu'on apprit que la famille partait pour Surmont Hall aurait été exagéré. Une certaine excitation à l'annonce des changements à venir n'en était pas moins sensible. Même alitée, la vieille dame prit la direction des opérations tel un monarque des siècles passés. Muffin ne la quittait pas et ne faisait exception que pour certains visiteurs – sans qu'on sache trop pour quelles raisons.

Bonne-maman daigna recevoir quelques connaissances pour une espèce de petite cérémonie des adieux – où on la complimenta sur sa nouvelle liseuse –, mais elle refusa plus de visites qu'elle n'en accepta. Livia avait l'impression qu'elle était déjà à Surmont Hall par l'esprit et anticipait les plaisirs qui les y attendaient. Les années à Bath commençaient à se fondre dans le passé.

La vieille dame passa de longues heures à choisir ce qu'elle voulait emporter et ce qu'elle laissait derrière elle. Elle revoyait sans cesse ses listes, changeant d'avis si souvent que seule la légendaire impassibilité de Crenshaw pouvait y résister. C'était évidemment à lui qu'il revenait de tout superviser.

Bonne-maman passa également beaucoup de temps à décider des modalités du voyage.

La plupart des domestiques précéderaient la famille dans des voitures de louage et emporteraient tout ce qui pouvait l'être sans trop manquer à ceux qui restaient en arrière. Chargés comme ils le seraient, il fallait bien compter quatre jours de voyage. Bonne-maman, quant à elle, entendait ne pas passer plus de deux jours sur les routes et s'arrêter à Wells pour la nuit. Elle se déclara prête à un départ immédiat, mais Gabriel doutait qu'elle soit capable de supporter les rigueurs du voyage, même dans sa luxueuse berline. Après s'être disputés à ce sujet, ils finirent par trouver un compromis qui ne satisfit aucun des deux.

— Très bien, dans une semaine, dans ce cas ! concéda la vieille dame avec autant d'enthousiasme que si on lui avait demandé de marcher sur des charbons ardents.

— Pendant que nous y sommes, reprit Gabriel, une pointe d'acidité dans la voix, où pensez-vous descendre à Wells ?

— Je m'arrête toujours au *Grand Cerf*. C'est là que nous descendrons, bien entendu.

— Vous aimez les puces ?

— Il n'y a pas de puces au *Grand Cerf* !

— Il y en avait la dernière fois que j'y ai dormi.

— C'est peut-être ta personne qui les attire.

Gabriel foudroya sa grand-mère du regard et Livia le trouva plus séduisant que jamais avec ses yeux sombres étincelant de colère. De nouveau, la vision d'une vaste nursery vide s'imposa à elle, et elle se laissa aller à imaginer à quoi ressemblait Surmont Hall.

Il n'avait sûrement rien de commun avec Ealdor Abbey, ce château moyenâgeux, humide et froid, aux épaisses murailles de pierre. La seule autre demeure patricienne qu'elle connaissait était celle des Orr, mais il s'agissait d'une construction moderne rigoureusement symétrique. Surmont Hall, qui était bien plus ancien, devait être très différent. Une des pièces que Livia entendait explorer en priorité était la galerie des portraits. Bonne-maman lui avait raconté qu'elle la sillonnait en courant lorsqu'elle était petite et qu'elle était fascinée par les douzaines de portraits accrochés aux murs.

Livia voulait voir si elle y trouverait un portrait de Gabriel enfant. Avait-il des joues rondes et des petites jambes potelées ? Elle sourit en se demandant s'il était déjà très volontaire quand il était petit.

— C'est l'idée des puces qui vous amuse ? lui demanda-t-il plutôt sèchement.

Livia battit des paupières.

— Je vous demande pardon ?

— L'idée de me voir couvert de piqûres de puce semblait beaucoup vous amuser.

— Oh, pas du tout ! Je rêvassais.

— Cela vous concerne également, je vous rappelle. Vous feriez donc peut-être bien d'écouter.

— Comme si j'avais mon mot à dire, rétorqua-t-elle, irritée par son ton.

— Vous pourriez vous prononcer en faveur d'une auberge sans vermine.

— Je ne connais aucune auberge à Wells, je n'y suis jamais allée.

Bonne-maman choisit ce moment pour revenir à l'assaut.

— Je suppose que tu souhaites descendre au *Cygne*.

— Comme s'il y avait un autre établissement à Wells où l'on puisse raisonnablement envisager de mettre ses chevaux à l'étable !

— Les draps y sont toujours humides.

— Qu'en savez-vous ? Vous venez de dire que vous descendez toujours au *Grand Cerf*.

— Tout le monde le dit !

— Très bien ! Vous descendrez au *Grand Cerf* et moi au *Cygne* !

— Ne sois pas ridicule !

— Cela n'a rien de ridicule. Cela me paraît même une solution raisonnable.

— Dois-je te rappeler que nous voyageons sous ta protection ? rétorqua sa grand-mère avec un sourire triomphant.

Elle avait apparemment marqué un point car Gabriel répliqua :

— Ne me faites aucun reproche si nous quittons tous le *Grand Cerf* avec des puces !

— Sois tranquille, je ne t'en ferai pas. Dieu que tu es grincheux aujourd'hui ! Va faire une promenade à cheval, cela te calmera. C'est ce que faisait Richard, même s'il n'était jamais aussi désagréable que toi.

— Je suis au regret de vous informer qu'il pleut.

— Tu n'as aucune autre occupation ? Tu as sûrement mieux à faire que de harceler une malheureuse vieille dame sans défense.

— C'est cela, sans défense, grommela-t-il en la fusillant du regard.

Une bonne dispute avait quelque chose de vivifiant, songea Livia. Bonne-maman avait les joues roses, et Gabriel était tellement séduisant qu'elle avait envie de l'enlacer et de l'embrasser.

— Vous recommencez à vous moquer de moi ! lui reprocha-t-il.

— Je ne me moque pas de vous !

Piquée au vif, rougissante, elle baissa les yeux sur Muffin roulé en boule sur ses genoux. Il leva ses bons yeux vers elle et se retourna sur le dos, l'invitant à lui gratter le ventre.

C'est alors qu'elle la vit.

— Muffin a une puce !

Bonne-maman poussa un petit cri tandis que Gabriel éclatait de rire. Mlle Cott, qui s'occupait à quelques travaux d'aiguille, demeura absolument impavide lorsque bonne-maman l'appela à la rescousse, au point que la vieille dame dut l'appeler à deux reprises pour obtenir une réaction.

Livia la vit sursauter, lâcher son ouvrage, puis le ramasser distraitement avant de répondre enfin :

— Vous désirez des biscuits ? Je vais en demander tout de suite !

13

Livia n'eut pas le temps de s'interroger sur l'étrange distraction de Mlle Cott. En moins de temps qu'il ne faut pour le dire, la chambre de bonne-maman fut le théâtre d'une activité frénétique. Un valet se hâta d'emmener Muffin pour lui donner un bain, des femmes de chambre plongèrent dans les armoires et dans l'énorme commode de chêne pour inspecter les vêtements qu'elles contenaient tandis que d'autres domestiques attendaient pour changer les draps. Bonne-maman réclama sa robe de chambre. À la surprise générale, elle se leva sans aide, et, une fois peignoir et pantoufles enfilés, accepta le bras de Livia pour rejoindre d'un pas hésitant un fauteuil près de la cheminée, d'où elle observa le ballet des domestiques.

Gabriel marmonna quelque chose que sa grand-mère préféra ignorer à propos de la résurrection de Lazare. Livia, quant à elle, se demanda si la vieille dame n'avait pas un peu exagéré son état de santé afin de se faire dorloter.

À part la fidèle Mlle Cott, qui, au cours des vingt dernières années, s'était jamais soucié d'elle ?

Cela expliquait peut-être que la vieille dame, qui ne se laissait certes pas facilement abuser, ait pu se retrouver si dépendante de cet horrible Dr Wendeburgen. Avoir quelqu'un qui prenne soin de vous n'était-il pas l'un des besoins les plus élémentaires ?

Elle évita de regarder Gabriel. Elle ne voulait surtout pas penser à… certaines choses. Elle préférait garder de telles pensées soigneusement enfouies, comme les vieilles bottines cachées au fond de son armoire.

Finalement, bonne-maman put regagner son lit. Muffin, irréprochablement propre, se vit autoriser à revenir dans la pièce et ils dînèrent en famille après qu'on leur eut monté des plateaux. Mme Penhallow avait toujours bonne mine malgré toutes ces émotions et à la voir attaquer avec ardeur une côtelette grillée, personne n'aurait soupçonné que, quelques semaines plus tôt, elle ne consentait à avaler que des pâtés de navets, des flocons d'avoine et du gruau.

Tout le monde était détendu. Gabriel s'abstint de tout commentaire ironique, et sa grand-mère de provoquer une querelle. Toute trace d'hostilité avait disparu et il alla même jusqu'à lui baiser galamment la main en prenant congé, ce qui lui valut un chaleureux sourire.

Était-ce ainsi qu'il en allait des familles ? se demanda Livia. On pouvait se disputer, se critiquer, se mettre en colère et se fâcher, mais une fois que tout était dit, il ne restait que la puissance des liens tissés par l'affection et les expériences partagées.

Ce n'était pas à Ealdor Abbey qu'elle aurait pu le découvrir. Quant à sa mère et à son grand-père, ils n'étaient que les ombres d'un trop lointain passé, de pâles fantômes sans substance.

Elle aurait aimé que Gabriel lui baise la main, à elle aussi.

Et sur ces réflexions mélancoliques, elle alla se coucher.

Les domestiques partirent enfin dans les voitures de louage, suivis de grands chariots chargés des bagages. Seule une poignée de serviteurs accompagnerait la famille quelques jours plus tard. Malheureusement, une série d'incidents arrêta la caravane au deuxième jour de voyage. Deux des chevaux perdirent un fer, l'essieu d'une des voitures cassa, un des valets de pied se foula le poignet en attachant une pile de bagages et la cuisinière se blessa, légèrement, Dieu merci.

Crenshaw rapporta ces incidents dans une lettre détaillée.

— J'avais l'espoir qu'ils arriveraient bien avant nous, pour autant je ne veux pas retarder notre départ, déclara bonne-maman avec un regard de défi à l'adresse de Gabriel.

— Comme vous voudrez. Mais Surmont ne sera peut-être pas prêt comme vous le souhaitez.

— Et pourquoi cela ? J'ai écrit à Mme Worthing pour la prévenir de notre arrivée.

— À qui ?

— C'est la gouvernante de Surmont Hall. Une jeune fille du village que j'avais engagée juste après son mariage. J'avais deviné son potentiel et je suis heureuse de dire qu'elle s'est montrée fort compétente. Elle a en particulier une recette de cire pour les meubles sans pareille. Il me semble qu'elle utilise de l'écorce de citron très finement moulue mélangée à de la cire d'abeilles. Quoi qu'il en soit, je suis sûre qu'elle a tout bien en main. Pourrais-tu venir ici demain pour faire une dernière inspection avec moi avant notre départ ? J'apprécierais de m'appuyer sur ton bras.

— Volontiers.

Gabriel revint donc le lendemain, juste au moment où la pluie recommençait à tomber. Un vent froid et chargé d'humidité s'était levé. L'automne était dans l'air, maussade ici, mais peut-être plus clément à Surmont, se dit-il en gravissant l'escalier d'un pas alerte. La saison de la chasse allait bientôt commencer et il pourrait inviter quelques amis.

Il commença à en dresser la liste : Quigley, Farr, Deakin, Donahoe, des camarades de pension avec qui il était resté en relation. Et ce vieux Hetherenton, bien sûr, ainsi qu'Oxley... Il avait à peine eu le temps de les voir à Londres depuis son retour du Continent, mais ils formaient une joyeuse petite bande. L'idée de les recevoir à Surmont Hall lui paraissait curieuse, presque surprenante même, mais il avait hâte de les revoir. Et de leur présenter Livia...

La maison dégageait cette atmosphère particulière qui précède les départs, pourtant il était totalement insensible à la mélancolie qui va souvent de pair. Sa grand-mère était d'excellente humeur, elle aussi, tandis qu'il lui faisait faire un dernier tour du propriétaire. Elle avait tellement travaillé à ses listes qu'elle ne trouva que deux objets – heureusement peu encombrants – à emporter avec eux : un petit buste de Dante et un vase plutôt laid qui avait, expliqua-t-elle, une valeur sentimentale.

Ils dînèrent une dernière fois tous ensemble dans sa chambre. Tandis que la pluie martelait les carreaux, la vieille dame les régala de souvenirs de son enfance à Surmont et leur décrivit avec un luxe de détails les bals splendides qu'on y avait donnés dans sa jeunesse.

Gabriel se sentit gagné par son enthousiasme. Lui qui ne s'était jamais beaucoup intéressé à Surmont était maintenant plein de curiosité. Que ferait-il une fois là-bas ? Il commencerait par se familiariser avec le château et avec les écuries. Il ferait enfin la connaissance d'Eccles, le régisseur, et des fermiers. Peut-être se lancerait-il dans un élevage de chevaux...

Livia bâilla discrètement et Mlle Cott dodelina de la tête.

— Pardonnez-moi, dit Livia, mais j'ai passé la journée à courir dans toute la maison.

— Nous avons tous eu une journée chargée, admit bonne-maman. Allez vous coucher. Vous aussi, Évangéline. Sonnez Bettina en partant, s'il vous plaît. Gabriel, veux-tu l'attendre avec moi ?

— Bien sûr. Je me raccompagnerai ensuite tout seul.

— Vous n'aurez pas le choix, intervint Livia. Il n'y a pratiquement plus de domestiques et je pense qu'ils sont tous au lit, à part Bettina. À demain matin. Bonne nuit.

Gabriel passa le quart d'heure qui suivit à faire des plans avec sa grand-mère à propos des réceptions et des bals, une fois que quelques améliorations auraient été apportées – de nouvelles tapisseries dans la plupart des chambres et peut-être des tapis –, et du mariage en grande pompe dans la chapelle où les parents de Gabriel s'étaient mariés, où bonne-maman avait épousé son cher Richard, et où la plupart des Penhallow avaient prononcé leurs vœux.

— Ce sera parfait, acquiesça Gabriel, pour une fois d'humeur accommodante.

La vision de Livia en robe de mariée s'avançant vers lui qui se tenait devant l'autel surgit dans son esprit. Sa rêverie restait assez vague vu qu'il n'avait pratiquement aucun souvenir de la chapelle. En vérité, il n'avait pratiquement aucun souvenir de Surmont Hall. Il gardait quelques images confuses de sa chambre à coucher – une pièce qui lui paraissait immense avec un lit qui semblait haut de dix pieds – et d'une nursery, également gigantesque, mais très ensoleillée et remplie d'objets intéressants : jouets, livres, globe terrestre, microscope. Il y avait des domestiques, nombreux et plutôt anonymes. Il y avait une personne qu'il appelait « Nanny », se souvint-il. En fouillant dans sa mémoire lui revenaient les images fragmentaires d'un tablier blanc, d'un visage rond et souriant, et d'un regard bienveillant. Elle lui donnait des pommes au four si délectables qu'encore maintenant, l'eau lui venait à la bouche rien que d'y penser.

Gabriel prit congé de sa grand-mère à l'arrivée de Bettina, la femme de chambre. Il s'engagea dans le long couloir plongé dans la pénombre, passa devant une rangée de portes closes et déboucha enfin sur le palier.

De l'autre côté, une porte s'ouvrit sur Livia, pieds nus dans sa longue robe blanche. Il se figea et la contempla, tout comme elle s'était immobilisée, les yeux écarquillés, les lèvres entrouvertes.

Gabriel songea soudain à Artémis, déesse de la nature et de la chasse, et quelques vers du poète grec Hésiode lui revinrent en mémoire.

Léto s'unit d'amour avec le maître de l'égide
et donna naissance à Apollon et Artémis,
tous deux habiles archers,
tous deux plus beaux
que n'importe lequel des dieux de l'Olympe.

On racontait qu'Orion, son compagnon de chasse, était parvenu à s'assurer le cœur d'Artémis, et même si Gabriel ne se comparait en rien aux dieux de l'Olympe, quelque chose dans les mots « unis d'amour » – une expression aussi poétique que charnelle – le troubla tant qu'il se surprit à marcher vers Livia, silhouette fantomatique dans la pénombre du corridor. Comme Artémis, elle paraissait prête à fuir à tout moment.

— Tout va bien ? s'enquit-il d'une voix douce.

— J'ignorais que vous étiez encore là. C'est que... je pensais réussir à déboutonner ma robe toute seule, mais je me trompais. Je ne voulais pas attendre Bettina ni réveiller une autre femme de chambre, alors je... j'ai pensé aller voir Mlle Cott.

Dieu qu'il avait envie d'elle. Tout son corps n'était que désir flamboyant...

— Je peux vous aider, si vous voulez, proposa-t-il, au prix d'un effort considérable pour calmer ses ardeurs.

Livia se contenta de le dévisager longuement.

— Venez, finit-elle par murmurer.

Elle pivota et rentra dans sa chambre sans vérifier s'il la suivait.

Il la suivit.

Il referma la porte derrière lui avec précaution.

Le petit bruit sec du pêne dans la gâche lui parut assourdissant.

À quelques pas de lui, Livia lui présentait le dos. À la lueur vacillante d'un candélabre posé sur la table de nuit, il vit que, sur la vingtaine de boutons de nacre fermant sa robe, il en restait cinq, petits globes brillants qui lui évoquaient des perles.

— Allez-vous verrouiller la porte ? s'enquit-elle sans se retourner.

— Oui.

C'est ce qu'il fit avant de la rejoindre. Il était tout près d'elle à présent, mais ils ne se touchaient pas. Il sentait son sang courir plus vite dans ses veines. Et ce flot d'énergie qui surgissait de nouveau entre eux avec la force d'une tempête. Son sexe était dur, si dur, pourtant il ne bougea pas. Il constata avec plaisir que Livia respirait plus vite comme si elle aussi éprouvait le même désir impérieux.

Il l'enlaça, pressa les lèvres sur sa nuque et aspira avec délices ce doux parfum de cannelle qui semblait n'appartenir qu'à elle.

— Oui, Gabriel, oui, chuchota-t-elle en se laissant aller contre lui.

C'était une nouvelle façon de l'encourager et il sourit en traçant de la langue la ligne de son cou. Bonté divine, il pourrait la dévorer !

Une rafale de vent plus violente que les autres projeta la pluie contre les vitres.

— Il pleut encore, lui murmura-t-il à l'oreille. Cette fois, nous pourrions peut-être nous allonger.

Il embrassa le lobe délicat de son oreille, l'explora de la langue, lentement, paresseusement, mimant l'acte intime. Elle fut secouée d'un long frisson et se pressa plus étroitement contre lui.

Il rit tout bas et recula d'un pas pour achever de déboutonner sa robe qu'il fit tomber à ses pieds, ne lui laissant que son jupon, sa chemise et son corset. Malgré l'excitation qui s'était emparée de lui, il posa sans hâte les mains sur ses épaules pour la faire pivoter face à lui.

Elle le regarda, affichant un curieux mélange de calme et de tension, de sérénité et de passion. La savoir consentante ne fit qu'accroître son désir.

Au fond de lui, il s'émerveillait de réussir à se maîtriser alors qu'il n'avait qu'une envie : lui arracher ses derniers vêtements, plaquer son corps nu contre le sien, l'étendre sur le lit et la posséder jusqu'à ce que la jouissance lui arrache un cri comme dans cette affreuse cabane quelque part sur la route de Bath à Stanton Drew.

— Vous êtes sûre ? murmura-t-il.

— Tout à fait sûre.

— Il ne faudra pas faire de bruit.

— Je sais.

— J'espère que votre lit ne grince pas.

— Il n'y a qu'un seul moyen de le savoir.

— Ne me pressez pas. Dénouez vos cheveux.

— Faites-le vous-même.

Les mains de Gabriel glissèrent de ses épaules à sa gorge. Aussitôt, la même mystérieuse énergie se déploya entre eux.

— Vous me dites quoi faire maintenant ?

— Oui.

Il sourit, puis entreprit de retirer les épingles et les peignes qui retenaient sa chevelure. Les épaisses mèches soyeuses cascadèrent sur ses épaules et il se rappela soudain que dans le couloir du *Lièvre roux* il s'était demandé si sa chevelure serait douce contre sa peau.

Livia regardait faire Gabriel. Elle attendait passivement, à la fois détendue et crispée, savourant sa proximité et la sensation de ses doigts dans ses cheveux. Quelques minutes plus tôt dans le couloir, elle avait su que c'était à elle de décider, qu'il accepterait sa décision quelle qu'elle soit. Quand ils avaient fait l'amour la première fois, elle avait eu honte ensuite, elle avait eu des regrets. Sur le seuil de sa chambre, elle s'était demandé si cette fois-ci ce serait différent. Les choses avaient-elles changé entre eux ?

Elle n'en était pas sûre, mais elle l'espérait. Elle n'en avait pas moins l'impression de se trouver au bord d'une très haute falaise, se préparant peut-être à faire une chute qui causerait sa perte.

Le risque était énorme.

Sa décision était prise cependant.

Elle allait s'accommoder de cette incertitude.

Elle allait saisir son avenir – leur avenir – à bras-le-corps. Et ce serait délicieux.

Gabriel avait terminé, ses cheveux flottaient maintenant librement sur ses épaules. Il posa sur la coiffeuse les peignes et les épingles, et la grâce de ses gestes, chez un homme aussi imposant, aussi vigoureux, la fascina. Une flèche de désir la traversa. Pas une seconde elle ne chercha à lutter contre. Comment l'aurait-elle pu alors qu'elle sentait de nouveau la douce moiteur sourdre au creux de ses cuisses ?

Ils se faisaient face maintenant, tel un couple de danseurs. La seule différence, c'était qu'il leur appartenait de choisir les pas et les figures.

Livia attendit.

La pluie martelait toujours les vitres. Dans la cheminée, une bûche se brisa dans un claquement sec.

Gabriel s'agenouilla à ses pieds.

Et l'espace d'un instant, elle oublia de respirer.

Toujours avec cette merveilleuse et insoutenable lenteur, il glissa les mains derrière ses cuisses, avant de poser la bouche sur son sexe, qu'il embrassa à travers le fin linon. Et malgré ses vêtements, Livia sentit sur sa chair intime la chaleur de son souffle et l'humidité de sa langue.

Elle tendit la main pour lui caresser les cheveux, mais il l'arrêta.

— Non, murmura-t-il sans lever la tête. Laisse-moi faire.

Il retroussa son jupon. Il ne restait plus entre eux que sa chemise à présent. Et voilà que sa bouche – ses lèvres, sa langue, si douce et insistante – reprenait possession de son sexe. Les jambes tremblantes, Livia aurait voulu rejeter la tête en arrière, fermer les yeux et agripper quelque chose pour ne pas tomber.

Mais pour rien au monde elle n'aurait voulu briser la magie de ce moment ni se priver de la vue de Gabriel, l'homme qu'elle…

L'homme qu'elle aimait.

Cette révélation l'aveugla, incendia son cœur, son âme, son corps. Un instant, elle faillit s'esclaffer. Quel moment curieux pour analyser ses sentiments… Et pourquoi pas, après tout ?

Pourquoi pas, alors qu'il lui offrait ces plaisirs exquis ?

Depuis combien de temps aimait-elle cet homme, si séduisant et intelligent, si arrogant et exaspérant, si… habile avec sa bouche et ses mains ?

Elle perdit le fil de ses pensées tandis qu'un flot de sensations plus délicieuses les unes que les autres cascadaient en elle.

Elle voulait attendre cependant, repousser sa jouissance pour la savourer avec lui, ensemble.

— Arrête, souffla-t-elle en lui agrippant les cheveux.

— Non. Tu y es presque…

— Arrête, je t'en prie.

Il obéit et la lâcha. Quand il leva la tête pour la regarder, ses yeux ressemblaient à deux lacs sans fond.

— Tu te rends compte du pouvoir que tu as sur moi ?

— Du pouvoir ? Que veux-tu dire ?

— Regarde-moi. Je suis à tes pieds. Volontairement de surcroît.

— Ne sois pas ridicule. Cela n'a rien à voir avec le pouvoir. Lève-toi.

Il s'exécuta sans hâte.

Ce fut au tour de Livia de s'agenouiller, de déboutonner ses pantalons, avec plus de dextérité que la première fois, révélant son érection.

— Oh, mon Dieu ! gémit-il.

— Chut !

Sa bouche chercha son sexe mais Gabriel était trop grand, ou c'était elle qui était trop petite, et trop affolée par le désir. Alors elle se releva prestement, le prit par la main, l'entraîna vers le lit et s'assit sur le bord.

C'était mieux ainsi. C'était même parfait. Elle l'attira plus près, le frôla de ses lèvres. Il était rigide, chaud, et sa peau était d'une douceur de soie. Elle fit courir sa langue sur toute la longueur et elle vit que cela lui plaisait.

Beaucoup…

Timidement, elle le prit dans sa bouche. Cela aussi lui plaisait. Elle ne savait pas très bien quoi faire, pourtant, une sorte d'instinct la guida, même si ses dents la gênèrent parfois. Si Gabriel tressaillit légèrement, il ne se retira pas. Lorsqu'elle caressa les deux globes dessous, il prit une brève inspiration.

Cette fois, il se recula.

— Les vêtements, marmonna-t-il. Il y en a toujours trop.

Il se débarrassa de sa cravate. Il n'était plus question de lenteur maintenant. Avec une merveilleuse efficacité – avec précipitation même –, il enleva ses bottes, sa chemise, ses pantalons et ses sous-vêtements, et se tint nu devant elle.

Livia le contempla, fascinée. Elle l'avait toujours trouvé magnifique, mais elle le découvrait athlétique, tout en muscles saillants qui ondulaient au moindre mouvement. Alors qu'elle aurait voulu prendre le temps de le contempler, il se détourna pour aller vers la table.

— Que fais-tu ?

— Je souffle les chandelles.

— Non, laisse-les.

— Tu es sûre ?

— Oui. Je veux te voir.

— À tes ordres !

Une vraie dame l'aurait probablement laissé éteindre les chandelles, mais pour le moment, elle se moquait d'être une vraie dame.

— Tu ne m'as jamais paru particulièrement obéissant, commenta-t-elle avec un petit sourire provocant.

— Non, en effet. C'était juste une figure de style. Debout.

— Quelle autorité, murmura-t-elle, suave, sans pour autant bouger.

Sans un mot, il la prit par le bras et la fit se lever sans ménagement. Avec la même impatience, il dénoua le cordon de son jupon, le laissa glisser à terre, puis la débarrassa de sa chemise qu'il jeta sur le sol.

Maintenant, elle était nue, elle aussi.

Livia s'attendait qu'il la dévore comme elle l'avait fait avec lui quelques instants plus tôt, or, il se contenta de poser les mains sur ses épaules et de la faire rasseoir. Elle eut à peine le temps de réagir que déjà Gabriel était sur elle. Il lui écarta les jambes, se positionna à l'orée de sa féminité, puis s'immobilisa – elle eut toutefois l'impression qu'il dut faire appel à ce qui lui restait de volonté.

Cette attente délectable la laissait toute molle. Elle leva les bras au-dessus de sa tête, offerte, creusa légèrement les reins pour attirer l'attention sur ses seins dont les pointes se dressaient orgueilleusement.

— Tu crois..., commença-t-elle.

Délicatement, elle souleva les hanches de sorte que l'extrémité de son sexe touche sa fente humide. Le tressaillement de Gabriel lui apparut comme une réponse flatteuse.

— Tu crois qu'il va pleuvoir demain ?

Il la dévisagea à la lueur incertaine des chandelles. Leurs visages étaient si proches qu'elle voyait les paillettes dorées dans ses yeux.

— Tu es un véritable démon, souffla-t-il.

Quand il plongea en elle, elle se retint de crier de bonheur, de hurler son plaisir de le sentir l'emplir toute. Elle attira son visage à elle et l'embrassa à pleine bouche.

Il lui rendit son baiser avec ardeur, sans cesser d'aller et venir en elle. Elle enroula les jambes autour de ses hanches, se soulevant pour mieux l'accueillir, ondulant à son rythme. Son corps était un instrument dont Gabriel jouait avec une virtuosité bouleversante. À moins que ce ne soit *lui* l'instrument dont elle apprenait à jouer...

« Continue, continue, continue », chantaient son corps et son cœur.

Elle n'aurait su dire combien de temps dura cette exquise union. Ils étaient au-delà des mots. Très vite – trop vite –, elle se cabra et vola en éclats. Il pressa sa bouche sur la sienne pour recueillir son cri, donna un ultime coup de reins avant de se laisser balayer par l'extase.

Il demeura allongé sur elle un long moment, pesant de tout son poids. Elle sentait contre son cou le chaume de sa barbe la picoter. Enfin, il se retira et roula sur le dos, le souffle court.

— Livia…

— Oui ?

— Lève la tête un instant, veux-tu ?

Elle s'exécuta sans demander d'explication. Doucement, Gabriel libéra sa chevelure.

— Merci.

Il s'allongea sur le dos et répandit la masse auburn sur sa poitrine.

— J'avais raison, dit-il.

— À quel sujet ?

— Tes cheveux sont bel et bien en soie.

— Merci.

— Même s'ils sont un peu emmêlés, je suis au regret de te le dire.

— À qui la faute ?

— À moi.

Il paraissait si heureux que Livia eut l'impression que son cœur allait éclater.

Oui, tout était pour le mieux.

— Alors ? questionna-t-elle enfin.

— Alors quoi ?

— Est-ce que le lit grince ?

— Je n'ai pas fait attention. Et toi ?

— Moi non plus.

Il bascula sur le flanc.

— Recommençons, dans ce cas. Mais écoute bien, cette fois.

— J'essaierai.

Ils firent de nouveau l'amour, plus langoureusement quoique avec autant de plaisir. Quand ils se séparèrent à regret, elle demanda :

— Alors ?

— Désolé, tu m'as distrait.

— Ah !

— Il ne nous reste plus qu'à présumer que c'est le lit le moins bruyant du monde.

— Entendu. Gabriel...

— Oui ?

— Tu as la plus jolie des fossettes sur le menton.

— Merci. Je suis heureux qu'elle te plaise.

— Elle me plaît beaucoup.

— Tu m'en vois ravi, dit-il d'une voix ensommeillée.

L'instant d'après, il dormait à poings fermés.

14

Livia sourit et ferma les yeux à son tour. Elle allait s'abandonner au sommeil lorsqu'elle pensa soudain à ce qui allait se passer au matin. Les domestiques. La nécessité de se cacher. La vision de Gabriel et elle s'efforçant d'expliquer à Mme Penhallow pourquoi il avait dormi dans la chambre de sa fiancée n'avait rien de particulièrement plaisant.

Et puis, elle avait froid. Ils étaient nus sur le lit en désordre.

— Gabriel, appela-t-elle à voix basse. Gabriel !

Il dormait comme un bienheureux.

Livia aurait donné son poids en or pour se pelotonner contre lui, rabattre les couvertures sur eux et dormir, mais les considérations pratiques l'emportèrent sur ses penchants voluptueux.

Elle lui pinça le bras – Dieu que ses muscles étaient durs.

S'il s'agita, il ne fit pas mine de se réveiller.

En dernier ressort, Livia se hissa sur lui.

Cet habile stratagème provoqua une réponse immédiate, qui n'annonçait cependant pas un départ rapide.

Gabriel ouvrit les yeux, lui sourit, et l'enlaça. Son sexe se mit au garde-à-vous et un désir brûlant menaça d'ébranler les bonnes résolutions de Livia.

— Encore ? chuchota-t-il. C'est une position agréable. Si tu pouvais juste descendre un tout petit peu...

— Il faut que tu partes.

Gabriel cessa instantanément ses entreprises de séduction et jeta un coup d'œil à la fenêtre.

— Bon sang, combien de temps ai-je dormi ?

Il était tellement adorable, avec sa mine effarée, que Livia ne put s'empêcher de l'embrasser. C'était effectivement une position agréable. Ses seins se pressaient contre le torse musclé de Gabriel et l'avoir sous elle était fort troublant, même si elle savait qu'il lui suffisait d'un geste pour la renverser sur le dos. Ce qui serait également une position agréable...

Elle le libéra pourtant et se glissa sous le drap qu'elle remonta jusqu'au menton.

— Pas longtemps, répondit-elle, mais il faut que tu partes !

— Tu as raison, bien sûr, soupira-t-il. *Les chandelles de la nuit se sont consumées, et la joyeuse aurore s'avance à pas de loup sur les sommets embrumés. Il me faut partir et vivre, ou rester et mourir*[1].

— Oui, Roméo, sinon grand-mère va nous tuer.

— C'est certain, acquiesça-t-il en riant.

Il quitta le lit et entreprit de s'habiller. Livia n'en perdit pas une miette.

---

1. Shakespeare, *Roméo et Juliette*, acte III, scène 5. *(N.d.T.)*

— *Partir est*..., murmura-t-il en se penchant pour l'embrasser.

— ... *le plus doux des chagrins*, acheva-t-elle. Nous ne serons pas séparés longtemps. Grand-mère veut partir à 9 heures.

— C'est ce qu'elle dit, s'esclaffa-t-il, mais je doute que nous partions avant midi. Adieu, ma douce.

Sur ce, il souffla ce qui restait de la dernière chandelle et referma doucement la porte derrière lui.

Livia était si heureuse que s'endormir lui parut inimaginable. Elle s'étira voluptueusement, écouta le bruit de la pluie et s'appliqua à revivre les événements – les délices – de la soirée. Son cœur bondissait de joie. Elle glissa la main là où Gabriel était allongé voilà peu, mais la chaleur de son corps s'était déjà évanouie. Il était à peine parti qu'il lui manquait déjà. Finalement, elle se recroquevilla et ferma les yeux. Un vers de *Hamlet* flotta dans son esprit embrumé.

Dormir, et peut-être rêver...

Avec un peu de chance, elle rêverait de Gabriel.

Silencieusement, ses lèvres formèrent, comme pour les lui envoyer, les mots « Je t'aime ».

Plus tard, bien plus tard, lui vint en rêve l'image d'un grand château à tourelles, encorbellements et murailles crénelées. Et brusquement, comme souvent dans les rêves, elle se retrouva à l'intérieur du château, dans une longue galerie au bout de laquelle se trouvait Gabriel.

Il la regardait en souriant, comme pour l'inviter à le rejoindre, puis soudain il se détourna, ouvrit une porte et disparut. Elle courut après lui, mais la porte était verrouillée. Elle avait beau faire, la poignée refusait de tourner. Regardant autour d'elle, elle vit que les murs étaient couverts de portraits du sol au plafond, des dizaines, des centaines de portraits représentant de nobles personnages habillés à la mode des siècles passés.

Il s'agissait des défunts Penhallow, Livia le savait. Avec horreur, elle s'aperçut que les portraits semblaient prendre vie et que tous ces gens la regardaient avec une réprobation teintée de mépris.

Vous ne serez jamais une vraie lady, ma pauvre petite Livia.

Mais où était Gabriel ?

Vous ne serez jamais une vraie lady, ma pauvre petite Livia.

Elle avait beau crier son nom, il ne venait pas.

Vous ne serez jamais une vraie lady, ma pauvre petite Livia.

Ils le répétaient en chœur comme une incantation, de plus en plus fort, jusqu'à ce que leurs voix résonnent sous le haut plafond voûté tel le tonnerre et qu'elle tombe à genoux. Elle se boucha les oreilles, pourtant elle les entendait toujours. Et à l'instant où elle sut qu'elle allait se briser en mille morceaux, la galerie disparut.

Et le silence bienvenu d'un sommeil sans rêves l'enveloppa.

Il faisait beau le lendemain matin – soleil et petit brise fraîche. Un temps idéal pour voyager. Tandis que Livia allait et venait dans la maison, il ne lui fut pas difficile de chasser les derniers vestiges de son rêve. D'autant qu'elle traversa le hall à l'instant où Gabriel fit son entrée. Il lui sourit, et un flot de joie la submergea.

— Bonjour, la salua-t-il.

« Bonjour », quel mot délicieux. Comment avait-elle pu ne jamais le remarquer ?

— Bonjour.

— Tout va bien, Livia ?

— On ne peut mieux. Et vous ?

— Moi aussi. Que faites-vous avec cet oreiller ?

— Pardon ?

— Je vous demande ce que vous faites avec cet oreiller.

Elle avait complètement oublié qu'elle avait un oreiller entre les mains. Penser à ce genre de choses était difficile quand Gabriel était à deux pas. Dieu qu'il était séduisant, et que c'était bon de le voir sourire si chaleureusement. Elle pourrait s'y habituer...

— Livia !

— Oui ?

— Cet oreiller...

— Ah, oui ! Grand-mère a changé d'avis, elle ne veut plus l'emporter. Je le rapporte dans sa chambre.

— Je vous accompagne. Passons par là.

Il la guida vers l'escalier de service jusqu'au deuxième étage, puis l'attira derrière la cage d'escalier, qui était merveilleusement sombre et intime.

— Ce n'est pas du tout convenable, le taquina-t-elle.

— Ne sois pas si guindée !

— Une fois que j'ai donné ma parole, elle fait force de loi ! déclama-t-elle pompeusement en prenant une grosse voix.

— Très drôle, venant de quelqu'un qui préférerait être fille de cuisine jusqu'à la fin de ses jours plutôt que de se trouver au même endroit que moi.

— Je ne te trouve plus aussi épouvantable, tu sais.

— Tu m'en vois ravi ! Donne-moi cet oreiller.

Elle le lui tendit, et il le jeta par-dessus son épaule.

— J'ai envie de t'embrasser.

Ces quelques mots prononcés d'une belle voix de basse allumèrent un incendie en elle. C'était incroyable.

— Eh bien, embrasse-moi.

— Je te trouve bien autoritaire.

Glissant l'index sous son menton, il lui souleva doucement le visage, s'inclina et effleura ses lèvres des siennes avec tendresse. Tout son être se tendit aussitôt vers lui. C'était un baiser léger et doux, caressant, mais aussi exigeant et passionné. Comment diable s'y prenait-il ? Il n'y avait pas de doute, il était extrêmement doué pour embrasser. À cela aussi elle pourrait s'habituer.

— Tu es trop loin, se plaignit-elle, avant de pousser un cri lorsqu'il la plaqua contre lui sans crier gare et approfondit son baiser.

Elle se cramponna à ses épaules, prise de vertige. Et quand il s'écarta, elle lui sourit, tout étourdie.

— Tu es vraiment très doué ! Pour embrasser, je veux dire.

— Merci. Tu ne t'y prends pas mal non plus.

— J'ai encore beaucoup de progrès à faire. Et tu sais ce qu'on dit, si on veut progresser, il faut s'entraîner assidûment.

— Nous allons nous entraîner, dans ce cas. Ce sera un supplice d'être séparés ce soir, à l'auberge.

— Une nuit. Une seule, et ensuite, nous serons à Surmont.

— J'ai hâte de te faire visiter le château. Il y a un endroit en particulier que je veux te montrer.

— Lequel ?

— La chapelle, répondit-il avant de reprendre sa bouche.

Quand Livia rapporta l'oreiller dans la chambre de bonne-maman, ses cheveux étaient un peu ébouriffés, mais si la vieille dame haussa le sourcil, elle ne fit aucun commentaire, ni à Livia ni à son petit-fils, dont la tenue était quelque peu en désordre.

Ils quittèrent Bath vers midi, comme Gabriel l'avait prédit. Il y avait une voiture de louage monumentale pour les domestiques, et Gabriel, monté sur Primus, chevauchait à côté de l'imposante berline de sa grand-mère où avaient pris place les trois dames. Bonne-maman, le fidèle Muffin sur les genoux, était d'humeur joyeuse. Elle semblait un peu fatiguée, nota Livia, et Mlle Cott un peu distraite, mais le voyage se déroula néanmoins sans accroc. Livia ne pouvait s'empêcher de regarder sans cesse par la fenêtre. Chaque regard échangé avec Gabriel lui paraissait sceller le bonheur qu'elle sentait s'épanouir en elle.

Ils arrivèrent de bonne heure à Wells, ou le propriétaire du *Grand Cerf*, M. Mundy, leur assura qu'il avait personnellement inspecté leurs chambres pour s'assurer que tout était en ordre. Le salon privé, qui n'avait pas non plus échappé à son œil vigilant, était à leur disposition, et le dîner commandé.

Grand-mère était dans d'excellentes dispositions, même si Muffin prit d'emblée M. Mundy en grippe et dut être mis au pas. Elle trouva ses appartements acceptables et, compte tenu de la brièveté de leur séjour, personne ne fit allusion à d'hypothétiques puces ou draps humides même si, le lendemain matin, bonne-maman demanda discrètement à Livia d'examiner Muffin avant qu'ils se remettent en route. Ils entamèrent donc sereinement leur seconde et ultime journée de voyage.

Livia regardait par la fenêtre, pas uniquement Gabriel maintenant – quoi qu'elle ne s'en lassât pas –, mais le paysage. Le Somerset était charmant, avec ses prairies verdoyantes et ses rivières qui serpentaient entre des collines couvertes de forêts. Des troupeaux de moutons ou de vaches paissaient dans les prés, et lorsqu'ils longèrent un verger, bonne-maman évoqua avec nostalgie le cidre qu'elle buvait dans sa jeunesse et les gâteaux aux pommes.

— Mme Worthing connaît une recette délicieuse. La cuisinière nous en fera, promit-elle à Livia.

Au fil de l'après-midi, bonne-maman finit par s'assoupir. Mlle Cott ferma également les yeux, Livia doutait toutefois qu'elle dorme. Quant à elle, elle était bien trop excitée pour faire une sieste.

De grands nuages s'amassaient lentement dans le ciel, voilant le soleil tandis que le vent se levait. Livia resserra son châle en regardant l'ombre gagner les champs et les collines. Muffin quitta les genoux de bonne-maman pour venir sur les siens.

Un village apparut au loin et Gabriel vint frapper à la vitre.

— Le cocher dit que le village devant nous est Riverton, le village le plus proche de Surmont Hall. Nous n'allons pas y passer aujourd'hui, nous allons prendre un raccourci. Nous sommes presque arrivés.

Livia lui sourit et bonne-maman se réveilla en sursaut.

— Nous approchons de Riverton ? Parfait ! Livia, mon petit, fermez cette fenêtre, voulez-vous. Regardez, Évangéline, voilà le presbytère ! Comment s'appelait ce charmant pasteur, déjà ? Il faisait des sermons magnifiques.

— M. Markson.

— Oui, c'est cela. Et voilà le manoir des Greenlaw… Mon Dieu, il est bien plus petit que dans mon souvenir ! Ils avaient des filles de mon âge, mais je n'avais pas le droit de jouer avec elles, ce que je trouvais horriblement injuste. Mère estimait qu'ils n'étaient pas de notre rang. Comment s'appelaient-elles, déjà ? Drusilla et… Amanda ! Ah, nous voilà enfin sur les terres des Penhallow ! Vous voyez ces ruines là-bas, Livia ? Ce sont les restes d'un fort dont les fondations remontent à l'époque romaine. Petite fille, je trouvais ces ruines extraordinairement romantiques, j'y allais souvent à cheval. Et plus d'une fois j'ai laissé le palefrenier en arrière. Bien entendu, je me faisais sévèrement gronder par ma mère au retour.

— Où est Surmont Hall, grand-mère ? Je ne vois que des champs et des bois.

— Nous avons encore beaucoup de prés et de champs à longer avant d'arriver à l'entrée du parc. Et ensuite, il nous faudra encore une vingtaine de minutes pour arriver au château. Le domaine fait plus de quinze mille acres[1], vous savez.

— Quinze mille ? répéta Livia, stupéfaite.

— Oui ! Je me demande ce qu'on cultive dans ces champs. On dirait qu'ils sont en jachère. Qu'en pensez-vous, Évangéline ?

— Il s'agit peut-être d'une rotation des cultures.

Livia trouva que Mlle Cott avait l'air un peu mal à l'aise, mais bonne-maman, tout à sa joie, ne sembla pas le remarquer.

Ils atteignirent enfin l'entrée du parc, une large allée flanquée de bois épais. Un vieux bâtiment en pierre et en brique de style gothique se dressait à gauche de la grille.

— Voici la loge des gardiens ! Seigneur, dans quel état est-elle ? Et comment se fait-il que personne ne vienne nous accueillir ? Où est Mme Allard ?

— J'ai l'impression qu'il n'y a personne, grand-mère. Regardez, un des valets est allé frapper, et personne ne vient.

— Enfin, c'est inadmissible chez les Penhallow ! Je vais dire deux mots à Mme Worthing ! Et Crenshaw va remédier à cela immédiatement !

1. Une acre fait environ 40,46 ares, soit 4 046 m^2. *(N.d.T.)*

Lorsque la voiture s'engagea dans l'allée, bonne-maman avait perdu un peu de son animation. Quant à Gabriel, il semblait perplexe. Quittant les bois, le chemin déboucha en terrain découvert et, derrière de vastes pelouses, des jardins et un étang d'ornement, ils découvrirent enfin Surmont Hall.

— Nous y voilà, déclara Mme Penhallow bien inutilement.

Livia ouvrit de grands yeux.

Elle ne savait trop à quoi s'attendre, mais certainement pas à cet immense bâtiment de pierre aux nombreuses ailes d'architectures différentes, visiblement ajoutées au cours des siècles. Même la demeure des Glanville, si riches soient-ils, ne comportait qu'un seul bâtiment – un château, certes, qui n'était cependant en rien comparable avec Surmont Hall. Il faudrait des heures pour aller d'une extrémité à l'autre. Le soleil perça soudain les nuages et fit étinceler des dizaines de fenêtres.

— Eh bien, qu'en dites-vous ?

— C'est magnifique, grand-mère !

— Oui, c'est aussi mon avis. Évangéline, avez-vous vu les haies ? Pourquoi ne sont-elles pas taillées correctement ? Et pourquoi l'herbe est-elle si haute ? Et le gravier n'a pas été ratissé ! reprit la vieille dame après que Mlle Cott eut murmuré quelques paroles inintelligibles. Où sont les domestiques censés nous accueillir ?

La voiture s'arrêta, on déplia le marchepied et les dames descendirent. Personne ne prêta attention à Muffin qui, ravi de pouvoir gambader, courait dans les jambes de tout le monde. Le regard de Livia passa de bonne-maman à Gabriel, qui avait mis pied à terre et regardait autour de lui, les sourcils froncés. Il tendit la bride de son cheval à l'un de leurs valets, gravit les marches du perron et laissa tomber avec détermination le gros heurtoir de bronze.

Après de longues minutes, la porte s'entrouvrit lentement, en grinçant, sur une petite femme frêle, d'un âge certain, vêtue d'une robe grise et d'un tablier.

— Je peux vous aider, monsieur ? s'enquit-elle timidement. Vous êtes venu voir la famille ? Je suis désolée, ils ne sont pas là.

Gabriel la dévisagea, plus troublé qu'il ne voulait l'admettre. Pourquoi s'était-il imaginé qu'il serait d'emblée reconnu comme le maître de maison ? Mais surtout, où était le reste du personnel ? Pourquoi n'y avait-il qu'une frêle petite dame pour ouvrir cette porte massive ?

— Madame Worthing ! s'écria bonne-maman, à la fois contente et irritée.

La vieille dame sur le seuil plongea dans une révérence malaisée et Gabriel eut l'impression d'entendre ses genoux craquer.

— Bonjour, madame. Quel plaisir de vous voir. Entrez, je vous prie, offrit-elle en essayant d'ouvrir en grand la lourde porte de chêne. Merci, monsieur, dit-elle lorsque Gabriel vint à son aide. Pardonnez-moi, vous ressemblez tellement à M. Henry, le maître ! Il n'est pas à la maison. La maîtresse non plus. Je ne sais pas où ils sont, mais je suis certaine qu'ils ne vont plus tarder, car il y a un bal ce soir. Entrez, je vous en prie, je vais faire apporter du thé.

Elle les précéda et Gabriel, après avoir échangé un regard soucieux avec sa grand-mère, la suivit dans le hall. Il avait gardé des souvenirs d'enfance de cette immense pièce et surtout de sa fascination pour les armures qui flanquaient l'énorme cheminée – suffisamment vaste pour y faire rôtir un bœuf –, ainsi que pour la collection d'armes qui ornaient les murs, épées, lances, piques, dagues et boucliers, bien faite pour exciter l'imagination d'un petit garçon qui s'imaginait en chevalier de la Table ronde ou en vaillant soldat défendant le château contre les envahisseurs de tout poil.

Grand Dieu, cela faisait des lustres qu'il n'avait pas pensé à cela. Il se revoyait, traversant le hall au pas de course en brandissant un grand bâton et en hurlant à pleins poumons.

— Gabriel !

Il s'ébroua et comprit qu'il regardait sans les voir les armes de la famille gravées sur le manteau de la cheminée avec sa devise, *Et honorem, et gloriam*. Il se tourna vers sa grand-mère, qui semblait désemparée.

Il comprit pourquoi en jetant un coup d'œil autour de lui. La poussière, la saleté, le désordre régnaient. Livia se tenait immobile, visiblement choquée. Il comprit que la traînée grise accrochée au bas de sa robe était un amas de poussière, et ce simple détail suffit à le mettre hors de lui. Ce n'était pas ainsi qu'il avait imaginé son retour à Surmont Hall. Que diable se passait-il ici ?

— Voulez-vous entrer dans le petit salon ? suggéra Mme Worthing en tirant le cordon élimé d'une sonnette. Je vais vous y apporter du thé. Le salon rose est peut-être préférable ? reprit-elle.

Et ce n'est pas moi qui devrais vous apporter le thé, n'est-ce pas ? Mon Dieu, où est donc Mme Adélaïde pour me remettre les idées en place ? J'espère que je n'ai pas commis d'impair, je ne voudrais pas me faire réprimander. Bonjour, mademoiselle ! reprit-elle en remarquant Livia. Vous êtes venue voir Mlle Henrietta ? Je suis désolée, mademoiselle, mais elle est à Londres. Elle va faire son entrée dans le monde, voyez-vous, et elle n'a que dix-sept ans ! C'est la plus jolie jeune fille du Somerset, si je peux me permettre !

— Madame Worthing, intervint Mme Penhallow, vous n'avez pas reçu ma lettre ?

— Oh ! Une lettre ! La voici, madame ! s'écria la vieille femme en sortant de la poche de son tablier une lettre toute froissée dont le cachet était encore intact. Ah, mademoiselle Henrietta, c'est vous ! Une jeune dame est venue vous voir pendant votre absence. Une très jolie jeune fille, avec de beaux cheveux auburn, malheureusement, elle est partie avant que je puisse lui demander son nom.

— Madame Worthing, où est le reste du personnel ?

Sa grand-mère s'efforçait visiblement de parler gentiment malgré son agacement, mais elle s'était tellement raidie que Gabriel avait l'impression qu'elle allait se casser en deux.

— Le personnel ? Nous n'en avons plus beaucoup, madame. Ils sont tous partis. Partis, partis, partis.

— Que voulez-vous dire ?

— On récolte ce qu'on a semé, rétorqua Mme Worthing. Cette Mme Adélaïde était tellement désagréable ! Pas comme vous, madame ! C'est bien vous, mademoiselle Henrietta ? reprit-elle, l'air confus. Vous êtes venue tout remettre en ordre, n'est-ce pas ? Cette Mme Adélaïde ! Elle ne me permettait même pas de distribuer du bouillon aux pauvres l'hiver ! J'avais beau lui répéter que c'était une tradition chez les Penhallow, elle me répondait que c'était du gâchis. Mais où est M. Richard ? reprit-elle en s'agrippant aux mains de bonne-maman. Il est parti à cheval, mademoiselle Henrietta, il est parti à cheval hier, et on ne l'a pas revu depuis. Son thé est complètement froid !

Aussi pâle que si elle avait vu un fantôme, Mme Penhallow voulut se libérer, mais Mme Worthing l'agrippait si fort qu'elle n'y parvint pas. Livia s'approcha, posa les mains sur celles de la gouvernante.

— Ne vous inquiétez pas, madame Worthing, tout va bien.

Celle-ci lâcha aussitôt bonne-maman, qui laissa tomber sa lettre. Mme Worthing se hâta de la ramasser et la remit dans la poche de son tablier.

— Ma lettre ! Je la garde jusqu'au retour de Mme Adélaïde !

— Oui, bien sûr, acquiesça Livia, avant de jeter un coup d'œil impérieux à Gabriel en lui indiquant sa grand-mère du menton.

Il s'approcha d'elle en hâte et la guida jusqu'à une chaise pleine de poussière, sur laquelle elle se laissa tomber.

— Gabriel, que se passe-t-il ici ? implora-t-elle en s'agrippant à son bras.

Elle semblait tellement désemparée, tellement abattue, qu'elle faisait peine à voir. Il était aussi déconcerté qu'elle et, tandis qu'il parcourait du regard le hall envahi de courants d'air, il constata que, pour une fois, Mlle Cott paraissait aussi décontenancée. Les yeux écarquillés, les mains crispées sur son réticule, elle avait l'air perdu.

Ce fut Livia qui prit la situation en main.

Elle rassembla les domestiques venus avec eux de Bath et les mit immédiatement au travail. Elle leur ordonna de faire le ménage dans le salon rose, d'enlever les housses des meubles, de faire du feu, d'installer bonne-maman et Mlle Cott, de préparer du thé et de le leur servir.

Elle fit rapidement nettoyer des chambres à coucher, inspecter et aérer draps et couvertures, retaper les oreillers et allumer du feu.

Elle envoya Gabriel aux écuries, où il dénicha un garçon du nom de Petit Walter qui pouvait passer pour un palefrenier. C'était un neveu de Mme Worthing, un grand gaillard un peu simple, mais plein de bonne volonté. Avec son aide, on trouva de quoi nourrir les chevaux.

Tandis que Petit Walter allait obligeamment chercher deux poulets au poulailler, elle envoya deux valets faire des provisions au village, car l'office était pratiquement vide. Quand ils revinrent, elle inspecta leurs achats et constata, à son grand soulagement, que Mme Worthing, malgré son esprit dérangé, était encore capable de cuisiner. Et qu'avec l'aide de quelques domestiques, tout le monde pourrait dîner correctement et prendre un petit déjeuner décent le lendemain matin.

Elle monta inspecter les chambres, se perdit dans un dédale de couloirs, d'escaliers et de pièces en enfilade. Au passage, elle remarqua de beaux meubles anciens qui n'avaient pas été recouverts de housses, un nombre incalculable de lits, de magnifiques tentures, des chandeliers, des guéridons, des tables de toutes sortes, des canapés, des fauteuils et des chaises, des bureaux et des bonheurs-du-jour, des commodes, des coiffeuses et des armoires si vastes qu'elles auraient pu facilement contenir une trentaine de robes. Elle faillit tomber en se prenant le pied dans un tapis d'Orient troué qui avait dû être magnifique. Si elle n'avait pas été aussi absorbée par ses multiples tâches, elle se serait interrogée sur l'état d'abandon de la demeure. C'étaient les visages désorientés de Gabriel, de bonne-maman et de Mlle Cott qui l'avaient décidée à prendre les choses en main. Tous trois paraissaient assommés.

Et elle ferait son possible pour leur venir en aide.

Elle aurait voulu prendre Gabriel dans ses bras et effacer le pli soucieux qui lui barrait le front.

Elle aurait voulu lui dire qu'elle l'aimait, et que tout allait s'arranger.

Ils étaient confrontés à un épais mystère, mais elle s'efforcerait de le percer et de le résoudre.

Elle s'y emploierait jour et nuit si nécessaire.

Elle ferait tout ce qui était en son pouvoir pour effacer cette expression égarée dans les yeux de Gabriel.

Les chambres à coucher, constata-t-elle, étaient prêtes pour la nuit. De bons feux crépitaient dans les cheminées, chassant l'humidité, et la literie, qui avait visiblement besoin d'un sérieux rafraîchissement, était en nombre suffisant.

Gabriel s'était vu, comme il convenait, attribuer les appartements du maître de maison. Sa chambre à coucher était immense. Surmonté d'un baldaquin, le lit trônait sur une estrade. Il était si vaste que Livia faillit rire en s'imaginant avec lui dans ce véritable monument.

Une idée fort tentante lui traversa l'esprit. Et si elle allait le chercher cette nuit pour lui offrir le réconfort de ses bras, et rien de plus s'il était trop abattu ?

Et s'il désirait plus ?

Ma foi, elle dirait oui, et avec enthousiasme.

Leur nuit à Bath lui semblait déjà si loin...

Plus tard, peut-être pourrait-elle quitter discrètement sa chambre pour le rejoindre ici et rendre ce lit immense un peu plus intime ?

Et si jamais bonne-maman ou Mlle Cott avaient besoin d'elle ?

C'était un risque qu'elle ne pouvait courir.

Elle soupira et quitta la chambre.

Tandis qu'elle rebroussait chemin, traversant les couloirs et les enfilades de pièces, empruntant divers escaliers, elle commença à « sentir » Surmont Hall, ses potentialités. Ce fut une révélation. Une fois débarrassé de la poussière et des toiles d'araignées, une fois les tapis réparés, les meubles cirés, les rideaux dépoussiérés et ouverts...

Une fois les haies taillées, les pelouses tondues, l'étang curé...

Surmont Hall serait magnifique.

Elle ne voulait certes pas en faire un musée – jamais.

Elle ne voulait pas non plus qu'il serve simplement d'écrin à la richesse, la culture et la noblesse.

Elle voulait juste en faire un endroit où vivre, rire, aimer…

Elle aurait été bien en peine de dire comment cette idée avait germé dans son esprit.

C'était audacieux, osé même. Après tout, elle n'était qu'une étrangère ici. Pourtant, elle avait l'impression que Surmont Hall lui chuchotait à l'oreille.

Elle savait qu'elle pourrait en faire leur maison.

Leur foyer.

Elle répéta mentalement ces deux mots, mais c'était dans son cœur qu'ils prenaient tout leur sens. Peut-être parviendrait-elle finalement à débarrasser de sa mémoire ces longues années de solitude, comme on se débarrasse de toiles d'araignées, et faire place à…

À quelque chose de nouveau, quelque chose de meilleur.

Quelque chose qui durerait une vie entière, et même au-delà.

L'amour, les rires, la famille, un foyer.

Avec Gabriel, toujours et à jamais, au centre de tout cela.

Livia hâta le pas, pressée de le retrouver.

Quand elle pénétra dans le salon rose, il était accoudé à la cheminée et fixait d'un œil sombre le feu qui crépitait. Bonne-maman avait les traits tirés et paraissait épuisée. Même Muffin semblait gagné par la morosité ambiante et restait roulé en boule sur le canapé. Malgré sa fatigue, Mlle Cott se leva pour servir une tasse de thé à Livia, qui l'accepta avec reconnaissance.

Il était trop léger et un peu éventé, et les toasts loin d'être frais, mais elle mourait de faim. Le beurre au moins était délicieux, et elle en tartina généreusement son pain.

Il régnait dans la pièce un silence pesant, remarqua-t-elle. Personne ne regardait personne, comme si chacun était replié sur lui-même, isolé dans sa détresse. Gabriel l'avait regardée une ou deux fois, quoique sans s'attarder, et sans lui sourire, avant de retourner à sa contemplation des flammes.

Ce fut bonne-maman qui rompit enfin le silence.

— Je m'aperçois que j'ai vécu dans un rêve.

Personne ne répondit, mais elle ne paraissait pas attendre de réponse.

— Vingt ans se sont écoulés. Mme Worthing n'a plus toute sa tête. Pour autant que je sache, Mme Allard, notre fidèle gardienne, est dans la tombe. Et moi, je suis la plus grande sotte de toute la chrétienté ! J'ai bêtement chéri une idée de Surmont Hall complètement, ridiculement fausse, comme si le temps allait s'arrêter pendant que je perdais le mien à Bath. Seigneur ! Ma stupidité me stupéfie.

— Grand-mère, comment auriez-vous pu deviner ? murmura Livia.

— Comment ? Mais en vivant ici ! Au lieu de quoi, je suis allée perdre mon temps à Bath, ne me souciant que de moi. Je ne me pardonnerai jamais mon égoïsme.

— Voyons, vous n'êtes pas allée perdre votre temps ! N'avez-vous pas dit que Henry, Adélaïde…

— C'était pur égoïsme de ma part, je m'en rends compte maintenant ! Je me dégoûte. Je connaissais Mme Allard depuis toujours. Elle avait un mot gentil pour chacun. Et alors qu'elle avait perdu trois de ses cinq enfants à la naissance – trois ! –, elle tricotait de la layette pour les pauvres.

Personne n'osa rompre le silence qui suivit.

— Aurais-tu la gentillesse de m'accompagner jusqu'à ma chambre, Gabriel ? demanda finalement bonne-maman de la même voix dure. Je vais aller me coucher.

— Vous n'avez pas faim, grand-mère ? s'alarma Livia, qui venait de remarquer les tartines intactes et la tasse de thé pratiquement pleine.

— Non.

— Voulez-vous que je vous fasse monter un plateau ?

— Non, merci. Si cette sonnette moisie fonctionne encore, appelez Bettina et envoyez-la-moi, voulez-vous.

Livia eut le cœur serré en la voyant s'accrocher au bras de Gabriel pour marcher. Elle avait apparemment oublié Muffin, qui trottinait derrière elle en remuant timidement sa drôle de petite queue.

— Si vous voulez bien m'excuser, je vais suivre Mme Penhallow, annonça Mlle Cott en se levant à son tour.

— Vous descendrez dîner ?

— Non, je ne pense pas.

— Voulez-vous qu'on vous monte un plateau ?

— Ce n'est pas la peine, merci.

Et avec un sourire fatigué, Évangéline Cott emboîta le pas à Gabriel et à sa grand-mère.

Restée seule, Livia reprit un toast beurré et s'offrit une seconde tasse de thé. Quoique un peu démodé, ce papier peint vieux rose orné d'oiseaux et de petits bouquets de fleurs avait beaucoup de charme, tout comme les sièges et les canapés recouverts de tissu dans les mêmes tons – fanés mais toujours agréables à l'œil.

Elle imaginait sans peine bonne-maman jeune, follement amoureuse de son séduisant époux, prenant tranquillement le thé avec lui, tous deux peut-être entourés de leurs enfants.

Un peu fatiguée, mais réchauffée, Livia s'adossa plus confortablement au canapé et contempla les flammes dans la cheminée. Elle se prit à rêver, imagina le salon rose, propre et en ordre, et elle, servant avec grâce le thé à toute sa famille, en vraie lady.

Gabriel était là, bien sûr, qui lui souriait et la couvait d'un regard amoureux. Qu'il était beau, son...

Son mari.

Quel joli mot !

Elle lui ajouta mentalement une alliance à la main gauche.

Puis une autre à la sienne et admira son éclat.

Comme ils étaient heureux ! Eux aussi étaient entourés d'enfants. Ils en avaient trois – non, quatre.

Deux garçons et deux filles, vifs, intelligents, en bonne santé, qui empliraient la pièce de leurs rires et de leur gaieté.

Elle ajouta grand-mère et Mlle Cott à la scène, ainsi que Muffin, et un chat, un bon gros matou tigré qui ronronnait.

Elle savoura cette vision en attendant le retour de Gabriel. Ils pourraient fermer la porte et s'accorder quelques instants d'intimité. Elle ressentait douloureusement, physiquement son absence, et avait envie qu'il la prenne dans ses bras, la serre contre lui et l'embrasse.

Mais il ne revenait pas.

À la place, ce fut une des domestiques de Bath, Sally, qui vint frapper à la porte pour annoncer que le dîner serait bientôt prêt. Elle demanda combien de couverts il fallait mettre, où, si elle pouvait emporter le plateau du thé.

— Oui, je vous en prie, Sally, emportez-le, répondit Livia. Pour le dîner, inutile d'utiliser cette immense salle à manger. Peut-être la salle du petit déjeuner ? Je voudrais que quelqu'un aille s'enquérir de M. Gabriel. Est-ce que James est là ?

— Oui, mademoiselle Livia, il est aux cuisines. Il aide Mme Worthing à descendre les grandes casseroles.

— Je vais venir avec vous. J'aimerais voir comment Mme Worthing se débrouille.

Dans la vaste cuisine régnait une animation bien organisée. Une petite foule de domestiques s'affairait tandis que d'appétissantes odeurs flottaient dans l'air. Livia envoya James chercher Gabriel. Le valet revint rapidement et expliqua que M. Gabriel demandait qu'on lui monte un plateau ainsi qu'une bouteille de cognac, si on en trouvait une.

S'efforçant de ne pas se sentir blessée, Livia donna des instructions pour qu'on lui prépare un plateau et permit à James de se mettre en quête d'une bouteille de cognac. Elle s'informa de la façon dont les domestiques étaient installés et fut soulagée d'apprendre qu'eux aussi seraient relativement à l'aise cette nuit.

Livia se sentit soudain affreusement seule. Elle se serait bien attardée dans les cuisines et aurait volontiers rejoint les domestiques autour de la longue table pour partager leur repas, elle devina toutefois que cette familiarité les mettrait dans l'embarras.

« Vous ne serez jamais une véritable lady, vous savez. Contrairement à moi. Ma pauvre Livia, je vous plains ! »

La voix suave de Cecily Orr s'insinua dans son esprit telle une liane vénéneuse qu'on pouvait arracher, mais qui repousserait toujours avec une sinistre rapidité.

« Ma pauvre Livia. »

« Je vous plains. »

Livia fit de son mieux pour surmonter cet accès de mélancolie et prévint Sally qu'elle aussi se contenterait d'un plateau dans sa chambre.

15

Cette nuit-là, seul dans sa chambre aux dimensions royales, Gabriel s'enivra un peu.

Plus qu'un peu, en fait.

James lui avait apporté la bouteille de cognac demandée en même temps que son dîner.

À son grand étonnement, compte tenu des circonstances, le repas se révéla délicieux, mais le cognac était encore meilleur.

Il fit tourner le verre entre ses doigts pour en admirer les reflets ambrés à la lueur du feu. Qui, parmi ses ascendants avait choisi la bouteille posée sur le guéridon près de lui ?

Se pouvait-il que ce soit son père, le défunt Henry Penhallow ? À moins qu'il ne s'agisse de son grand-père, le défunt Richard Penhallow ? Ou du père de bonne-maman – il ignorait son prénom –, le défunt Untel Penhallow ?

Défunt, défunt, défunt.

Gabriel avala d'un trait ce qui restait dans son verre, le remplit de nouveau et laissa la douce sensation de chaleur se déployer en lui et monter jusqu'à son cerveau fatigué, l'obligeant à ralentir le cours de ses pensées et peut-être – il l'espérait – cesser complètement sa débordante activité.

Défunt, défunt, défunt.

Quant à lui, il arrivait trop tard.

En quoi était-il différent de bonne-maman ? Le jeune imbécile insensible qu'il était s'était désintéressé de son patrimoine et avait perdu son temps à faire des ronds de jambe dans le grand monde avant de s'en aller baguenauder avec le corps diplomatique.

« On récolte ce qu'on a semé », avait dit la pauvre Mme Worthing. Une remarque digne d'un personnage de Shakespeare. Pas une des grandes héroïnes du Barde, mais un personnage secondaire, de ceux qui émaillent ses pièces de commentaires prophétiques, souvent sous couvert d'une intéressante pointe de folie, pour souligner le tragique de l'action.

« J'ai vécu dans un rêve », avait déclaré bonne-maman avec un profond mépris d'elle-même.

Lui aussi, apparemment.

Encore quelques jours plus tôt, il se berçait d'illusions. Il inviterait des amis à des parties de chasse et se lancerait peut-être dans l'élevage de chevaux.

Quelle plaisanterie ! Il n'était qu'un pitoyable bouffon.

Un élevage de chevaux...

Les écuries étaient dans un état déplorable. Ils auraient de la chance si le toit ne s'effondrait pas. Il fallait engager des ouvriers sans attendre. Dès demain. Il serra si fort son verre qu'il faillit le briser. Si l'obscurité ne l'en avait pas empêché, et s'il avait su où trouver des outils – à supposer qu'il y en ait –, il aurait commencé les réparations sur-le-champ.

Il ne comprenait pas. Il avait de l'argent à ne plus savoir qu'en faire. À sa majorité, il avait hérité des domaines de sa mère, qui lui procuraient des revenus importants, et n'avait jamais touché à ceux de Surmont Hall. Il se rappela sa brève entrevue avec M. Farris, le fondé de pouvoir de la famille, quand il avait eu vingt et un ans. Il s'était rendu dans les bureaux de l'homme d'affaires, dont l'élégance cossue était gage d'une compétence et d'un succès depuis longtemps établis. Avec concision et précision, M. Farris lui avait détaillé l'étendue de sa fortune et l'état des domaines de Surmont Hall. Oui, ils rapportaient beaucoup d'argent…

Et cet argent n'avait pas été utilisé convenablement, à l'évidence.

Il arrivait trop tard.

Des années trop tard.

Il éprouvait un sentiment qui ne lui était pas familier, un sentiment déplaisant, qui laissait comme un goût amer. Il lui fallut un moment pour comprendre que c'était de la honte.

Pour un peu, il aurait été heureux que son père et son grand-père ne soient plus de ce monde, et que leur soit épargnée la pénible découverte que Gabriel Penhallow, l'illustre rejeton de la famille, était un idiot et un bon à rien.

La vision de Livia dans le hall, de son air choqué, de sa jupe traînant dans la poussière lui revint en mémoire et sa honte ne fit que croître.

Comment pourrait-elle éprouver la moindre estime pour lui alors que lui-même ne se respectait pas ? Qui respecterait un homme qui avait oublié ses responsabilités de façon aussi flagrante ?

Dès demain, il convoquerait M. Farris. Et il partirait à la recherche d'Eccles, son régisseur. Il irait se rendre compte par lui-même de l'ampleur des dommages, au château comme dans le domaine.

La journée promettait d'être chargée.

Gabriel regarda autour de lui.

Cette pièce avait été autrefois occupée par ses parents, et par ses grands-parents avant eux, et ainsi de suite de génération en génération. S'il avait eu de l'imagination, il aurait peut-être vu apparaître les ombres de ses ancêtres réunis dans cette chambre pour lui signifier leur mépris, leur déception, et pour se moquer de lui.

Il reprit une gorgée de cognac.

Heureusement qu'il n'avait pas beaucoup d'imagination.

Et le dégoût qu'il éprouvait de lui-même était largement suffisant.

Son regard s'arrêta sur le lit.

Bon sang, quelle farce ! On aurait pu y coucher une baleine et il y aurait encore eu de la place.

Gabriel laissa échapper un rire qui lui parut tonitruant. Il se serait presque attendu que les murs lui en renvoient l'écho.

Mais seul un profond silence lui répondit. Un silence assourdissant, écrasant. Il se leva d'un bond, fit un pas vers la porte, en proie à un besoin urgent de retrouver Livia.

Puis il rit de nouveau et se rassit.

Il attrapa la bouteille de cognac.

Il ne savait même pas où se trouvait la chambre de Livia.

Et il se sentait si mal qu'il n'oserait même pas la regarder en face. Sans parler de l'embrasser, de la serrer dans ses bras, de lui faire l'amour.

J'ai vécu dans un rêve.

— *Un rêve n'est qu'une ombre,* murmura-t-il, citant *Hamlet*.

Ce vieux Shakespeare avait raison. On trouvait toujours chez lui une maxime convenant à n'importe quelle situation, à commencer par celle où l'homme découvre, à sa grande surprise, qu'il n'est qu'un bouffon à ses propres yeux et à ceux du monde.

Sur ce, il se servit un autre verre.

Au matin, Livia fut tout étonnée de s'apercevoir qu'elle avait bien dormi. Elle s'était attendue à passer une nuit agitée, or, cela n'avait pas été le cas, sans doute à cause de son immense fatigue. Elle se réveilla tôt et prit le temps de s'acclimater à son nouvel environnement. Ainsi donc, elle était à Surmont Hall. Gabriel, son amour, était ici lui aussi, non loin. Dormait-il encore ou était-il déjà réveillé ? Peut-être pensait-il à elle. Elle allait le voir bientôt.

En souriant, elle s'étira voluptueusement, puis se leva, s'habilla, et descendit aux cuisines où régnait déjà une joyeuse animation. Mme Worthing abandonna le panier d'œufs qu'elle était en train d'inspecter pour venir la saluer.

— Bonjour, mademoiselle… mademoiselle… Vous êtes une invitée de la famille ? s'enquit-elle, les sourcils froncés.

— C'est Mlle Livia, intervint Sally. Elle va épouser M. Penhallow.

— Ce n'est pas possible ! se récria Mme Worthing. Il est déjà marié à Mme Adélaïde !

— C'est M. *Gabriel* Penhallow qu'elle va épouser, précisa Sally.

— Mais ce n'est encore qu'un enfant. Il a tout juste cinq ans ! Je viens de faire un gâteau pour que Nanny le lui monte à la nursery.

— Non, c'est le monsieur qui est venu demander une tasse de café il n'y a pas longtemps, vous vous souvenez ? C'est lui, notre M. Gabriel.

Au grand soulagement de Livia, le visage de Mme Worthing s'éclaira.

— Ah, oui, je vois ! C'est un bien bel homme ! Tout le portrait de M. Henry. Alors vous êtes sa femme, madame Livia ? Ça faisait plaisir de vous voir danser tous les deux au bal d'hier. Mais pourquoi êtes-vous venue ici ? Mme Adélaïde ne vient jamais aux cuisines, croyez-moi. C'est Nanny que vous cherchez ? Elle n'est pas à la nursery avec votre petit garçon ? Je viens justement de leur faire un gâteau. Mon Dieu, il s'est passé quelque chose ? Vous ne devriez pas être là, madame Livia !

Livia hésitait sur la conduite à tenir lorsque Sally vint à son secours.

— Vous voulez pas me montrer quels œufs qu'il faut faire durcir, madame ? s'enquit-elle.

Elle entraîna Mme Worthing à l'écart, et Livia lui en sut gré.

— James, demanda-t-elle comme le valet entrait avec une brassée de bûches, où est M. Gabriel ?

— Ça, je n'en sais rien, mademoiselle. Il a donné des ordres pour qu'on selle son cheval. Il a dit qu'il rentrerait tard et qu'on ne l'attende pas.

— Ah, je vois ! Merci.

De nouveau, Livia s'efforça de ne pas en être blessée. Gabriel était allé inspecter ses domaines, c'était bien naturel. Et elle aussi avait beaucoup à faire ce matin.

— Vous voulez votre petit déjeuner, mademoiselle ? s'enquit Sally.

— Oui, s'il vous plaît. Je le prendrai dans la petite salle à manger.

Livia regagna l'aile réservée à la famille.

Elle frappa d'abord à la porte de Mlle Cott, qui s'ouvrit promptement. La dame de compagnie était pâle et avait l'air aussi fatigué que la veille.

— Vous n'avez pas passé une bonne nuit.

— Mme Penhallow a eu une nuit agitée, et elle m'a appelée.

— Je suis désolée. Je serais volontiers venue vous aider.

— Je sais, mais c'est moi qu'elle avait demandée.

— Oui, je comprends. Je suis venue voir si grand-mère et vous étiez prêtes pour le petit déjeuner.

— Mme Penhallow ne veut pas descendre. Si vous pouviez nous faire monter un plateau, je vous en serais reconnaissante. J'ai l'impression que les sonnettes ne fonctionnent pas.

— Je m'en occupe tout de suite. Grand-mère n'est pas malade, j'espère ? Elle aurait eu une rechute ?

— Non, mais elle ne veut pas être dérangée.

— Très bien. Je n'irai donc pas l'ennuyer.

Soudain mal à l'aise, Livia ajouta :

— Je... je vous fais monter un plateau.

Elle passa juste la tête dans les cuisines et fit signe à Sally, qui lui promit de s'en occuper immédiatement.

Le plus urgent étant réglé, Livia dressa la liste de ce qui restait à faire. Il fallait organiser les repas et décider de ce qui devait être nettoyé en priorité. Elle fit le tour des pièces principales, prenant des notes et dressant des listes. L'élégance fanée de la bibliothèque et les milliers d'ouvrages qui en tapissaient les murs l'émerveillèrent. Elle se rendit dans la salle de bal, puis dans les serres et termina par la distillerie[1] où elle passa une petite heure à ranger des pots d'herbes aromatiques, des bouteilles remplies de liquides mystérieux, des récipients de toutes sortes, et toute une collection de mortiers et de pilons.

Elle humait une bouteille à moitié pleine de ce qui lui paraissait une liqueur à l'orange lorsque Sally vint la chercher.

— Il y a un monsieur pour vous, mademoiselle Livia. Je l'ai installé dans cet immense salon, où j'ai épousseté les chaises et allumé un grand feu. J'espère que j'ai bien fait.

— Oui, vous avez très bien fait, Sally, la rassura Livia en rebouchant le flacon. Ce visiteur a-t-il donné son nom ?

— Oui, mademoiselle. Il s'appelle M. Markson.

— Très bien. Je viens tout de suite.

---

1. La plupart des grandes demeures possédaient une distillerie où l'on préparait médicaments, cosmétiques, produits d'entretien et même bière. *(N.d.T.)*

Il n'y avait personne d'autre pour le recevoir, après tout. La veille, en passant devant le presbytère, bonne-maman et Mlle Cott avaient évoqué un certain M. Markson. Tout en se dirigeant vers le grand salon, Livia se demanda s'il s'agissait du même pasteur ou d'un autre M. Markson. Son fils, peut-être.

Près de la fenêtre, un homme entre deux âges, de taille moyenne, un peu voûté, entièrement vêtu de noir, contemplait l'allée envahie par les mauvaises herbes, l'étang à moitié vide et les jardins en piteux état. Il se retourna en entendant le pas de Livia. Il avait un grand front un peu dégarni et le visage le plus avenant qu'elle ait jamais vu.

— Je suis Arthur Markson, le pasteur de Riverton, se présenta-t-il en s'avançant, main tendue. Enchanté. J'ai appris que la famille était de retour à Surmont Hall et je suis venu voir si je pouvais vous être de quelque utilité.

Livia lui sourit.

— Je suis ravie de faire votre connaissance, monsieur. Je suis Livia Stuart, la fiancée de Gabriel Penhallow.

— Quelle heureuse nouvelle ! Permettez-moi de vous présenter mes félicitations, mademoiselle Stuart.

— Je vous remercie. Asseyez-vous, je vous en prie. Puis-je vous offrir quelque chose à boire ?

— Non, merci. Je suis venu pour refaire connaissance avec M. Penhallow. Il n'était qu'un petit garçon la dernière fois que je l'ai vu, et c'était en de bien tristes circonstances.

— Après la mort de ses parents ?

— Oui. Mme Penhallow l'a emmené à Bath, et Mlle Cott les a accompagnés. Puis-je me permettre de vous demander… J'ai entendu dire qu'une certaine demoiselle Cott était arrivée avec vous. S'agit-il bien de Mlle Évangéline Cott ?

— Oui, monsieur. Vous la connaissez, j'imagine ?

— Oui. Nous sommes de vieilles… connaissances. Elle va bien, j'espère ? Et Mme Penhallow également ?

— Elles vont bien toutes les deux, répondit Livia, même si le voyage les a fatiguées ainsi que… Toutes deux ont subi un choc, voyez-vous. Elles s'attendaient à trouver le domaine en bien meilleur état qu'il n'est.

— Je comprends, soupira M. Markson. J'ai été le témoin involontaire de sa décadence ces dernières années. Malheureusement, les difficultés avaient commencé avant le décès de M. et Mme Penhallow. Les parents de l'actuel M. Penhallow.

— Cela avait un rapport avec Mme Adélaïde ? Pardonnez-moi si je tire des conclusions hâtives, mais Mme Worthing m'a parlé hier de son refus de servir des bouillons, et je me demandais… Cela étant, sa mémoire n'est peut-être pas entièrement fiable.

— L'âge s'est montré cruel envers elle, la pauvre ! Quant à Mme Adélaïde Penhallow, cette histoire de bouillon est vraie. Vous connaissez cette coutume ?

— Non, pas du tout.

Comme si oncle Charles avait été capable de dépenser un sou en œuvres charitables.

— Une très ancienne coutume veut que pendant les mois d'hiver Surmont Hall offre un bouillon aux plus pauvres. Il s'agissait en fait d'un ragoût de bœuf, très reconstituant quand les provisions commençaient à baisser.

— Et Mme Adélaïde a rompu avec cette coutume ?

— En effet. Elle n'était pas... Ma foi, elle n'était pas très populaire auprès des gens d'ici. Je ne veux pas juger les morts. Tout ce que je peux dire, c'est qu'ils n'étaient pas appréciés. La longue absence de la famille Penhallow a rendu la vie de beaucoup de gens plus difficile. J'ai fait ce que j'ai pu, bien sûr, mais un pasteur ne peut pas remédier à tout.

— Je vois.

La conversation prit un tour plus général et lorsque M. Markson la quitta, une vingtaine de minutes plus tard, Livia eut l'impression de s'être fait un ami. Il était si cultivé, si agréable et de si bonne compagnie. Et il était visiblement très dévoué à ses paroissiens. Surmont Hall et Riverton avaient de la chance de pouvoir compter sur lui.

Après son départ, Livia poursuivit son exploration de la maison. Elle s'arrêta brièvement aux cuisines, explora les vastes sous-sols où les blanchisseuses pourraient travailler, la salle de billard, et les autres salons. Elle aurait aimé s'attarder dans la galerie des portraits, qui était exactement telle que bonne-maman la lui avait décrite. Elle se promit de revenir dès qu'elle serait moins occupée et s'en alla frapper à la porte de la chambre de Mlle Cott. Elle n'eut pas de réponse.

Elle attendit un peu, hésita devant la porte de bonne-maman, et finalement passa son chemin.

Elle enverrait Sally un peu plus tard pour s'enquérir de ce qu'elles souhaitaient manger. Elle déjeuna seule en se demandant où était Gabriel et comment il allait. À peine avait-elle fini qu'elle entendit du bruit dans l'allée. Les domestiques partis avant eux arrivaient enfin. Ils n'avaient pas bonne mine, car la plupart avaient eu la fièvre. Même l'imperturbable Crenshaw y avait succombé.

Heureusement, les valides étaient suffisamment nombreux pour aider les plus faibles à rejoindre leurs quartiers. Il faudrait attendre pour décharger les voitures, et Livia avait assez à faire avec les cochers des voitures de louage. Elle conduisit la cuisinière, Dieu merci pleinement remise, à l'office et lui expliqua en chemin la situation de Mme Worthing. Elle donna les instructions nécessaires pour qu'on s'occupe des domestiques malades, envoya chercher au village des provisions supplémentaires. Les heures s'écoulèrent rapidement, si rapidement que la nuit tomba avant qu'elle ait eu le temps de dire ouf !, et elle se retrouva au lit, épuisée mais heureuse.

Une nouvelle vie commençait. Elle avait une foule de choses à faire ici, des choses intéressantes, qui avaient un sens, des choses utiles.

Elle se sentait déjà chez elle à Surmont Hall.

Et demain, sans faute, elle verrait Gabriel.

Mais elle ne le vit pas.

C'était à croire qu'il l'évitait. C'était ridicule, bien sûr. Tout comme elle, il devait être débordé.

Son absence commençait tout de même à lui peser, c'était comme une présence muette qui alourdissait ses pas tandis qu'elle allait et venait dans la demeure.

Un certain M. Farris arriva de Londres et repartit. Les domestiques malades se rétablirent un à un, et Crenshaw reprit les commandes de la domesticité. M. Markson passa dire quelques mots gentils. Mme Worthing, plus perdue que jamais, passa avec soulagement la main à la cuisinière de Bath.

Quant à bonne-maman, elle restait confinée dans sa chambre, avec Mlle Cott pour s'occuper d'elle.

Et Gabriel demeurait invisible.

Une étrange sensation s'empara peu à peu de Livia, une sensation qu'elle avait espéré ne plus jamais éprouver.

La solitude.

Un soir, avant de se préparer pour la nuit, elle prit un bougeoir et alla jusqu'à la chambre de Gabriel. Prenant son courage à deux mains, elle frappa doucement à la porte.

Silence.

Se sentant comme une intruse, elle ouvrit la porte et se glissa à l'intérieur.

Sa chandelle éclaira une pièce vide.

Gabriel n'était pas dans son lit, qui était impeccablement fait. Il n'y avait ni livre, ni brosse, ni rasoir, ni vêtement sur le valet à côté de la cheminée où aucun feu ne brûlait.

Où diable était-il ?

Un froid glacial l'envahit.

Ce soir-là, elle mit très longtemps à s'endormir.

La pitoyable condition des écuries avait certes offert un avant-goût de ce qui l'attendait, mais ce que découvrit Gabriel jour après jour en parcourant le domaine – *son* domaine – à cheval était pire que tout ce qu'il avait anticipé. Des champs en jachère, du bois non coupé, des chaumières croulantes, des villageois et des métayers soupçonneux qui le saluaient sans chaleur. Et comment leur en vouloir ? Pour eux, il n'était qu'un étranger.

Le lendemain de son arrivée, il avait cherché Eccles, son régisseur, qu'il avait fini par trouver en train d'inspecter sans conviction un troupeau de vaches au pré. C'était un homme entre deux âges, de petite taille, rondelet et aussi tanné qu'un vieux cuir. Un jeune homme l'accompagnait, qui lui ressemblait comme deux gouttes d'eau. Eccles lui présenta son fils, Eccles le jeune, un surnom qui lui resterait sans doute jusqu'à un âge canonique.

Quand Gabriel l'interrogea sur l'état du domaine, Eccles se mit sur la défensive. Il avait fait tout ce qu'il pouvait, utilisé des méthodes éprouvées qui, ajouta-t-il, pugnace, étaient les meilleures, en dépit des tentatives répétées d'Eccles le jeune pour interférer.

— Il me tarabuste pour que j'achète des charrues de Rotherham[1] ! déclara Eccles en jetant un regard méprisant à son fils. Si je l'écoutais, il faudrait des drainages, des rotations de navets

1. Répandue dans le nord de l'Angleterre à partir du XVIIIe siècle, elle permettait, entre autres progrès, à un homme de labourer seul.

et de luzerne, et faire se croiser le bétail ! Nos vieilles méthodes ont pourtant fait leurs preuves. Elles étaient assez bonnes pour mon père, et pour son père avant lui !

Eccles le jeune se lança alors dans un discours passionné – auquel Gabriel ne comprit rien –, vantant les mérites du système de Norfolk[1], de l'élevage alterné et du versoir hollandais, pour se voir aussitôt énergiquement contredit par son père. Il s'ensuivit un débat véhément, durant lequel les deux hommes auraient pu en venir aux mains si Gabriel n'était pas intervenu.

Son entrevue avec son fondé de pouvoir, M. Farris, bien que plus modérée sur le plan du langage, ne fut pas plus agréable. Gabriel fut toutefois soulagé d'apprendre que les revenus du domaine étaient toujours importants et qu'il avait suffisamment de fonds disponibles pour effectuer les réparations et les améliorations nécessaires.

M. Farris avait raison. L'argent avait toujours été suffisant, ce qui avait manqué, c'était quelqu'un pour vérifier qu'il était bien employé.

— Vous êtes toujours un homme extrêmement riche, avait assuré M. Farris, et vous pouvez continuer à maintenir votre train de vie. Maintenant que je vous ai rassuré sur votre situation financière, je suppose que je peux retourner à Londres ?

— Oui. Je regrette toutefois que durant toutes ces années vous ne m'ayez pas tenu informé de l'état lamentable de mon domaine.

---

1. Système de rotation des cultures introduit en Angleterre à la fin du XVIIIe siècle. *(N.d.T.)*

Leur entretien avait lieu dans la pièce que Gabriel s'était choisie pour bureau. Elle jouissait d'une belle vue sur l'arrière du château, si tant est qu'on puisse qualifier de belle vue des massifs non taillés, de l'herbe qui arrivait au genou et de vieux bancs qui s'écrouleraient certainement si quelqu'un s'avisait de s'y asseoir. Quant à la pièce elle-même, maintenant raisonnablement propre, elle avait toujours un air abandonné.

— J'ai pour mission de gérer vos affaires financières, monsieur Penhallow. Elles l'ont été de manière satisfaisante, comme vous l'avez constaté, je n'avais donc aucune raison de vous demander un entretien. Vous étiez, bien entendu, libre de faire appel à moi à n'importe quel moment de votre choix.

Il avait raison, bien sûr. Une fois de plus.

Et Gabriel n'en avait que davantage honte de lui.

Il y avait tant à faire. À sa grande surprise cependant, il se prit au jeu et trouva le défi gratifiant. Il y avait des décennies de négligence à rattraper. Il lui arrivait souvent de rester dans son bureau jusqu'à 3 ou 4 heures du matin ou de se lever avant l'aube, compulsant des registres, étudiant des listes, rédigeant des notes. Il avait fait porter ses affaires dans une chambre située dans une aile éloignée de celle des dames.

Il s'était répété que c'était pour des raisons pratiques, afin de ne pas les déranger avec ses allées et venues nocturnes, mais la vérité, c'était que trois nuits de suite il s'était retrouvé devant la porte de Livia comme un imbécile, en proie à une envie folle d'entrer. Finalement, il avait tourné les talons.

S'il avait trouvé la force de résister à une tentation aussi violente, c'était qu'il ne savait pas comment lui faire face.

Ils finirent tout de même par se croiser. Un matin, il arrivait dans le hall lorsqu'il entendit la voix de Livia dans le couloir qui y menait.

— Oui, Sally, s'il vous plaît, dites à la cuisinière de préparer cette fricassée et demandez à Crenshaw ce qu'on peut faire pour les traces de fumée dans le salon rose. Je vais commencer à raccommoder les rideaux.

— Oui, mademoiselle Livia, tout de suite, répondit Sally.

Livia venait de déboucher du couloir et s'avançait vers lui d'un pas rapide, ses grands yeux verts brillant d'une telle joie qu'il se méprisa encore plus.

— Bonjour, Gabriel.

— Bonjour.

Son ton était froid, il le savait, et il vit la lumière quitter son regard.

— Vous... allez bien ? Vous avez l'air fatigué.

— Je vais bien, je vous remercie. Je suis très occupé.

— Bien sûr, je comprends.

Il aurait voulu la remercier pour tout ce qu'elle avait fait depuis leur arrivée, pour tout ce qu'elle faisait. Il se rendait parfaitement compte que c'était grâce à elle que, jour après jour, Surmont Hall reprenait vie et devenait habitable, mais il ne trouvait pas les mots. C'était incroyable à quel point la honte pouvait faire d'une personne une caricature d'elle-même. Si, autrefois, elle l'avait trouvé arrogant et distant, que devait-elle penser de lui aujourd'hui ?

— Si vous voulez bien m'excuser, j'ai à faire.

S'il l'avait physiquement repoussée, elle n'aurait pas montré un plus grand désarroi. Son cœur se serra et il se remémora cette citation d'une épître aux Corinthiens : *Nous voyons au moyen d'un miroir, d'une manière obscure.* Il avait l'impression de voir Livia se brouiller et s'estomper. Il n'était qu'un imbécile et un bon à rien, et il ne supportait pas l'idée qu'elle s'en rende compte. Seigneur, il avait tant à faire pour se racheter.

Avec un petit signe de tête, il la contourna pour gagner son bureau.

Elle demeura immobile au milieu du hall, ses beaux yeux humides de larmes.

16

Il avait rendossé le masque Penhallow. Et il l'évitait bel et bien. Livia se frotta les yeux rageusement. Pas question de pleurer. Elle se dirigea vers le salon rose pour raccommoder une énorme déchirure dans l'un des rideaux de velours.

Elle se rendit ensuite au potager pour voir si le persil avait repris et s'il y avait des pommes de terre à déterrer.

Elle alla ensuite trouver Petit Walter pour lui demander de renforcer l'enclos du poulailler.

De retour dans le grand hall, elle trouva Crenshaw qui supervisait le nettoyage des armes et des armures. Elle lui demandait si le nouvel arrivage de chandelles était arrivé du village lorsqu'une voix distinguée résonna en haut du grand escalier :

— Si les chandelles qui sont dans ma chambre sont un exemple de la qualité de celles du village, je vais demander à Mlle Cott d'écrire à notre fournisseur de Bath de nous en envoyer jusqu'à ce que nous trouvions de la marchandise correcte dans les environs !

— Grand-mère ! s'exclama Livia.

Très élégante dans une robe gris-bleu, impeccablement coiffée, bonne-maman descendait l'escalier avec la majesté d'une reine. Mlle Cott, tout aussi soignée, quoique encore pâle, la suivait.

— Je suis tellement heureuse de vous voir ! s'écria Livia. Avez-vous besoin de quelque chose ? J'étais en train de m'occuper des chandelles, mais je peux sonner et...

Il émanait de toute la personne de la vieille dame une telle autorité que Livia fit instinctivement un pas en arrière.

— Merci, ce sera tout, répondit bonne-maman, aimable et cependant froide. Crenshaw, j'ai plusieurs choses à voir avec vous. Pour commencer, il faut engager des domestiques supplémentaires. Ensuite, les tapis des chambres principales sont dans un état de saleté lamentable. Il faut les faire nettoyer le plus rapidement possible. Pouvez-vous également faire nettoyer les chandeliers de la salle à manger ? Je voudrais aussi...

— Je vous demande pardon, mais j'ai déjà vu avec Crenshaw à propos des chandeliers, grand-...

Livia s'interrompit. Elle n'était soudain plus certaine d'avoir le droit d'appeler Mme Penhallow « grand-mère ».

— Nous avons une façon particulière de les nettoyer ici à Surmont. Vous ne pouvez pas le savoir, naturellement, ce n'est pas votre faute, concéda la vieille dame avant de se tourner vers le majordome.

Livia comprit qu'elle venait d'être congédiée. C'était apparemment l'histoire de sa vie. Elle croisa le regard compatissant de Mlle Cott, mais fut incapable de lui sourire.

Elle se rendit à la bibliothèque, prit un livre presque au hasard et remonta dans sa chambre. Il s'agissait de *Robinson Crusoé*, l'histoire d'un naufragé qui se retrouve seul sur une île déserte. Ensuite, elle arpenta sa chambre, rangea les objets sur sa coiffeuse, qui étaient déjà parfaitement en ordre. Elle fit une petite sieste avant de se poster à la fenêtre.

L'après-midi touchait à sa fin lorsque Flye vint lui annoncer que le dîner serait servi dans la salle à manger, et que toute la famille serait présente.

La nouvelle redonna espoir à Livia, qui choisit une robe qu'elle n'avait encore jamais mise, une robe de soie recouverte d'un jupon de mousseline brodée de minuscules boutons de rose aux manches et au décolleté. Elle demanda à Flye de natter ses cheveux et d'enrouler les tresses en un chignon retenu par une épingle en pâte de diamants.

Si elle se savait à son avantage, elle comprit rapidement, une fois à table, qu'elle aurait aussi bien pu porter un sac de pommes de terre. Gabriel ne lui accorda pas un regard.

Quant à la conversation, sérieuse, rapide et nourrie, elle ne concerna que Mme Penhallow et lui.

— Oui, les moissons ont commencé, confirma Gabriel en réponse à une question de sa grand-mère. Il n'y a pas suffisamment de moissonneurs cette année, mais nous faisons de notre mieux.

— Et le bois ?

— Nous allons en couper, bien sûr, dès que nous aurons des gens disponibles. Nous l'entreposerons pour l'hiver dans toutes les granges en bon état que nous trouverons.

— As-tu quelqu'un pour s'en occuper ? C'est une tâche dangereuse. Les blessures ne sont pas rares si le travail n'est pas supervisé correctement.

— Eccles le jeune fera l'affaire, je pense. Il va peu à peu prendre toutes les responsabilités de régisseur, au fait.

— Je vois. Et comment son père a-t-il pris la nouvelle ?

— Mal au début. J'ai toutefois l'impression que c'est un soulagement pour lui. Il n'est plus tout jeune.

— Comme nous tous ! Tu as dit peu à peu. Va-t-il exercer d'autres responsabilités en attendant ?

— Oui, comme il me l'a demandé. Il va superviser la réfection des chaumières. Il y a énormément de travail.

— Très bien. Au fait, j'ai commandé un nouveau fourneau.

— La cuisinière en sera certainement ravie. Que dit Crenshaw des logements des domestiques ?

— Ils sont dans un état pitoyable. Je l'ai autorisé à chercher des ouvriers pour faire le plus rapidement possible les réparations nécessaires. Oh, et toutes les lessiveuses de la buanderie fuient, paraît-il !

— Cela ne me surprend pas. Cela doit faire des années qu'elles n'ont pas été utilisées.

— C'est vrai. Il y a également une odeur nauséabonde dans un des salons.

— Crenshaw m'en a parlé. Il pense qu'il doit y avoir un nid de rats morts derrière la cheminée.

— J'y ai apporté Muffin, mais dès que je l'ai posé par terre, il est parti la queue entre les jambes.

— Je n'ai pas le temps de m'en occuper, j'ai trop à faire avec les moissons.

— Certes. Il faut également que je trouve quelqu'un pour s'occuper de la plomberie. Et aussi...

Livia dégusta son excellent dîner sans dire un mot.

Il en fut ainsi de tous les repas suivants.

Le mardi, le mercredi et le jeudi s'étirèrent lentement.

Elle termina *Robinson Crusoé* et commença les poèmes de James Thomson, *Les Saisons*. Elle entreprit d'explorer les jardins et les bois alentour plusieurs heures chaque jour. S'il faisait mauvais temps, c'était le château qu'elle explorait, aussi discrète qu'un fantôme, de haut en bas, de long en large. Cela la fatiguait et l'aidait à dormir le soir venu.

Arrivée au vendredi, elle n'avait échangé avec Gabriel que des « Bonjour », « Bonsoir », « Il fait beau » et « J'ai peur qu'il ne pleuve demain ».

Il n'était pas non plus question de mariage.

Le samedi, elle eut ses règles et la réponse à la question qu'elle avait repoussée dans un coin de son esprit. Gabriel et elle n'avaient donc pas engendré d'enfant à Bath. Elle arpenta la galerie des portraits. Elle y trouva des portraits de Gabriel enfant, et il était aussi adorable qu'elle l'imaginait. Elle préféra toutefois ne pas s'attarder devant eux.

Ce n'était pas ainsi qu'elle avait imaginé sa vie à Surmont Hall.

Aucun d'entre eux ne l'avait imaginée ainsi, bien sûr, et c'était probablement plus difficile pour Gabriel et pour sa grand-mère. Du reste, la détermination avec laquelle ils s'étaient consacrés à ce qui devait être fait était admirable.

Elle n'aimait pas se sentir exclue et ne se réjouissait certainement pas que Gabriel l'ignore. Mais elle devait être forte. Et patiente.

Attendre et se montrer déterminée.

Ce ne serait pas aisé.

Elle se consolait en revivant les moments merveilleux que Gabriel et elle avaient partagés à Bath. Il ne s'agissait pas du fruit de son imagination, ils étaient bien réels.

Quand elle eut l'impression d'avoir marché des lieues, Livia retourna dans sa chambre. Elle n'avait pas envie de lire ou de faire la sieste. Elle aurait aimé avoir quelqu'un à qui écrire. Elle se rappela tout à coup avec une joie quelque peu pathétique que l'anse d'un de ses réticules commençait à s'effilocher.

Elle allait le réparer.

Elle ouvrit un tiroir où se trouvaient une bonne douzaine de réticules. Flye les avait visiblement passés en revue, car celui qu'elle cherchait n'y était pas. Sans doute la femme de chambre s'était-elle aperçue qu'il était abîmé.

Livia remarqua soudain un petit sac blanc orné de perles. Sa vue lui rappela quelque chose, quelque chose de déplaisant.

J'ai beaucoup réfléchi à votre situation, et j'ai un cadeau pour vous. Quelque chose qui pourrait vous aider à réaliser vos ambitions.

Cecily, à la soirée chez Mme Penhallow, juste avant le malaise de la vieille dame.

Elle avait glissé un petit paquet dans la main de Livia.

Il était toujours là, enveloppé dans du papier de soie.

À l'intérieur, elle trouva un billet de cinquante livres et deux guinées d'or[1].

Cinquante-deux livres et deux shillings.

D'une certaine façon, les deux pièces d'or étaient encore plus insultantes que le billet.

Livia les considéra longuement puis les enveloppa avec soin dans le papier, qu'elle remit dans le réticule.

Le dimanche suivant, elle se rendit à l'église avec Gabriel et sa grand-mère. Mlle Cott, qui avait la migraine, avait préféré rester à la maison.

Le lundi et le mardi, il plut sans cesse, en revanche le mercredi, le temps s'était remis au beau. Livia décida donc d'aller jusqu'à la maison du gardien à l'entrée du parc. Les travaux n'avaient pas encore commencé, et elle se contenta de jeter un rapide coup d'œil par une fenêtre sale.

Elle rebroussa chemin, toutefois, au lieu de rentrer directement, elle s'attarda au bord de l'étang, toujours à moitié vide, et regarda les nuages se refléter dans l'eau. Que faire ? Il y avait encore de longues heures à attendre avant de dîner.

1. Une guinée valait vingt et un shillings, soit une livre et un shilling. *(N.d.T.)*

Elle pouvait continuer sa promenade, descendre jusqu'à la rivière, ou remonter dans sa chambre et finir *Les Saisons*. C'était une suite de poèmes assez déprimants et elle se demandait pourquoi elle se sentait obligée de les lire jusqu'au dernier. Il y avait tellement d'autres livres dans la bibliothèque de Surmont.

Et la lecture était encore le meilleur moyen de passer le temps.

Attendre, attendre…

Un bruit dans le chemin qui rejoignait la grande allée la tira de ses pensées. Des sabots écrasant le gravier. Elle fit volte-face. Un cavalier se dirigeait vers elle, un cavalier qui ne paraissait que modérément assuré sur sa selle.

Elle ne connaissait pas cet homme. Était-il ivre ? Il avait d'épais cheveux blonds coupés court et un visage de dieu grec, pour l'heure d'une pâleur effrayante qui contrastait avec le bleu vif de ses yeux.

D'une main, il tira légèrement sur les rênes tandis qu'il glissait l'autre sous son grand manteau. L'inquiétude gagna Livia. Allait-il brandir une arme ?

— Bonjour, lança-t-il d'une voix faible quoique distinguée. Je vous demande pardon, suis-je bien à Surmont Hall ?

— Oui, répondit-elle, méfiante.

— Tant mieux. Pardonnez mon intrusion mais… Enfin, je m'expliquerai plus tard… Mon Dieu, vous êtes jolie. Je… je vais… Je suis Hugo. Hugo Penhallow. Je suis vraiment désolé, je crois que je vais m'évanouir…

Et il tomba de son cheval, heurtant le sol avec un bruit sourd. Sa monture fit un écart tandis que Livia se précipitait vers le jeune homme à terre. Il ne bougeait pas. Son manteau s'était ouvert et laissait voir une grande tache rouge sur son gilet.

Du sang.

Épouvantée, Livia courut jusqu'à la maison, dont la porte s'ouvrait déjà. Crenshaw, avec l'instinct infaillible des grands majordomes, apparut sur le perron, suivi de deux valets.

— Crenshaw ! haleta Livia, c'est M. Hugo Penhallow et il saigne horriblement !

Bien qu'affolée, elle se ressaisit en hâte. On n'avait pas le temps de consulter Gabriel ou sa grand-mère. Elle précéda les trois hommes jusqu'au blessé.

— Soulevez-le – doucement, je vous en prie ! – et emmenez-le dans le salon au fond du hall. Pas celui où il y a cette odeur, celui avec le grand divan. Nous allons l'allonger là. Crenshaw, y a-t-il un médecin dans le voisinage ? Pouvez-vous l'envoyer chercher ?

Dans le hall, Livia avisa une servante qui les regardait avec de grands yeux.

— Il nous faut des linges propres et de l'eau bouillante. Sally, courez aux cuisines, s'il vous plaît ! Mary, allez chercher M. Gabriel et Mme Penhallow ! Et Mlle Cott !

Après coup, Livia ne garda qu'un souvenir confus de ce qui s'était passé : la tranquille efficacité de Mlle Cott, les servantes s'agitant en tous sens, Mme Penhallow horrifiée, les linges blancs rougissant à une vitesse affolante et s'empilant dans une bassine, et le beau visage livide du blessé. Le Dr Fotherham, un petit homme à la fois brusque et imperturbable, écarta tout le monde et se mit immédiatement au travail, déchirant le gilet et la chemise ensanglantés.

— Cela m'a tout l'air d'une blessure par balle, et profonde... Celui qui l'a extraite a fait une véritable boucherie. La plaie s'est rouverte et infectée. Passez-moi ce flacon et ces pansements !

Mlle Cott s'exécuta, mais Livia, qui se sentait gagnée par la nausée, dut détourner les yeux tandis que le médecin commençait à nettoyer la plaie béante. Gabriel arriva enfin, en tenue d'équitation, les bottes maculées de boue. Il jeta son chapeau et ses gants sur un guéridon et s'approcha du sofa.

— Hugo ! Bon sang de bleu !

— Tu attendais sa venue, Gabriel ? interrogea sa grand-mère, pâle et digne sur son siège.

— Pas du tout ! La dernière fois que j'ai eu de ses nouvelles, il était quelque part au Canada. Que lui arrive-t-il ?

— Il a pris une balle dans le ventre, il y a probablement deux bons mois, expliqua le médecin en pansant la blessure avec dextérité. Il est malade comme un chien pour le moment. Vous m'avez dit qu'il vient juste d'arriver ?

— Oui, à cheval, répondit Livia. Il est tombé à mes pieds.

— C'est déjà un exploit ! Un homme moins solide aurait été incapable de grimper en selle. Il a eu de la chance de ne pas se rompre le cou en tombant. Je vais vérifier qu'il n'a rien de cassé. Ah, vous avez vu comment il a réagi ? Il s'est blessé à la jambe. Elle n'est pas cassée, il a dû se faire une entorse. Il est fort comme un bœuf. Ma foi, j'ai terminé. Il va avoir besoin de soins jour et nuit. Pouvez-vous le laisser ici ? Ce divan fait un lit fort convenable, mais je préfère vous prévenir, il est fichu. Quoi qu'il en soit, je préfère qu'on ne le bouge pas, il se remettrait à saigner.

— Il va rester ici, bien sûr, confirma Gabriel. Vous allez nous laisser vos instructions ?

— Oui, je vais vous les écrire. Je repasserai un peu plus tard. Attendez-vous à une nuit agitée. Je vais vous apporter un peu de laudanum et quelques autres remèdes. Surtout, ne le laissez pas seul, il risquerait de tomber du sofa. Et pas de femmes ! Faites-le veiller par des valets. Il est trop vigoureux !

Le Dr Fotherham griffonna ses instructions, qu'il remit à Gabriel, rangea ses instruments dans sa mallette et repartit. Mlle Cott arrangea les oreillers du blessé et une servante emporta la bassine pleine de linges souillés.

Livia observa le visage blême de Hugo Penhallow, qui semblait tellement vulnérable.

Hugo. Le cousin de Gabriel. Elle se souvenait maintenant que, lors de leur conversation au *Lièvre roux* – il y avait de cela une éternité, lui semblait-il –, il lui avait parlé de lui.

— Que puis-je faire pour me rendre utile ? lui demanda-t-elle une fois qu'il eut donné ses instructions à Crenshaw.

— Rien, je vous remercie, rétorqua-t-il d'un ton bref.

Elle ne s'était pas attendue à une autre réponse et sortit sans bruit.

Elle espérait que Hugo vivrait. Elle attendrait cela aussi.

Non seulement Hugo Penhallow survécut, mais il se rétablit de façon spectaculaire. Au point qu'à peine cinq jours plus tard, alors qu'elle passait dans le couloir, elle entendit une voix de stentor retentir dans le salon dont la porte était entrouverte.

— Nom de Dieu, où est ce fichu bouquin ?

Livia regarda à droite et à gauche, puis, comme personne n'était en vue, elle passa la tête dans l'entrebâillement de la porte.

Hugo Penhallow était toujours sur son divan, mais il avait bien meilleure mine. Il se pencha pour attraper quelque chose sur le tapis, retint un gémissement et retomba sur ses oreillers. Les draps avaient glissé, découvrant un torse impressionnant.

— Puis-je vous aider ? s'enquit Livia timidement.

Surpris, Hugo Penhallow croisa son regard et la gratifia d'un sourire chaleureux.

— C'est vous que j'ai vue l'autre jour, n'est-ce pas ? Quand je suis arrivé. Je ne vous suis pas tombé dessus, j'espère ?

— Il s'en est fallu de peu. Je suis Livia Stuart, la fiancée de Gabriel.

— Sa fiancée ? répéta Hugo, stupéfait. Gabriel s'est enfin décidé à se laisser passer la corde au cou ? Et il ne m'en a pas parlé ! Il faut dire que je n'étais pas au mieux de ma forme ces derniers temps. Eh bien, je ne cesserai jamais d'être sidéré. Enfin, toutes mes félicitations, mademoiselle Stuart ! Et je vous présente mes excuses pour mes manières de goujat. Je ne fréquente plus la bonne société depuis si longtemps que je ne sais plus me conduire avec les dames. Je suis passé directement du pensionnat à l'armée, voyez-vous.

— Ne vous inquiétez pas, ce n'est pas la peine de faire des manières avec moi, le rassura Livia en ramassant le livre sur le sol. *L'Histoire du déclin et de la chute de l'Empire romain*. Cela vous plaît ?

— C'est très intéressant, mais je suis incapable de passer toute une journée à lire. Cette gentille petite dame – comment s'appelle-t-elle, déjà ? Mlle Cat[1] ? –, elle se déplace aussi silencieusement qu'un chat, un gentil petit chat gris.

— Mlle Cott.

— Oui, c'est cela. Enfin, elle a pensé que cela m'intéresserait en tant que soldat. C'est très gentil de sa part. Elle me terrifie positivement, pour ne rien vous cacher.

— Mlle Cott vous terrifie ? s'esclaffa Livia. Vous faites deux fois sa taille !

— Oui, mais c'est un cerveau.

— Et pas vous ?

— Non. Je ne suis pas idiot, je suis même plutôt intelligent à ma façon, mais je suis un homme d'action, je n'ai pas l'habitude de rester le nez plongé dans un livre. À l'école, je faisais le désespoir de mes maîtres. Je ne tenais pas en place. En revanche, j'adorais le sport et les exercices physiques, et j'étais toujours partant pour une

1. Chat, en anglais. *(N.d.T.)*

bonne farce. Je m'ennuie à mourir, si vous voulez tout savoir.

— Quand le Dr Fotherham a-t-il dit que vous pourriez vous lever ?

— Je le lui ai demandé si souvent qu'il serait probablement prêt à me saigner rien que pour me faire taire. Mais il m'a promis que si je me tenais tranquille, je pourrais quitter ce maudit divan dans quelques jours. Autant dire une éternité quand on n'a rien à faire ! Vous ne voulez pas rester un peu et me faire la conversation ? risqua-t-il avec un sourire enjôleur. Asseyez-vous donc ! À moins que vous n'ayez un million de choses à faire, auquel cas je ne voudrais surtout pas vous retenir.

— Je n'ai rien de particulier à faire.

— Tant mieux ! Tout le monde a l'air débordé, ici. Tenez, asseyez-vous là. Le soleil fait briller vos cheveux, on dirait du feu.

— C'est un compliment ?

— Allons bon, je me suis encore pris les pieds dans le tapis ? Je vous ai dit que je n'étais qu'un rustre. Vraiment, vous avez des cheveux magnifiques. Je n'en ai jamais vu de pareils. Et vous êtes charmante en plus ! Mon cousin a de la chance... Ah, merveilleux, voilà quelqu'un avec le thé ! Mary, c'est ça ? Eh bien, Mary, tout cela m'a l'air très appétissant – posez donc ce plateau sur cette table, merci. Je n'ai pas l'impression que vous ayez convaincu la cuisinière d'ajouter un peu de viande froide. Et si jamais il restait quelques-uns de ces petits pâtés au poisson du dîner d'hier soir, j'en prendrais bien trois ou quatre, avec un peu de cette délicieuse sauce. Et une pinte de bière, pendant que vous y êtes.

— Oui, monsieur, tout de suite, soupira une Mary visiblement éblouie, qui s'attarda néanmoins pour redresser des coussins sans quitter Hugo des yeux.

— Vous avez une admiratrice, fit remarquer Livia dès qu'elle fut sortie.

— C'est une plaie, vous savez !

— Mais vous êtes bel homme ! Vous me rappelez...

— Non, ne le dites pas !

— Quoi donc ?

— Que je vous rappelle un dieu grec.

— Comment avez-vous deviné que j'allais dire cela ?

— Tout le monde le dit. C'est un cauchemar, je vous assure !

— Vous n'êtes pas content d'être séduisant ?

— J'ai horreur qu'on me dévisage. J'ai l'impression d'être un animal de cirque.

— Vous êtes trop modeste.

— Je suis sûr que vous m'avez dévisagé ! Vous êtes une véritable beauté, vous savez.

— Allons donc ! Les cheveux roux ne sont pas à la mode et ce sont les femmes minces qui remportent tous les suffrages.

— Aucun homme n'a envie d'une brindille dans son lit ! Oh, je vous demande pardon ! ajouta-t-il, l'air si penaud que Livia éclata de rire.

— En véritable lady, je ferai semblant de n'avoir rien entendu, monsieur Penhallow. Mais je devrais peut-être vous appeler par votre grade ?

— Vous pouvez si vous le souhaitez. Personnellement, je préférerais que vous m'appeliez Hugo, puisque nous allons être les meilleurs amis du monde, et cousins par-dessus le marché.

— Très bien, Hugo. Puis-je vous servir une tasse de thé, ou vous réservez-vous pour quelque chose de meilleur ?

— Je mets tous mes espoirs en Mary, et en votre excellente cuisinière. Je suis vraiment content que vous ne soyez pas une de ces pimbêches de la bonne société, je l'avoue. Même si je risque de devoir les fréquenter.

— Et pourquoi cela ?

— Pourquoi ? Parce que je suis maintenant sans profession. Cette balle dans le ventre m'a mis hors service pendant un bon bout de temps quand j'étais encore au Canada, et même si j'aime la carrière militaire, je dois y renoncer. J'ai une mère, trois jeunes frères et une sœur à ma charge. Gabriel a eu l'insigne bonté de m'accorder une rente et d'acheter ma charge d'officier, mais cela a assez duré. J'ai mené une vie passionnante, je dois maintenant regarder les choses en face. J'ai eu tout le temps d'y penser pendant le voyage. Je n'ai rien à moi et je suis trop vieux pour accepter l'argent d'un parent, si généreux soit-il. J'ai donc décidé que je devais sans fausse honte capitaliser sur le nom de ma famille et sur ma bonne mine pour épouser une héritière. Vous en connaissez une ?

Les visages de Cecily Orr et de Mlle Gillingham traversèrent l'esprit de Livia.

— Je ne vous conseillerais pas les deux seules que je connaisse même si elles étaient libres. Elles vous rendraient malheureux, j'en suis sûre.

— Vous devez me trouver affreusement cynique ?

— Je suis mal placée pour vous juger. Et puis, vous êtes réaliste, et vous pensez à votre famille.

— C'est vrai. Percy et Francis doivent aller en pension dès que possible, et Bertram le moment venu. Et il faudra établir la petite Gwendolyn. Ah, vous voilà, Mary ! Oui, Mlle Livia va faire de la place, et vous pourrez poser ce plateau à côté de l'autre. Voilà qui est mieux ! Et il y a même de ces délicieux petits pains ! Merci du fond du cœur.

Rouge comme une pivoine, Mary esquissa une révérence avant de s'éclipser. Livia plaça un guéridon à portée de Hugo, y posa sa pinte de bière et lui prépara une assiette copieusement garnie, avant de se servir une tasse de thé, accompagnée d'un éclair.

— Mme Penhallow pourrait vous présenter à toute la bonne société, Hugo. Elle connaît tout le monde, et tout le monde la connaît.

— Seigneur, tante Henrietta me fait encore plus peur que Mlle Cott ! Je l'ai rencontrée de temps en temps quand j'étais en pension. Je n'avais pas souvent la possibilité de rentrer à la maison et Gabriel m'avait très gentiment emmené à Bath. Puis-je vous demander d'ajouter un peu de sauce sur ces petits pâtés ? Merci. De toute façon, tante Henrietta me considérait comme une petite terreur et ne s'est pas gênée pour me le dire. Elle ne m'a sans doute pas pardonné d'avoir descendu l'escalier sur la rampe et d'avoir cassé cet horrible vase et le socle sur lequel il se trouvait. Il valait une fortune, paraît-il. Enfin, quand j'aurai épousé mon héritière et que je serai riche comme Crésus, je lui en offrirai un autre, encore plus laid !

— Il n'empêche, Mme Penhallow pourrait vous être très utile, insista en riant Livia avant de prendre un autre éclair.

— Ne vous inquiétez pas, Liv, une occasion se présentera bien tôt ou tard. J'ai toujours eu de la chance, figurez-vous.

— Liv… Je n'avais jamais encore eu de surnom.

— Cela vous ennuie ? Je vous avais bien dit que je ne savais pas me conduire en société.

— Cela ne m'ennuie pas du tout. Au contraire, cela me plaît beaucoup. Mais vous ne considérez tout de même pas comme une chance de vous être fait une entorse et d'avoir failli mourir d'une blessure infectée ?

— Eh bien, si ! Cela m'a amené ici, après tout !

— Et c'est une telle chance ? s'étonna-t-elle en lui beurrant un petit pain.

— Ah, merci ! J'en prendrai bien un autre quand vous voudrez. Après ma blessure, j'étais obligé de quitter l'armée et de rentrer. Je devais rentrer à cause de ma famille, de toute façon. Nous avons eu une tempête monstrueuse alors que nous approchions des côtes anglaises, et nous avons dû nous dérouter sur Bude, au lieu de débarquer à Liverpool comme prévu. Je me rendais compte que je n'étais pas au mieux de ma forme et j'ai pensé qu'au lieu de faire mourir de peur ma pauvre mère en arrivant devant sa porte comme un légume défraîchi, il valait mieux mettre le cap sur Surmont Hall. C'était beaucoup plus près. Et c'est ainsi que j'ai pu faire la connaissance de ma belle future cousine et dire de vive voix à Gabriel de me couper les vivres dès maintenant.

Livia pensa au petit paquet caché dans son tiroir.

— Hugo, avez-vous suffisamment d'argent pour rentrer chez vous ? demanda-t-elle sans détour. J'en ai un petit peu, et...

— Je vous remercie, j'ai de quoi vivre. Tout juste, mais suffisamment, précisa-t-il en riant. Cela me rappelle qu'il faut que j'écrive à ma mère pour lui dire que je serai de retour à Whitehaven dès que je tiendrai de nouveau en selle. Vous pourrez m'apporter de quoi écrire tout à l'heure ?

— Bien sûr.

Ils bavardèrent longtemps, gaiement, amicalement.

En passant dans le couloir pour rejoindre son bureau, Gabriel entendit la voix de Livia et celle, plus grave, de Hugo. Ils riaient de bon cœur. Il se dit vaguement que c'était une bonne chose que Hugo ait un peu de compagnie. Lui-même était bien trop occupé pour distraire son cousin. Puis il songea aux problèmes à résoudre : la rouille affectant les pommiers d'un verger à la limite du domaine et, surtout, une incompréhensible résistance de certains journaliers et métayers qui refusaient de voir leurs croulantes chaumières de torchis remplacées par des maisonnettes à charpente de bois.

C'était là un mystère.

17

Livia abandonna ses longues promenades solitaires pour passer la plus grande partie de ses journées avec Hugo. Il la régalait d'amusantes anecdotes sur son enfance et son adolescence, lui parlait de sa mère, une femme d'une gentillesse et d'une patience inaltérables, de ses frères et sœur, et de toutes les bêtises qu'il avait faites au cours de sa scolarité. À sa demande pressante, il lui parla de ses années dans l'armée, quand bien même il avait tendance à minimiser les dangers qu'il avait affrontés et mettait toujours l'accent sur le côté cocasse de ses mésaventures.

Livia ne mit pas longtemps à se rendre compte à quel point la compagnie de Hugo et les fous rires qu'ils partageaient lui étaient précieux, et à quel point elle avait besoin d'un ami, surtout en ce moment.

Hugo eut enfin l'autorisation de se lever. S'il assistait désormais aux repas, Gabriel et sa grand-mère continuaient à discuter entre eux, avec une désinvolture qui confinait à la grossièreté, de tout ce qui concernait le château et le domaine. Avec la mine indulgente de quelqu'un qui ne se formalise pas, Hugo bavardait avec Livia et s'efforçait, sans grand succès, de faire participer à leurs conversations Mlle Cott qui, Livia l'avait remarqué, paraissait de plus en plus étrangère au monde des Penhallow.

Hugo retrouvant des forces de jour en jour, Livia et lui prirent l'habitude d'aller se promener ensemble. Il boitait encore un peu, surtout lorsqu'il commençait à se fatiguer.

— Dites-moi, quand a lieu votre mariage ? s'enquit Hugo, un après-midi, alors qu'ils déambulaient dans le vieux labyrinthe, aux haies maintenant trop hautes, qui datait de l'époque élisabéthaine. J'espère être encore là pour y assister, mais vous ne m'en avez pas dit un mot. La plupart des jeunes femmes, j'imagine, seraient obsédées par les préparatifs – la robe, les invités, et tout le reste.

— Je ne sais pas exactement. Je pense... J'espère... mais Gabriel a tellement à faire après sa longue absence...

— Oui, bien sûr. Une chose après l'autre, n'est-ce pas ? Il a toujours été très méthodique. En pension, il était réputé pour son sérieux, qu'il s'agisse des études ou du sport. S'il révisait pour les examens, vous pouviez amener un orchestre dans sa chambre, il n'y faisait absolument pas attention. Nous l'avons fait une fois, d'ailleurs, avoua Hugo en riant. Il n'a même pas levé les yeux. C'était incroyable ! Évidemment, c'était toujours lui qui avait les meilleures notes. Et c'était un boxeur hors pair. Je ne sais pas combien de fois je l'ai vu envoyer au tapis des hommes qui faisaient au moins cinq livres de plus que lui. C'était pure détermination de sa part.

Alors que Livia réfléchissait au portrait que Hugo lui brossait de Gabriel, il enchaîna :

— Vous êtes très différente – en bien, attention ! – du genre de femme que je l'aurais imaginé épouser. J'avais toujours pensé qu'il finirait avec l'une de ces femmes du monde abominablement imbues d'elles-mêmes. Elles lui couraient toutes après, vous savez. Quand il s'est échappé en entrant dans le corps diplomatique, je n'en suis pas revenu. Comment vous êtes-vous rencontrés, au fait ?

— Oh, c'est une longue histoire ! esquiva prudemment Livia. Au début, il s'agissait d'un mariage de convenance, mais... les choses ont changé et – eh bien, Gabriel est tellement occupé. Je l'aime, Hugo, de tout mon cœur et de toute mon âme.

— Je le vois bien, votre visage s'illumine quand vous parlez de lui. Ma foi, vous serez très heureux ensemble ! Dites-moi, Liv, vous croyez que nous arriverons à sortir un jour de ce maudit labyrinthe ? Vous, je ne sais pas, mais moi, je suis prêt pour le déjeuner.

Grâce à Eccles le jeune, Gabriel avait maintenant bon espoir de vaincre la rouille des pommiers. Et ils étaient passés à la remise en état des clôtures. Il avait persuadé Eccles senior de cesser de faire la leçon aux métayers à propos des nouvelles maisons et il espérait l'avoir convaincu que la persuasion serait plus efficace que la coercition. La loge des gardiens était enfin en cours de rénovation, et le fils de la défunte Mme Allard avait fait savoir qu'il était disposé à s'y installer avec sa nombreuse famille dès qu'elle serait en état. Crenshaw avait fait à Gabriel un compte rendu positif des améliorations apportées aux logements des domestiques et la cuisinière appréciait son nouveau fourneau.

Oui, on progressait, mais il y avait encore beaucoup à faire et il était bien décidé à travailler encore plus dur. Au cours de ses allées et venues, il avait remarqué que Livia était toujours avec Hugo. Ils bavardaient, riaient, se promenaient, quelquefois bras dessus, bras dessous.

Il avait aussi compris que Hugo n'était plus l'adolescent dont il avait gardé le souvenir. C'était maintenant un homme fait et il aurait fallu être aveugle pour ne pas voir de quelle façon la domesticité féminine tournait autour de lui – il était de toute évidence extrêmement attirant. Il allait sans doute s'établir maintenant qu'il avait quitté l'armée, se trouver un travail agréable et fonder une famille. Lorsqu'il avait insisté pour lui rembourser le coût de sa charge d'officier, Gabriel avait commencé par refuser. S'il avait fini par accepter, c'était uniquement parce qu'il avait compris que son cousin en faisait une affaire d'honneur.

Il jeta un coup d'œil inquiet au ciel menaçant. Dès qu'il en aurait terminé avec les moissons et que le blé, l'orge, l'avoine et le seigle seraient rentrés, il demanderait à Hugo quels étaient ses projets et verrait s'il pouvait l'aider.

« Dépêche-toi, dépêche-toi », s'exhorta-t-il.

Le lendemain, Gabriel fut debout avant l'aube et, tandis que le soleil se levait à peine, promesse d'une belle journée, il partit à cheval.

— Ça progresse, monsieur, annonça Eccles le jeune en le rejoignant sur sa monture.

— Oui. Ils vont bientôt commencer à glaner ?

— On peut tout ramasser. C'est à vous de voir, monsieur.

— Non, laissez les épis tombés pour les femmes et les enfants. Mettez les hommes au battage.

— Comme vous voudrez. Les glaneurs auront de quoi manger ! Ça les changera agréablement, si vous me permettez.

Gabriel acquiesça. Il était aussi fier que satisfait, mais il était aussi épuisé. Et Livia lui manquait. Il avait l'impression de ne pas l'avoir vue, vraiment vue, depuis des années.

— Vous pouvez vous passer de moi quelques heures ? demanda-t-il tout à trac.

— Bien sûr, monsieur. Tout se passe bien.

— En effet, sourit Gabriel avant de faire volter Primus en direction du château.

Après une agréable promenade avec Hugo juste après le petit déjeuner, Livia monta changer de chaussures. Elle redescendit au salon, où elle retrouva le cousin de Gabriel allongé sur un canapé, les pieds surélevés par un coussin. Il était plongé dans la lecture d'une lettre qu'il abandonna dès qu'elle s'installa en face de lui.

— Je viens de recevoir une lettre de ma mère, Liv. Tout va bien, même si Bertram a détruit deux casseroles en faisant des « expériences », et que la cuisinière en fait une jaunisse. La bonne nouvelle, c'est qu'une héritière se trouve pratiquement à la porte d'à côté.

— C'est en effet une bonne nouvelle, Hugo !

— Je vais me mettre en route ! dit-il en se levant abruptement. Si vous voulez bien m'excuser, bien sûr.

— Vous voulez partir tout de suite ? se récria Livia.

— Non, je vais aux écuries voir si mon cheval est prêt pour un long voyage. Je partirai demain. Il n'y a pas de temps à perdre ! Ces héritières sont très demandées et j'ai plus de trois cents lieues à parcourir pour rejoindre Whitehaven. Je suis vraiment au-dessous de tout, n'est-ce pas ? Le genre d'invité qui arrive et repart sans crier gare. J'ai à peine échangé trois mots avec Gabriel et tante Henrietta – ils sont tellement préoccupés –, cela dit, je ne pense pas qu'ils remarqueront mon départ.

— Moi, je le remarquerai, Hugo.

— Vous êtes vraiment adorable.

— Hugo, je suis tellement contente que vos projets matrimoniaux prennent corps. Vous méritez d'être heureux. Mais vous allez tant me manquer ! s'écria Livia, avant de fondre en larmes.

— Ça, alors ! se récria Hugo, effaré, en s'agenouillant près d'elle pour lui prendre la main. Liv, ma petite Liv, ne pleurez pas, je vous en prie !

Elle sanglota de plus belle et lorsqu'il l'enlaça avec une affection toute fraternelle, ses pleurs ne firent que redoubler. Quand elle commença à se calmer un peu, elle se trouva si bien dans ses bras qu'elle n'eut aucune envie de les quitter.

— Ah, les femmes ! soupira Hugo en lui caressant maladroitement les cheveux – qui s'affaissèrent sur ses épaules. J'espère que mon héritière ne se conduira pas de façon aussi incompréhensible, ajouta-t-il.

Et Livia éclata de rire.

Gabriel demeura pétrifié sur le seuil du salon. Son cerveau rejetait avec vigueur ce que voyaient ses yeux.

Livia et Hugo.

Livia dans les bras de Hugo.

Sa somptueuse chevelure tombant en désordre sur ses épaules.

Gabriel ne comprenait que trop bien ce que cela signifiait, il n'était pas idiot.

Et puis il l'entendit rire.

Tournant les talons, il gagna son bureau à grands pas, ferma la porte et s'y adossa comme s'il avait besoin d'un soutien. Il avait vécu un tremblement de terre en Crimée. La vaisselle tombait des étagères et se brisait, les livres et les bibelots jonchaient le sol, comme éparpillés par une main géante. En quelques secondes, le monde qui paraissait si solide s'était révélé fragile, littéralement instable. En un clin d'œil, ses projets, ses espoirs, ses rêves avaient volé en éclats eux aussi, tels d'insignifiants bibelots de porcelaine.

Pendant qu'il s'échinait à relever son domaine, Livia et son cousin Hugo étaient tombés amoureux.

Et comment leur en vouloir ? se demanda-t-il avec une froide lucidité. Il les avait pratiquement jetés dans les bras l'un de l'autre. Il les avait peu ou prou ignorés. Tous deux étaient jeunes et séduisants. Il n'arrivait même pas à être en colère contre Hugo, qui était un garçon si séduisant, agréable et facile à vivre.

— Tout le contraire de moi, grommela-t-il avec amertume.

Lui n'était qu'un monstre d'égoïsme aveugle.

Mais c'était terminé.

Il savait ce qui lui restait à faire.

Il allait rendre sa liberté à Livia.

Un homme ne pouvait rompre ses fiançailles, c'était une règle d'airain dans la bonne société, pour autant, son amour pour Livia lui donnerait la force de se conduire de façon aussi peu orthodoxe – et déshonorante.

Et il ferait tout ce qui était en son pouvoir pour aider le jeune couple à débuter dans la vie. Il leur donnerait de l'argent et tout ce dont ils auraient besoin, quelles que soient les protestations de Hugo.

Il ne penserait pas à lui.

Et il n'y avait pas un moment à perdre.

Gabriel balaya la pièce d'un regard absent. Comment pouvait-on avoir l'impression d'être mort alors qu'on était vivant ?

Il pivota et ouvrit la porte.

— C'est très agréable d'avoir une jolie fille dans les bras sans avoir à se demander si on ne va pas se méprendre sur ses intentions, comme si je câlinais ma mère ou la petite Gwendolyn, avoua Hugo après une dernière caresse maladroite sur les cheveux de Livia. Je suis désolé, j'ai complètement défait votre coiffure.

— Cela en valait la peine, déclara Livia, qui se libéra.

— À coup sûr, confirma-t-il en se redressant. Fini de pleurer, Liv ?

— Oui.

— Je vais aux écuries, dans ce cas. Adieu, comme disent ces maudits Français.

— À tout à l'heure.

Livia le suivit du regard, puis alla à la fenêtre. Des ouvriers s'activaient à curer l'étang, des jardiniers tondaient les pelouses et taillaient les massifs. Tout serait magnifique d'ici quelque temps ! Elle recula de façon à voir son reflet dans la vitre et remit un semblant d'ordre dans ses cheveux.

— Livia.

C'était la voix de Gabriel, froide, lointaine. Elle se retourna et lui sourit.

— Pardonnez ma concision, mais dans un cas comme celui-ci, c'est sans doute mieux. Je vous libère de vos fiançailles et je vous souhaite le meilleur. Sachez que je prendrai toutes les mesures nécessaires pour que vous ne manquiez de rien.

Il se tut, leva les mains, puis les laissa retomber.

— Un instant ! s'écria Livia. De quoi parlez-vous ?

Elle se trompait. Il n'avait pas dit ce qu'elle *croyait* avoir entendu.

— Je suis désolé, nos fiançailles sont rompues. Comme il se doit.

D'une main, elle se retint à l'un des lourds rideaux de velours derrière elle. Elle espérait qu'il n'allait pas se décrocher. Si c'était le cas, elle pourrait au moins se cacher dessous, ne plus voir ce visage glacial ni entendre ces horreurs.

— Je ne comprends toujours pas.

— C'est fini. C'est sans doute pour le mieux. Je vous souhaite le meilleur, répéta-t-il. Et je vous présente mes félicitations. À présent, si vous voulez bien m'excuser ?

Il la félicitait ?

— Un instant ! Attendez ! Juste un instant !

Les oreilles bourdonnantes, elle lâcha le rideau pour s'avancer vers lui et, par un curieux retournement de ce qui s'était passé au bal chez les Orr, elle le prit par les épaules et tenta de l'embrasser. Elle aurait fait n'importe quoi pour que cette folie s'arrête. Il recula, horrifié.

— Vous ne pouvez pas faire cela. *Nous* ne pouvons pas. Je dois vous laisser.

Épouvantée, Livia le regarda s'incliner et tourner les talons.

— Partez ! Je m'en moque ! Et j'espère ne jamais vous revoir, Gabriel Penhallow ! cria-t-elle, soudain en proie à une colère sans nom.

Il s'arrêta, se tourna vers elle.

— Je suis désolé, déclara-t-il avec raideur avant de quitter la pièce.

L'espace d'un instant affolant, Livia eut l'impression qu'elle n'arrivait plus à respirer. Elle se força à inspirer et à expirer posément.

Puis, avec un calme qui lui parut grotesque vu les circonstances, elle alla s'asseoir sur un canapé.

Voilà.

C'était fini.

Vraiment fini.

Les conflits et les malentendus, les disputes, la tendresse et l'amour qu'ils avaient partagés.

Tout au fond d'elle-même, s'attendait-elle que cela arrive ? N'était-ce pas l'histoire de sa vie, après tout ?

Au moins, cela avait le mérite de la cohérence.

Sa vie était comme une ardoise d'écolier qu'on aurait effacée d'un coup d'éponge.

Il ne restait plus rien.

Rien à désirer, rien à mériter.

« Va lui parler », lui répétait une voix insistante.

« Et faire quoi ? répondit-elle. Le supplier de réfléchir ? Le supplier de m'aimer ? Continuer d'attendre et d'espérer, comme l'idiote que je suis ? »

Non.

Il était temps de passer à l'action, de changer le cours de son destin, de prendre sa vie en main.

Elle savait ce qui lui restait à faire.

— Oh, mademoiselle Stuart, j'espère que je ne vous dérange pas ?

C'était M. Markson.

— Bonjour, monsieur, le salua-t-elle. Asseyez-vous, je vous en prie. Voulez-vous une tasse de thé ?

— Non, non, ne prenez pas cette peine. Pardonnez-moi de faire irruption ainsi, mais j'étais venu voir Mme Penhallow et elle n'est pas disponible. Apparemment, elle reçoit des candidates pour le poste de gouvernante.

— Ah bon ?

— Oui, Mme Worthing va aller vivre dans la famille de sa sœur, la mère de notre Petit Walter. Elle en paraît très heureuse et va recevoir une généreuse pension.

— J'en suis ravie.

— Oui, ce sont bien là les façons des Penhallow. Je suis tellement content que tout redevienne comme avant.

— Moi aussi.

— Nous allons ouvrir une école pour les enfants du village, voyez-vous. Mme Penhallow sera l'une de nos bienfaitrices.

— Quelle bonne nouvelle ! Dites-m'en un peu plus.

M. Markson ne demandait pas mieux. Livia souriait, hochait la tête, et n'entendait pas un mot. Elle s'aperçut finalement que le pasteur avait cessé de parler. Son visage ordinaire était transfiguré tandis qu'il regardait Mlle Cott qui se tenait sur le seuil, plus pâle que jamais, à l'exception de deux taches rouges sur les joues.

— Oh, j'ignorais que vous étiez ici, Arthur ! Mademoiselle Stuart, j'étais venue demander... mais cela peut attendre... Excusez-moi !

Elle pivota et s'éloigna.

— Je... je dois vous laisser, balbutia M. Markson, soudain très pâle lui aussi. J'ai du travail au presbytère. S'il vous plaît, présentez mes excuses à Mme Penhallow. Je reviendrai... Je lui enverrai un mot avant... Bonne journée, mademoiselle Stuart.

Et il quitta la pièce en hâte.

Livia oublia ses préoccupations personnelles. Son cœur était mort mais son cerveau fonctionnait, s'interrogeait, conjecturait, et s'inquiétait de voir ces deux charmantes personnes en proie à une évidente détresse. Elle gravit l'escalier en courant et rattrapa Mlle Cott sur le palier.

— Qu'est-ce qui ne va pas ? s'enquit-elle doucement.

— Ce n'est rien... rien du tout, bredouilla Mlle Cott. Une vieille histoire, qui n'intéresse personne.

— Elle m'intéresse, moi. Vous ne voulez pas vous asseoir et me la raconter ?

Dans une alcôve, quelques sièges leur tendaient les bras. Livia y conduisit Mlle Cott et l'obligea à s'asseoir avant de prendre place à côté d'elle. Elle s'empara de ses mains et s'aperçut qu'elles tremblaient.

— Oh, mademoiselle Cott, vous avez l'air si triste ! Vous ne voulez pas me dire pourquoi ?

— Il n'y a pas grand-chose à dire. Il y a longtemps, alors que j'étais encore une très jeune femme, je suis tombée amoureuse d'Arthur Markson. Et je crois qu'il était amoureux de moi. J'étais heureuse, mademoiselle... Livia. Tellement heureuse !

— Et ?

— Vous savez ce qui est arrivé ensuite, je pense. Mon amie Henrietta Penhallow a perdu l'amour de sa vie, son cher Richard, et elle était tellement effondrée que j'ai craint pour sa santé mentale, et même pour sa vie. Elle avait besoin de moi. Comment aurais-je pu l'abandonner dans des moments aussi terribles ?

— Vous ne pouviez pas, bien sûr. Mais ces moments se sont prolongés, et sont devenus des années.

— Oui. Je ne sais pas comment c'est arrivé ; je n'ai jamais cessé de m'inquiéter pour Henrietta.

— Vous êtes si bonne, mademoiselle Cott, murmura Livia. Vous êtes la personne la plus gentille que j'aie jamais rencontrée. Vous aimez toujours votre Arthur ?

— Oui. C'est ridicule, n'est-ce pas ?

Une larme roula sur la joue pâle de Mlle Cott, qui sortit bien vite un mouchoir pour l'essuyer.

— Cela n'a rien de ridicule, assura Livia. Vous alliez dans votre chambre ? Voulez-vous que je vous fasse monter du thé ?

— Oh, volontiers ! Merci. Et merci de m'avoir écoutée.

Livia se hâta de redescendre, donna ses instructions à une domestique et se dirigea vers le salon vert. Mme Penhallow était seule. Assise à un secrétaire, elle compulsait des papiers.

Lorsque Livia frappa à la porte ouverte, elle leva les yeux et fronça les sourcils.

— Je suis occupée ! M. Markson attend que je le reçoive.

— Il a dû partir. J'aimerais vous parler.

— Si c'est indispensable, marmonna Mme Penhallow en posant ses papiers.

— C'est au sujet de M. Markson, répondit Livia en entrant, et de Mlle Cott. Elle l'aime, voyez-vous, et je pense que lui aussi l'aime.

— D'où tenez-vous cela ? Je ne crois pas qu'Évangéline ait seulement vu Arthur Markson depuis notre arrivée.

Le visage de Mme Penhallow s'assombrit à mesure que Livia lui expliquait ce qui venait de se passer.

— Je me rends compte, une fois de plus, à quel point j'ai une vision fausse de ce qui m'entoure, dit-elle pensivement lorsque Livia eut terminé. Bien entendu, je vais immédiatement libérer Évangéline de ses obligations et l'obliger à épouser Arthur Markson si nécessaire.

— Obliger les gens à se marier n'est peut-être pas la meilleure solution. Je pense que Mlle Cott a surtout besoin de votre approbation à cette union. Elle vous est profondément attachée, vous savez.

— Je me demande pourquoi. Je ne suis qu'une vieille idiote insupportable.

En voyant l'indomptable Mme Penhallow si défaite, si découragée, Livia éprouva un élan de compassion. Elle s'approcha et ne put s'empêcher de l'embrasser.

— Je dois vous laisser, dit-elle. Au revoir.

— Vous avez dérangé mon châle, se plaignit Mme Penhallow.

Mais Livia n'était pas dupe ; elle avait l'air rasséréné tout à coup.

La vieille dame allait lui manquer. Ils allaient tous lui manquer.

Livia resta un moment devant la porte du salon vert, le regard perdu. Puis, comme si une force indépendante de sa volonté guidait ses pas, elle se rendit dans l'ancienne chapelle du château. Ici, durant des siècles, des générations de Penhallow s'étaient rassemblées pour prier, se marier, trouver l'apaisement ou pleurer la perte d'un être cher. Une tenace odeur de moisi et d'humidité flottait dans l'air, les bancs de chêne étaient couverts de poussière et le plancher du chœur pourrissait.

Livia regarda autour d'elle.

Il n'y aurait pas – il ne pouvait y avoir – de mariage ici.

Elle songea à un autre mariage, bien loin, aux Indes, avant sa naissance. Son père Jonathan, rejetant la poursuite des richesses qu'il abhorrait, avait obéi à sa vocation. Il avait trouvé le bonheur auprès de Georgiana, la mère de Livia. Que cette cérémonie avait dû être joyeuse !

Et bien avant cela, les parents de Georgiana, fuyant l'Angleterre et la séparation qu'on voulait leur imposer, s'étaient mariés. Ils s'étaient battus pour leur avenir, avec pour seule préoccupation ce qu'ils avaient dans le cœur. Leur mariage aussi avait dû être joyeux.

Tel était son héritage.

Désormais, elle ne se préoccuperait plus que de vérité et de sincérité. Surmont Hall ne les lui offrait plus, si tant est qu'il les lui ait jamais offertes.

Elle s'agenouilla et pria pour trouver la force dont elle aurait besoin au cours des jours sombres et solitaires qui l'attendaient.

Livia ressentit ensuite une calme assurance, pas au point cependant de trouver le courage de descendre dîner. Elle prétexta une migraine et refusa le plateau qu'on lui proposait. Elle le regretterait, elle le savait, mais son mensonge n'en paraîtrait que plus vraisemblable.

À minuit, elle revêtit sa plus vieille robe et remit – enfin – ses vieilles bottines. Elle glissa l'argent de Cecily dans une pochette qu'elle avait cousue et qu'elle attacha sous son jupon. Qui d'elle ou de Cecily aurait le dernier mot ? se demanda-t-elle. Cecily aurait la satisfaction d'apprendre que Gabriel n'avait pas épousé sa petite provinciale, d'un autre côté, elle aurait donné à Livia les clefs de la liberté.

Il restait un dernier détail à régler.

Devait-elle laisser un mot ?

Et que pourrait-elle bien dire ?

Je regrette que vous ne m'aimiez pas, cependant, comme dit lady Glanville, la vie est injuste. C'est regrettable, mais qu'y faire ?

Non, elle ne laisserait pas de lettre.

Elle enfila son vieux manteau, le boutonna jusqu'au cou. Elle doutait qu'il soit assez chaud, mais on ne pouvait pas avoir toujours tout ce qu'on voulait dans la vie.

Gabriel n'avait pu se résoudre à dîner avec le reste de la famille. À la place, il avait enfilé la blouse d'un des journaliers et les avait aidés à battre le grain jusqu'à la tombée de la nuit. Il était ensuite rentré prendre un bain, s'était fait apporter son dîner, le tout sans cesser de se demander pourquoi se conduire correctement lui donnait l'impression de s'amputer de tout ce qu'il chérissait en ce bas monde.

Le lendemain matin, il résolut de se montrer aussi courtois et magnanime qu'il était humainement possible quand il se retrouverait en face de l'heureux couple. Il descendit prendre son petit déjeuner comme s'il marchait à l'échafaud. Il ne trouva que Hugo, occupé à remplir généreusement son assiette.

— Bonjour cousin ! Quelle belle journée. Goûte-moi ce jambon à l'os, il est excellent. Je t'en ai laissé deux tranches.

Gabriel le remercia en s'efforçant de ne pas grincer des dents. Il s'assit et considéra son assiette comme s'il n'en connaissait pas l'usage. Se montrer magnanime s'annonçait plus dur que prévu.

— Puis-je...

Il serrait les poings, remarqua-t-il, et il s'obligea à les desserrer avant de reprendre :

— Puis-je te féliciter pour ton prochain mariage ? J'espère que vous serez très heureux tous les deux.

— C'est très gentil de ta part, cousin, même si c'est peut-être un peu prématuré.

Prématuré ? Après ce qu'il avait vu la veille ? Si Hugo comptait traiter Livia aussi cavalièrement, il le tuerait !

— Je pensais, dit Gabriel prudemment, que la chose était entendue entre vous deux.

Hugo s'esclaffa et Gabriel dut faire appel à toute sa volonté pour ne pas sauter par-dessus la table et l'étrangler.

— Ce serait vraiment extraordinaire vu que je ne lui ai pas encore parlé.

— Tu ne lui as pas parlé ? répéta Gabriel, qui se sentait rougir de colère.

— Et comment l'aurais-je pu ? Si tu ne veux pas de ce jambon, je vais le manger.

Avec une politesse glaciale, Gabriel lui tendit l'assiette.

— Pardonne-moi ma franchise, mais il me semble qu'un gentleman lui parlerait dès aujourd'hui.

— C'est ce que je ferais si c'était possible, je t'assure. J'aimerais toutefois savoir comment tu penses que je devrais m'y prendre compte tenu de la distance.

— Mais enfin, vous vivez sous le même toit ! s'emporta Gabriel, indigné par la nonchalance de son cousin. Va lui parler tout de suite !

— Je te demande pardon ?

— Va lui parler ! Qu'est-ce que tu attends, espèce d'abruti ?

— Je vais bel et bien y aller, mais il y a un bout de chemin. Nous ne vivons pas sous le même toit. Bon sang, tu as bu ou quoi ? Si je puis me permettre, tu as une mine de déterré.

— Tu pars ? dit Gabriel, complètement perdu. Pour aller où ?

— À Whitehaven. C'est là que ma future épouse – enfin, à condition qu'elle m'accepte – habite.

— Ta fiancée habite à Whitehaven ?

— C'est ce que je viens de te dire, confirma Hugo en remplissant une tasse de thé. Tiens, bois cela, cela te fera du bien. Sans vouloir t'offenser, tu te conduis comme si tu avais reçu un coup sur la tête.

— Attends ! Si j'ai bien compris, tu vas épouser une dame – pour qui j'éprouve déjà une profonde compassion, soit dit en passant – à Whitehaven ? Tu ne vas pas épouser Livia ?

— Livia ? Tu as bu *et* tu as reçu un coup sur la tête, parce qu'apparemment, tu as oublié que Livia est déjà fiancée avec toi.

— Mais… mais je vous ai vus hier, Livia et toi, dans les bras l'un de l'autre, et j'ai pensé… que vous étiez… amoureux.

— Amoureux ? Pour une étreinte fraternelle ? Je te garantis que lorsque j'embrasse une fille avec des intentions amoureuses, il n'y a pas à s'y tromper !

Gabriel médita cette nouvelle information. Cette merveilleuse, cette réconfortante information. Un grand sourire lui incurva les lèvres.

— Tu te serais épargné beaucoup de tracas si tu avais simplement demandé ce qui se passait, observa Hugo.

— Tu as entièrement raison.

Le sourire de Gabriel s'effaça soudain.

— Bonté divine, j'ai rompu nos fiançailles hier ! s'exclama-t-il en se levant si abruptement qu'il renversa sa chaise.

— Alors tu es vraiment idiot, commenta sobrement Hugo en se resservant de pommes de terre.

Gabriel ne prit pas la peine de discuter cette affirmation, il était déjà à la porte. Il gravit quatre à quatre les marches de l'escalier et courut presque jusqu'à la chambre de Livia. Il dut prendre sur lui pour frapper et attendre une réponse. Tout allait s'arranger, tout irait pour le mieux, tout serait de nouveau merveilleux...

Ne recevant aucune réponse, il se risqua dans la pièce. Elle était vide. Le lit était fait et les rideaux encore tirés. Peut-être était-elle... où donc ? Il était fort possible qu'elle ait pris un autre chemin pour descendre à la salle à manger. Peut-être était-elle en train de prendre tranquillement son petit déjeuner, à supposer que Hugo lui ait laissé quoi que ce soit.

Elle n'y était pas.

Quelques heures plus tard, après que toute la maisonnée eut été mobilisée pour la chercher, il fallut se rendre à l'évidence : Livia était partie.

— Mon Dieu, c'est moi qui l'ai chassée, déclara Gabriel à Hugo qui venait d'arriver dans le hall, un grand sac à l'épaule. Tu pars ? Maintenant ?

— Oui. Je vais vaquer à mes affaires, et toi aux tiennes ! lança Hugo avec une légèreté qui, aux yeux de Gabriel, frisait l'insensibilité. Merci de ton hospitalité, cousin. Je t'en suis vraiment reconnaissant… Elle t'aime, tu sais ! Du fond du cœur. Je ne peux pas en espérer autant, mais je suis heureux pour toi.

Et Hugo planta là Gabriel, qui s'efforça de mettre de l'ordre dans ses idées. Il apprit qu'aucun cheval ne manquait aux écuries et un palefrenier l'informa qu'il avait remarqué des traces de pas dans le sentier qui menait à la loge. Gabriel enfourcha Primus et les suivit. Ce pouvait être celles de Livia, en effet. Elles menaient au village, où la trace se perdait. Il entra dans l'auberge et s'enquit d'une jeune femme aux cheveux auburn qui avait dû prendre une diligence pour une destination inconnue.

Il dut se contenter de déclarations contradictoires qui se partageaient à peu près également entre Londres et Exeter. Le silence se fit soudain comme une femme bien en chair s'avançait avec l'autorité de Moïse séparant les eaux de la mer Rouge.

— Je l'ai vue dans les feuilles de mon thé ce matin, annonça-t-elle.

Gabriel comprit qu'il s'agissait de celle qu'on appelait l'oracle de Riverton.

— Ce n'est ni Londres ni Exeter, décréta-t-elle en jetant un regard méprisant à la ronde. Il restait beaucoup de thé dans ma tasse ce matin, monsieur, ce qui désigne l'océan, bien sûr. Et j'ai aussi vu une fourche jaune. Ce vieux John Roger – mon mari – assure que ce ne sont que des fétus de paille, mais je sais ce que je dis ! J'ai vu ce que j'ai vu. Une fourche jaune ! C'est là que vous trouverez votre dame, monsieur !

En l'occurrence, Gabriel avait l'impression de se raccrocher à des fétus de paille, mais il ne voulait négliger aucune piste. Il demanda à la cantonade si une malle-poste avait pris la direction de la mer.

— Oui, monsieur ! Celle de Bristol est passée à la pointe du jour.

Gabriel n'attendit pas davantage. Il poursuivit sa route, en espérant qu'il ne faisait pas la pire erreur de sa vie en remettant son sort entre les mains d'une diseuse de bonne aventure. Son amour – son cher, son noble, son indomptable amour – comptait embarquer sur un navire et si oui, où comptait-elle aller ? Elle pouvait fort bien s'embarquer pour Porto de Galinhas, comme il en avait eu l'intention un jour.

Cela lui semblait si loin.

Il espérait qu'elle était en sécurité. Il espérait qu'elle allait bien.

Il espérait qu'il n'était pas trop tard pour lui dire ce qu'il avait dans le cœur.

18

Elle avait affreusement chaud et se sentait mal. Elle avait l'impression qu'on lui frappait sur la tête comme sur un tambour, elle avait mal à la gorge, tous ses membres étaient douloureux, et elle mourait de soif. Pourquoi personne ne lui venait-il en aide ? Quelqu'un... n'importe qui ?

Un froid de glace lui paralysa tout le corps comme si elle était recouverte de neige. Il fallait remonter les couvertures... Elle n'avait pas la force d'ouvrir les yeux. Elle tâtonna autour d'elle d'une main tremblante, le tissu grossier du drap ne lui était pas familier.

Tout lui revint soudain : sa fuite de Surmont Hall, sa halte dans la petite ville de Barrow Gurney pour faire diversion, un stratagème qu'elle avait cru habile jusqu'à ce que, après deux jours passés à se cacher avant de prendre la diligence pour Bristol, elle découvre qu'elle avait contracté la fièvre qui semblait affecter ses deux voisins au cours du long voyage depuis Riverton.

En descendant de voiture, elle avait tout juste eu la force de trouver une chambre à l'auberge du *Trident d'or* avant de s'aliter.

Quel jour était-on ? Depuis combien de temps était-elle dans cet état ? Elle qui n'était jamais malade ! Elle n'avait jamais eu la fièvre de sa vie ! Ce bref accès d'indignation retomba aussitôt et elle se mit à pleurer. Elle avait de nouveau horriblement chaud, tout en tremblant de froid. Elle finit par sombrer dans un sommeil agité où elle rêva de voyages sans fin dans des voitures pleines de courants d'air et à la propreté incertaine, d'aubergistes douteux, de Surmont Hall, si beau et accueillant, et de Gabriel, son beau visage penché sur le sien…

Une grande main lui soulevait la tête. « Bois ! », intima une voix grave, et elle retrouva le goût agréable de la décoction d'orge. Elle l'avala avec avidité, sentit qu'on lui reposait la tête sur l'oreiller, et elle sombra dans un sommeil profond.

Des bras vigoureux la soulevaient et la berçaient comme une enfant. Elle sentait des draps doux sur son corps douloureux, un matelas sans bosses déplaisantes. Elle était épuisée. Elle avait chaud et froid, froid et chaud. De nouveau, on lui soulevait la tête et la même voix grave lui ordonnait de boire, de boire encore. Des linges humides rafraîchissaient son front brûlant. Oubli délicieux…

Finalement, Livia reprit conscience et revint dans le monde des vivants. Elle se sentait mieux. Elle se sentait bien, en fait. Elle ouvrit les yeux dans une grande pièce claire – une plus belle chambre de la même auberge ? – et dans cette pièce…

Dans cette pièce se tenait Gabriel. Oh, comme elle espérait que ce soit vrai, qu'il ne s'agisse pas d'un rêve ! Elle ne le supporterait pas. Il était assis à côté de son lit, ses longues jambes chaussées de bottes impeccablement cirées étendues devant lui. Il portait des culottes de peau, une jolie redingote vert bouteille, et sa cravate blanche était savamment nouée.

Il paraissait tellement solide.

Un espoir farouche, dévorant, s'épanouit dans son cœur.

Gabriel lisait, pourtant, comme si un sixième sens l'avait mystérieusement averti, il tourna la tête vers elle.

Il ne dit rien, ce qui la désarçonna un instant, mais son regard avait perdu sa froideur.

— Tu es venu me chercher.

— Oui.

— Et tu t'es occupé de moi pendant que j'étais malade.

— Oui.

— Pourquoi ?

— Parce que je t'aime.

Elle laissa ces mots pénétrer en elle, résonner dans son esprit. Un tel bonheur, une joie si grande qu'elle était incapable de sourire, étaient-ils possibles ?

— Redis-le.

— Je t'aime.

— Encore une fois.

— Je t'aime, Livia. Je t'aime depuis des semaines, depuis des mois, probablement depuis que je t'ai rencontrée, mais il m'a fallu beaucoup trop de temps pour le comprendre. Pour me comprendre.

— Tu peux le dire encore une fois ?

— Oui. Je te le dirai tous les jours tant que je vivrai, si tu veux bien. Je t'aime !

Elle poussa un profond soupir de contentement.

— Pourquoi as-tu rompu nos fiançailles ?

— Je t'ai vue dans les bras de Hugo et j'ai pensé que tu étais tombée amoureuse de lui.

— Tu n'es qu'un imbécile.

— Apparemment.

— Je ne pensais pas ce que je t'ai dit, Gabriel.

— Tu pourrais être un peu plus précise ?

— Quand j'ai crié que j'espérais ne jamais te revoir. J'étais blessée et en colère.

— C'est compréhensible. Je me suis conduit comme un... un imbécile !

— Oublions cette horrible conversation. Dis-moi plutôt comment tu m'as retrouvée.

— Sur des... conseils avisés, je suis allé à Bristol et je t'y ai cherchée. Comme je ne te trouvais pas, je suis allé à Severn, à Chittening et à Portishead, au cas où. Finalement, je suis arrivé à cette auberge parce que je cherchais une fourche jaune.

— Une fourche jaune ?

— Oui, or nous sommes à l'auberge du *Trident d'or*.

Elle aurait tout le temps de lui demander des précisions sur cette mystérieuse fourche jaune. Pour l'heure, il y avait plus important.

— Tu sais que je t'aime, moi aussi ?

— C'est ce que Hugo m'a assuré. Mais je suis heureux, Livia, tellement heureux, de l'entendre de ta bouche.

— Je ne me lasserai jamais de te le dire ! Nous allons nous marier, alors ?

— Si tu veux bien de moi.

— Oui, je le veux. De tout mon cœur, même si...

Livia hésita.

— Même si quoi ? répéta Gabriel, inquiet.

— Même si je ne serai jamais une vraie lady.

— Et qu'est-ce qu'une vraie lady, exactement ?

— Oh, tu sais bien ! Toujours dire et faire ce qui convient, garder mes pensées et mes opinions pour moi, faire semblant d'être une personne que je ne suis pas. Être parfaite, en somme.

— Je ne voudrais surtout pas de la perfection !

— Tu ne voudrais pas que je sois comme... Cecily Orr, par exemple ?

— Jamais de la vie ! s'écria-t-il avec tant de véhémence que les derniers doutes de Livia s'évanouirent.

Elle lui sourit et lui tendit la main. Il s'en saisit promptement.

— Tu ne t'enfuiras plus jamais, Livia ?

— Non, promit-elle.

— Répète-le.

— Je ne m'enfuirai plus.

— Quand je ne savais pas où tu étais, j'ai cru devenir fou.

— C'est du passé, Gabriel. Je suis là, avec toi.

— Oui. Livia, tu la sens ?

— Cette énergie qui passe entre nous ? Oui, je la sens toujours.

— Un lien indissoluble. Pardonne-moi d'avoir été aussi distant. Je me suis conduit comme une brute !

— Tu avais des soucis.

— J'avais tellement honte de moi, je m'en voulais tellement que je n'osais pas te regarder en face. J'avais peur.

— Je ne t'aurais jamais repoussé, Gabriel.

— J'aurais dû le savoir. J'aurais dû parler davantage avec toi. Me pardonneras-tu un jour ?

— Si tu me pardonnes, toi aussi. C'est difficile, parfois, de parler, n'est-ce pas ? Avec honnêteté et franchise en tout cas. Pendant toutes les années que j'ai passées à Ealdor Abbey, je n'avais personne à qui parler.

— C'est difficile, en effet. Je ne le sais que trop. Sache que désormais tu auras toujours une personne à qui parler. Je vais m'améliorer.

— Et moi aussi !

— Nous avons déjà fait des progrès, je trouve. À propos de Surmont... je voulais qu'il soit parfait, tu sais. Pour toi.

— Je sais, Gabriel, même si je commence à détester les mots « parfait » et « perfection ».

— Oui, moi aussi. Je propose de ne les utiliser qu'avec parcimonie, à l'avenir.

— Marché conclu !

— À propos de Surmont. Remédier à toutes ces années de négligence va demander beaucoup de travail.

— Le travail ne m'a jamais effrayée.

— Tu m'aideras ?

— Je ne demande que cela !

— Je pense que le toit fuit en plusieurs endroits. Crenshaw m'a dit qu'il avait trouvé d'autres rats morts et je n'ose même pas descendre dans les caves.

— Je descendrai avec toi.

— Merci ! dit-il avec un sourire. Au fait, bonne-maman pense que nous devrions avoir des chats.

Livia se rappela le gros chat tigré qu'elle avait imaginé ronronnant dans le salon rose, et son cœur se mit à chanter.

— Si grand-mère pense que nous devrions avoir des chats, nous en aurons ! décréta-t-elle.

— Elle a été bouleversée par ton départ. Elle t'aime beaucoup… Tu le sais, j'espère ? Elle voulait venir ici pour s'occuper de toi.

— Tu lui as donc écrit ?

— Bien sûr. Mais je lui ai dit que je réclamais ce privilège pour moi seul, et que je te ramènerais bientôt à la maison.

— À la maison. Quel joli mot…

— N'est-ce pas ?

Livia lui sourit tendrement, puis s'écria soudain :

— Oh, mon Dieu !

— Quoi ?

— Toi et moi seuls à l'auberge ! Ma réputation…

— Ne t'inquiète pas, j'ai fait venir Flye pour préserver les convenances.

— Tu penses vraiment à tout, murmura Livia en lui caressant la main.

— Je m'y efforce, en tout cas. J'ai encore quelque chose à te demander, mon ange. Si tu n'en as pas envie, je comprendrai.

— De quoi s'agit-il ?

— J'aimerais inviter bonne-maman à rester vivre avec nous.

— Mais volontiers !

— Tu es sûre ? Elle risque de vouloir tout régenter.

— C'est certain. Il n'empêche que j'ai beaucoup à apprendre d'elle. Et peut-être a-t-elle des choses à apprendre de moi. Ensemble, nous formerons une famille.

— Je n'ai pas beaucoup d'expérience en la matière, la prévint Gabriel.

— Moi non plus, mais j'ai envie d'essayer.

— Puisque nous parlons de famille, j'espère que tu veux des enfants.

— Certainement. Et toi ?

— Oui, et pas seulement pour assurer la succession. Je veux des enfants par amour.

— J'en suis ravie ! Nous en aurons quatre, décida Livia.

— C'est un nombre idéal, approuva-t-il, les yeux brillants. Et si nous commencions tout de suite ?

— Pourquoi remettre au lendemain ce qu'on peut faire le jour même ?

Il parut stupéfait.

— Tu es sûre d'être suffisamment bien ? Tu as été malade et, te connaissant, tu as probablement faim. Veux-tu que je fasse monter une collation ? Je peux tout à fait attendre que tu...

— Cesse de jacasser et viens ici.

Il la rejoignit sur le lit et elle entreprit aussitôt de dénouer sa cravate.

— Ah, les vêtements ! marmonna-t-elle. Il y en a toujours trop.

Il sourit, l'embrassa, après quoi... Ma foi, parler devint inutile.

Cinq jours plus tard...

Gabriel chevauchant à leur côté, la luxueuse voiture de location dans laquelle Livia et Flye avaient pris place vira sur le gravier de l'allée impeccablement entretenue. Des valets se précipitèrent pour dérouler le marchepied, aider Livia à descendre et emmener Primus à l'écurie. De la porte du château jaillit un petit boulet de canon blanc qui aboyait joyeusement. Il bondit autour d'eux, s'arrêta un instant pour aboyer de façon provocante devant les chevaux, avant de retourner à toute allure sur le perron où les attendait bonne-maman, impériale et cependant souriante. Elle ouvrit les bras à Livia, qui réalisa qu'elle pleurait.

— Ma Livia chérie !

— Bonjour, chère grand-mère, sourit Livia en se jetant dans les bras de la vieille dame, qu'elle étreignit avec force.

— Me pardonnerez-vous un jour ?

— Mais de quoi, grand-mère ?

— De m'être aussi mal comportée avec vous.

— Il n'y a rien à pardonner, je vous assure ! Tout cela est derrière nous désormais.

La vieille dame se détendit visiblement et sortit un mouchoir brodé de son réticule pour se tamponner les yeux.

— Entrez donc, dit-elle avec brusquerie. Nous avons tellement à faire ! Votre mariage et celui d'Évangéline à préparer, pour commencer. Oui, Arthur Markson lui a demandé sa main, et elle la lui a accordée. Il y a également deux candidates extrêmement capables pour le poste de gouvernante – je vous en parlerai plus longuement, et il faudra que vous les rencontriez. Oh, je voudrais aussi votre avis pour le nouveau papier peint de la salle du petit déjeuner. Venez voir les échantillons ! Crenshaw, faites-nous servir le thé dans le salon rose, s'il vous plaît ! La cuisinière a fait vos biscuits favoris, ma petite Livia, et elle s'attend que vous en mangiez au moins trois. À moins que vous ne préfériez monter vous reposer un peu ?

— Non, je vais très bien maintenant. Un thé me fera le plus grand bien.

— Et alors, pas un mot de bienvenue pour moi ? plaisanta Gabriel en se penchant pour embrasser sa grand-mère. Et moi aussi, j'aime les biscuits !

— Moi aussi, figure-toi. En fait, j'en prendrai bien trois. La cuisinière en a fait une belle quantité pour fêter votre retour.

Gabriel s'effaça pour laisser passer les dames avant de jeter un regard satisfait dans le grand hall, qui avait retrouvé son lustre d'antan. Il regarda Livia et sourit en se rappelant leur petit intermède à l'auberge. Il se demanda si leurs enfants trouveraient les armes et les armures aussi fascinantes que lui quand il était petit. Il le soupçonnait. Le château retentirait à nouveau des bruyants exploits des chevaliers de la Table ronde…

— Vous n'êtes pas restés inactifs, lança-t-il. Merci à tous ! C'est bon d'être de retour à la maison.

Il n'aurait pu dire mieux.

Deux semaines plus tard...

Des miracles avaient été faits dans la chapelle. Le bois pourri avait été remplacé. Les stalles cirées luisaient à la lueur des nombreux candélabres. Les tableaux qui ornaient les murs avaient été dépoussiérés. L'endroit était bien différent de celui où Livia avait abrité son désespoir. Il était maintenant inondé de lumière, et respirait la joie et l'amour.

Debout à côté de Gabriel, elle portait une robe très simple, vert mousse, cousue par Alice Simpkin, la couturière de Riverton. Et non seulement bonne-maman avait approuvé de bonne grâce la décision de Livia, mais elle avait fait quelques suggestions qu'Alice avait accueillies avec empressement.

La chevelure de Livia, élégamment torsadée sur la nuque, était ornée d'une jolie aigrette de diamants qui avait autrefois appartenu à la mère de Gabriel. Elle avait au cou une rivière de diamants offerte par bonne-maman. Elle était dans la famille depuis des générations, lui avait-elle expliqué, et on la lui avait remise le jour de son mariage. « Mon cher Richard vous aurait aimée autant que moi », avait-elle déclaré avec un sourire nostalgique.

Gabriel était magnifique. Il portait une redingote sombre qui mettait en valeur sa carrure, un gilet superbement broché et des culottes fauves qui rappelaient à Livia le cerf qu'elle avait aperçu juste avant de croiser le chemin de Gabriel dans les bois, il y avait si longtemps, lui semblait-il.

Jamais elle n'aurait imaginé trouver un tel bonheur avec cet homme.

Comme s'il avait senti son regard sur lui, Gabriel tourna la tête et lui sourit.

Elle lui rendit son sourire et tous deux reportèrent leur attention sur le révérend Arthur Markson, qui présidait à la cérémonie avec une tranquille dignité.

Les vœux échangés, ils s'étaient embrassés et les invités avaient spontanément applaudi. Désormais mari et femme, et maître et maîtresse de Surmont Hall, ils se rendirent au village et se joignirent à la fête des moissons où l'on but abondamment à leur santé. Les relations avec les villageois, maintenant apaisées, s'annonçaient cordiales. Bonne-maman découvrit avec surprise que les jeunes Greenlaw – qui n'étaient plus ni jeunes ni Greenlaw, mais des veuves d'un certain âge – étaient revenues au manoir de leur enfance. En quelques minutes, Drusilla, Amanda et elle avaient trouvé un endroit confortable pour bavarder à bâtons rompus et rattraper le temps perdu.

Un mois plus tard…

Dans le salon rose où crépitait un bon feu, Livia posa sa tasse de thé pour ouvrir une lettre.

Ma chère Livia,

Mère m'a dit avoir vu dans le journal le faire-part de votre mariage avec M. Penhallow, et je tiens à vous adresser toutes mes félicitations. Ainsi, vous avez fini par avoir ce que vous souhaitiez. Je me suis naturellement demandé (comme tout le monde, j'en suis sûre) pourquoi vous vous êtes mariés en privé et pour tout dire sans cérémonie digne de ce nom, mais je suis certaine que vous aviez d'excellentes raisons.

Quant à moi, vous n'avez peut-être pas su, confinée à la campagne comme vous l'êtes, où vous ne recevez peut-être pas les journaux, que je suis fiancée à sir Edward Brinkley. Nous allons bientôt nous marier à Londres, avec quatre cents invités, et nous allons passer notre voyage de noces dans la région des lacs et en Écosse, comme il est d'usage pour les couples de la bonne société. Mère m'a dit qu'elle n'avait rien lu à propos de votre voyage de noces, j'en déduis donc que M. Penhallow ne vous a emmenée nulle part.

Un ronronnement sonore interrompit sa lecture. Livia leva les yeux et tendit une main maintenant ornée d'un magnifique diamant pour caresser le gros chat tigré roulé en boule à côté d'elle.

Sir Edward et moi retournerons à Londres pour la saison. Il possède une grande demeure dans Grosvenor Square. Pensez à tous les bals, toutes les fêtes et toutes les réceptions auxquels je vais assister ! Quel dommage que vous ne puissiez y être, vous aussi ! Mère dit que je vais être la coqueluche de la bonne société à cause – oserais-je le dire ? Mais après tout, je ne fais que la citer – à cause de ma beauté, de mes relations, de ma fortune et, naturellement, de mon brillant mariage.

Comme j'aimerais que vous puissiez assister à la cérémonie ! Ma robe a coûté près de deux cents livres.

Votre…

Cecily

Livia replia pensivement la lettre qu'elle posa à côté de sa tasse de thé. Aussi curieux que cela puisse paraître, c'était à Cecily qu'elle devait son bonheur. Si Gabriel n'était pas allé dans le Wiltshire pour demander la main de l'honorable Cecily Orr…

La remercier aurait été malvenu, elle le savait. Elle écrivit donc une brève missive courtoise pour la féliciter de ses fiançailles, et la chassa de ses pensées.

Trois mois plus tard…

Rayonnant de bonheur, Évangéline Cott et Arthur Markson se marièrent dans l'église de Riverton, en présence de M. et Mme Gabriel Penhallow, Mme Henrietta Penhallow, les deux ex-demoiselles Greenlaw, et autant de villageois que l'église pouvait en contenir.

Au cours du banquet qui réunit ensuite les invités, beaucoup de gens déclarèrent à Livia qu'elle était resplendissante, elle aussi.

— Deux et deux font quatre, madame, je l'ai vu dans les feuilles de mon thé ce matin, assura une dame replète, qu'on présenta à Livia comme étant Mme Roger.

Comme on la pressait de s'expliquer, elle se contenta d'un sourire énigmatique, un peu rêveur, comme si elle contemplait un avenir qu'elle approuvait.

Un mois plus tard…

Chère Livia,

Merci de votre lettre. Comme vous l'avez certainement appris, mon mariage a été bel et bien l'événement de la saison. Le duc de Clarence en personne est venu à la fin de la cérémonie, ce qui est un grand honneur. Mère dit qu'elle n'a jamais vu un maintien aussi majestueux chez qui que ce soit.

Sir Edward a finalement renoncé à notre voyage de noces, et même s'il va sans dire qu'il a regretté de sacrifier les plaisirs de la saison à Londres, il a pensé qu'il serait préférable de nous rendre directement dans son château du Lincolnshire. Il est immense – il est mentionné dans tous les guides dignes de ce nom – et a vu bien des événements historiques. On raconte que la reine Elizabeth y a dîné et qu'elle a particulièrement apprécié le civet de lièvre. À propos, sir Edward est un chasseur averti et nous nous régalons de lièvres et de lapins cuisinés de toutes sortes de façons. Notre cave est également célèbre dans la région. Sir Edward est un fin connaisseur en vins et j'apprends à les connaître moi aussi. Vous seriez étonnée de mon savoir en la matière, j'en suis certaine.

Cassandra, la sœur de sir Edward, et moi sommes devenues de grandes amies et nous passons de longues heures ensemble. Elle m'a montré quelques points de broderie et sir Edward dit qu'il n'a jamais vu d'ornements religieux d'aussi belle qualité.

Ma foi, je suppose que la vie à la campagne vous semble fort ennuyeuse. Quant à moi, je la trouve merveilleusement agréable, et j'ai tant de distractions qu'il me faudrait des heures pour vous en dresser la liste. Le temps passe à la vitesse de l'éclair.

Je reste...

L'honorable lady Brinkley

Presque un an après leur mariage, Livia donna naissance à leur premier enfant.

Adossée à ses oreillers, son bébé dans les bras, elle contemplait, émerveillée, son petit visage parfait. Assis près d'elle, le bras passé autour de ses épaules, Gabriel partageait son émerveillement.

— Elle est aussi belle que sa mère. Beau travail, madame Penhallow !

— Tu as eu un rôle à jouer, toi aussi.

— Un rôle modeste mais très agréable. Je pense qu'elle aura les cheveux auburn.

— Mon Dieu, tu crois vraiment ? Moi qui espérais qu'elle serait blonde, comme grand-mère dans sa jeunesse. Regarde ! Elle a la même fossette que toi au menton ! Cela me fait tellement plaisir ! Comment allons-nous l'appeler ?

— Quand je t'ai rencontrée dans les bois, cette première fois, j'ai presque cru que tu étais une fée, une sylphide, murmura-t-il avant de déposer un baiser sur le front de Livia. Que dirais-tu d'appeler notre fille Titania, comme la reine des fées ?

— La Titania de Shakespeare, répéta rêveusement Livia. Cela me rappelle aussi Titus, le fils de grand-mère. Quelle jolie façon de se souvenir de lui... Cela me plaît. Mais seulement si cela plaît aussi à grand-mère.

Et lorsque bonne-maman vint peu après faire la connaissance de son premier arrière-petit-enfant et qu'on lui demanda son opinion, l'idée lui plut également. On appela donc le bébé Titania, en souvenir de son grand-oncle Titus, Georgiana, comme la mère de Livia, Elizabeth, comme la mère de bonne-maman et Johanna, en souvenir de Jonathan, le père de Livia.

— Titania Georgiana Elizabeth Johanna Penhallow, tu as un très joli nom, souffla Livia. Bienvenue dans la famille, ma chérie.

Le bébé ouvrit les yeux et ses parents crurent discerner l'ombre d'un doux sourire sur le petit visage, comme si elle voyait la satisfaction de ses aïeux, les Stuart, les Penhallow, les Espenson et tous les autres depuis des temps immémoriaux. Après quoi elle ouvrit sa petite bouche mignonne et d'une façon extrêmement impérieuse demanda à téter.

— Bonté divine, s'écria Gabriel, elle a déjà ton appétit, mon ange !

— En effet, reconnut Livia en mettant le bébé au sein. À propos, tu ne voudrais pas faire monter une collation ? Je meurs de faim.

AVENTURES & PASSIONS

2 février

Marsha Canham

Le loup des mers - Où la mer nous emportera

Inédit

Fils cadet du célèbre Simon Dante, Gabriel a été blessé lors de l'attaque de son navire et s'en retourne vers Pigeon Cay, son havre de paix. En chemin, il croise un étrange navire, battant le pavillon de la contagion. La maladie semble avoir décimé tout l'équipage du *Eliza Jane*. Alors que Dante est sur le point de couler le navire, une silhouette vacillante se détache sur le pont. Il décide de venir au secours du survivant. C'est une femme ! Evangeline Chandler, dont la beauté trouble Gabriel plus que de raison... Mais, en mer, les dangers sont nombreux, et Gabriel ne peut se permettre de perdre la tête.

✦

Suzanne Enoch

La famille Griffin - Drôle de chaperon

Inédit

Très attachés au prestige de leur nom, les trois frères Griffin entendent bien que la benjamine, Eleanor, épouse celui qu'ils lui choisiront. Lasse de cette emprise, la jeune fille passe un accord avec son frère aîné, Sebastian, le duc de Melbourne. Il la laisse agir à sa guise et, si elle provoque un scandale, elle consent à se marier avec l'homme qu'il lui imposera. Toutefois, prudent, Sebastian demande à son meilleur ami, le marquis de Deverill, de surveiller discrètement Eleanor. Drôle de choix, car le marquis est l'incarnation du libertin ! Croyant protéger sa sœur, le duc de Melbourne n'aurait-il pas fait entrer le loup dans la bergerie ?

Lorraine Heath

Les Pembrook - Le dernier fils du duc

Inédit

Lord Raphaël Easton est le riche propriétaire du Rakehell Club, un cercle de jeu pour aristocrates fortunés. Secret et solitaire, il cache ses origines. Un jour, pour régler ses dettes, le jeune comte de Worthman lui offre en mariage sa demi-sœur, Evelyne Chamber, fille adultérine de son père. Le soir des présentations, il tombe sous le charme de la jeune femme et accepte l'offre du comte. Pourtant, malgré son attirance pour la douce Evelyne, Raphaël fait une surprenante proposition à la timide jeune femme.

✦

Monica McCarthy

Le chevalier des Highlands - Le chef

Bibliothèque Idéale

Comte de Carrick et seigneur d'Annandale, Robert Bruce revendique le trône d'Écosse. Or, pour vaincre les Anglais, il lui faut des mercenaires d'élite, des Highlanders. À leur tête, il veut le meilleur de tous : Tormod MacLeod. Mais Tor, dévoué à son clan, refuse de s'impliquer dans cette guerre qui n'est pas la sienne. Comment le convaincre ? En le piégeant. C'est ainsi que Christina Fraser se glisse une nuit dans son lit, obligeant le vaillant guerrier à l'épouser. Mais, si celui qui ne se laisse dominer par personne se détourne de sa jeune épouse, Christina est bien décidée à le conquérir...

Mia Vincy

Longhope Abbey- Le destin de Cassandra

Inédit

Cassandra a fait un mariage de raison. Elle a vu son mari, Joshua DeWitt, un homme colérique et blasé, seulement le jour de leur mariage, deux ans auparavant. Alors qu'elle se rend discrètement à Londres pour organiser la saison de sa sœur Lucy, la jeune femme doit vivre sous le même toit que celui dont elle porte le nom. Les circonstances les obligent donc à se côtoyer, et Cassandra découvre que celui qui lui était indifférent cache des trésors de délicatesse qui la troublent chaque jour davantage. Se pourrait-il que ces retrouvailles inopinées soient une nouvelle chance de bonheur ?

Regency

2 février

Evie Dunmore

Les rebelles d'Oxford - La réputation perdue de lord Ballentine

Inédit

Lucie Tedbury est une femme indépendante, impliquée dans le mouvement des suffragettes. Pour diffuser ses idées, elle achète une maison d'édition. Or, elle découvre que la moitié de son bien a un autre propriétaire, Tristan Ballentine, un libertin qu'elle connaît depuis l'enfance et qui représente tout ce qu'elle déteste. Contre toute attente, ce débauché sans scrupules est prêt à renoncer à sa part. « Cette chère Lucy veut la totalité de la maison d'édition ? Voilà ma proposition : une nuit d'amour et tout se à elle ! »

✦

Mary Balogh

Le double pari

Inédit

Par défi, Mlle Henrietta Tallant parie que, dans un mois, elle annoncera ses fiançailles avec l'inaccessible duc d'Eversleigh. L'enjeu : un cabriolet qu'elle désire depuis longtemps. Par hasard, au même moment, le duc a parié, par ennui, qu'il épousera la première jeune fille venue, pour la paire de chevaux gris de sir Wilfred Denning. Le succès des deux parieurs était assuré, et le mariage est bientôt célébré. Mais tout le monde ne voit pas d'un bon œil cette union précipitée et bien des menaces pèsent sur les jeunes mariés et leur joyeux équipage...

13372

Composition
FACOMPO

Achevé d'imprimer en Italie
par GRAFICA VENETA
le 5 décembre 2021

Dépôt légal : janvier 2022
EAN 9782290362228
OTP L21EPSN002400N001

ÉDITIONS J'AI LU
87, quai Panhard-et-Levassor, 75013 Paris

Diffusion France et étranger : Flammarion